JN069750

地面の感触

小田切信

鳥影社

地面の感触　目次

一章　訪問

その街はなんだか安っぽくて、ごちゃごちゃしていて、あんまりいい感じはしなかった。私は駅の改札口からちょっと出たところの狭いスペースに立って、好きでも嫌いでもない人たちが来るのを待っていた。知らない駅で人を待つなんて、ただでさえ不安な気持ちになるというのに、腕時計の針はもう十八時を廻っている。私は十七時に待ち合わせたはずだった。あれほど確認したのだから、間違いない。メモだってある。しかし、彼らはいっこうにその姿を現そうとしなかった。

下りの電車が着いたようなので、私は改札口に近づき、あふれかえる人たちにすばやく視線を走らせた。蛍光灯に照らされているせいか、どの顔も黄色っぽい。当時の改札は自動化されていなかったから、誰もがそこでちょっと進行を止める。その瞬間を利用して、私はその場にいる全員を手前から確認してゆくのだ。

このあわただしい作業を終えると、私はまた元の場所に戻って掲示板をながめ、次の電車の到着予定時刻を確認した。さっきから何度この行為を繰り返したことか。今なら、すぐに電話かメールをするところだが、一九八一年の日本に携帯機器はまだ普及していない。私はもう一本だけ電車を待ち、それでも連中が来なければ帰ることに決め、壁に寄りかかって目を閉じた。

一章　訪問

半月ほど前、大学生になったばかりの私は楽しそうなサークルの勧誘を無視し、暗い学生会館に直行して、その一室の錆びたドアを押したのだった。そこには快活さとは無縁な、なんというか、重くて不器用でしんどそうな人たちがいた。よどんだ空気を感じた私はすぐにそこから出ようとしたが、なんとかその場に踏みとどまることができた。私は相当な覚悟をしてここに来たのだから。

部屋には数人のメンバーがいたけれども、そのうち女性はアキ先輩だけだった。どう見ても、さびれた弱小団体である。まさに青春を謳歌せんというこの時期に私がなぜこんな人たちを訪ねたのかというと、私が通う大学の団体のなかで施設訪問を活動内容にしているのはここだけだったからである。

高校時代、私は逃避を繰り返してきた。考えるだけで行動せず、批判はしても創造はせず、自由を望むくせに自立は後まわし……要するに、自分のことばかりを考えて生きてきた。為し得たことは何もなかった。私は大学に入ってまでそんな生活を続ける気にはなれなかった。入学をよき機会として心機一転し、今度は人のために行動しようと思ったのである。

この反省と方向転換は悪くない。しかし、それがなぜ施設訪問につながるのかは問題が多いところだ。ただ、当時の私は人生に意義を与えてくれるものを熱烈に欲していた。廻り巡ってどうこうではなく、自分の行為が直接人の役に立つことを強く望んでいた。だが、いざそういう機会に臨んでみると、いろいろ不安になってしまって、それは自分のためという範疇から一歩も出ていないのではないかとか、感謝という見返りが欲しいだけなのではないかとか、すっかり思い悩んでしまっていた。せっかく思いついたのだから、とにかく一度訪問してみればよい。それはよくわかっていた。だから、私は不安や迷いが必要以上に大きくなってしまわないうちに、さっさと施設に行きたかったのだ。それなのに……


「おっ、来てたか。上等、上等。」

セタ先輩の軽い声を聞いて、私は目を開けた。

「着替え、持ってきた？　そんな服で行くと、すぐびりびりにされちゃうよ。」

ワダ先輩のアドバイスには感謝したいところだが、事前に言ってくれれば、もっとよかった。それにしても、この人たちは遅刻したことについての反省を持たないのだろうか。

「みんな時間にだらしなくてね。」

かろうじてアキ先輩が申し訳程度の言葉をかけてくれた。まあ、私はこういう小さなことでかりかりすることについてはとっくの昔に卒業していた。時間感覚は文化だ。この人たちは私と異なる文化圏に属しているのだろう。

こんなわけで、私たちが下町の駅を出発したのが十八時半。バスもタクシーも使わずに歩いてゆくというから、私はすぐに着くものと思っていたが、施設はかなり遠いようだった。そしてその道筋は難解で、まるで尾行者を撒こうとでもするかのように複雑をきわめた。

「ずいぶん遠いんですね。この道を毎週歩いているんですか？」

私が問いかけると、セタ先輩が得意そうに答えた。

「そうだよ。おれなんか、通いつめて体育会の認定をもらったもん。」

するとと体格のよい、おとなしそうなクボ先輩が振り返って教えてくれた。

「信じちゃだめだよ。そもそも彼はこのところあんまり来ていない。」

「バイトが入ってたんだよ。そういうクボ氏だって、久しぶりなんじゃない？」

施設には毎週通っているらしいのだが、それは団体としてであって、どうやら個人は自由に休んでかまわないようだ。九人いるはずのメンバーは今、私を含めて五人しかいない。

「こういうことって、きちんとしてしまうと続かないからね。」

先頭を歩くワダ先輩がもっともな説明をしてくれた。

「今日は多いほうよ。私も三週間ぶりだけど、前回は二人だけだったもの。」

一番多く通っているらしいアキ先輩がこう言うのだから、どうもそれほど固く考える必要はないようだ。

私は道を知らないので、先輩たちのあとについて黙々と歩き続けた。駅前の喧騒が後方に去って、古い高層団地がいつしか見えなくなると、周囲は低い建物ばかりになってしまった。その多くは小さな町工場と長屋だった。樹木はほとんどなくて、そのかわりに木製の電柱が林立している。歩道は狭い。それにあちこちに水路というか「どぶ」が多くて、夜道を歩くにはかなりの注意が必要である。点在する寂しげな街灯、放置されたような洗濯物、質屋の看板、徘徊するステテコ姿の老人……ここは本当に八十年代の都内なのだろうか？

私も城東の生まれだから、下町の雰囲気はよく知っているつもりだ。しかし、ここは私の故郷よりも一段と低く、湿っぽく、木造の部分が多かった。狭い路地がいっぱいあって、その両脇に人家が密集している。暗くてよく見えないものの、室内からは犬や猫、そして老人たちの気配が濃厚に感じられた。

一方通行の道が多いからだろう、車の往来は不思議なほど少なかった。それに途中で気がついたのだが、これほどの人家がありながら、この街には商店がない。こんなに駅から離れたところで、人々はどうやって買い物をするのだろう。それにどうやって通勤するのだ？　駅前に駐車場はなかったし、駐輪場もいたって簡素なものだった。この街の住民は皆、歩いて駅まで行くのだろうか。

「そろそろだよ。」

「あの角を曲がると、見えてくるわ。」

この迷路のような道を完全に把握しているのは先頭を歩く二人だけであって、残りはただ追従しているだけのようだ。

やがて大きな鉄塔が見えてきた。狭い空き地を隔てて、その隣、町工場の斜め向かいが私たちの目指す施設のようである。街灯がまばらなうえ、かなり大きなイチョウの木々が塀沿いに並んでいるから、建物の姿はよく見えない。非常に古い、コンクリート製の二階建てであるらしい。

「怖くない？　初めてだと、なんかどきどきするでしょう。」

クボ先輩が話しかけてきた。からかおうというのではなく、不安な私を思いやってくれたのだろう。彼は素朴な好青年である。私と違って、スレたところが全くない。だから、私も正直なところを語った。

「はい、どきどきしています。でも、それは電磁波のせいかもしれません。高圧線のこんな直下に児童施設をつくるなんて、欧米じゃ、ありえないと思いますよ。」

施設に着くと、急にセタ先輩が先頭に出て、重い鉄製のゲートに手をかけた。そしていかにも慣れているといった様子でレールに乗ったそれをガラガラと滑らせ、全開にしてしまった。それから玄関に進んでいって、ベルも押さずにスライド式のドアを開け、私たちを招き入れた。鍵はかかっていなかった。

「はい、どうぞ。靴は揃えて、このスリッパに履き替えてくれ。」

「いいんですか？　勝手に入って。」

私がこう言うと、彼は涼しい顔をして答えた。

「大丈夫。いつもこうなのさ。」

続くワダ先輩の言葉は気になるものを含んでいた。

「まあね。仮に誰かが入ってきたとしても、学園の人たちは強いからね。」

「強いんですか？」

私がこう問いかけた瞬間、先輩たちは顔を見合わせてうなずいた。そのあと、ワダ先輩は私の肩をたたいてこんなことを言った。

「とにかく、大学生はいじめられる。肉体的にも精神的にもね。大変だよ。」

情報に乏しい私にとっては貴重な一言だったが、事前に言ってくれれば、もっとよかった。

「こんばんわあー。」
ここにきて、ようやくアキ先輩がとんでもない大声であいさつしたのだが、何の反応もない。施設というのはこんなものなのだろうか。私たちはスリッパをぺたぺたさせながら職員室の前を左に曲がり、宿直室を左に見ながら右折して、そのまま廊下を直進して風呂……ではなくて、その右手前の食堂の扉を開けた。そのとたん、私は未知の世界に放り込まれてしまった。

食堂はだいぶ老朽化しており、それにたいして広いものじゃなかった。天井を見ると、四角いかごに入った蛍光灯がいくつか設置されていて、薄い黄緑色の壁や茶色い板張りの床を照らしている。入口の向かいにあるのは厨房のようだが、それは閉鎖されていた。私が立っている扉のすぐ右手がこの食堂の正面にあたる。そこには窓があるけれども、目張りでもしてあるのか、外の景色は全く見えなかった。

その上方、右側の壁の高いところを見上げると、折り紙で作った簡素な装飾がしてあって、幼児が描いたとおぼしき似顔絵が貼られていた。その隣には画用紙に一文字ずつ「お」「め」「で」「と」「う」と書いたものが、これもテープで壁に直接貼られていた。その下には……不安そうな顔をした中学生ぐらいの男子がひとり、テーブルの上に盛られた菓子を前にして座っていた。入園式？　それにしては少々時期はずれだし、彼は転出でもするのだろうか。

私は左側に顔を向けたが、そこは着席した人たちでいっぱいだった。廃材で作られたような六台のテーブルにはそれぞれ六つの椅子がセットされていて、パイプ椅子もあったから、ざっと四十人ほどがいただろうか。そのうち十人ぐらいは明らかに大人だったが、誰が施設の子どもで誰が職員なのか、私にはわからなかった。

彼らは入ってきた私たちを見たことは見たのだが、すぐに正面に向き直ってしまった。私は……実に恥ずかしい話だが、私は歓迎されるものと思っていた。貴重な時間と交通費をさいて、施設に「来てあげた」のだから。しかし、この様子を見ると、私たち大学生は好感を持たれていない？

そのうち、先輩たちは頭を低くして左手奥のテーブルに進み、あいている席に座ってしまった。私はどうしたらいいのかわからずに突っ立っていたが、やがて目をぎらぎらさせた屈強な若者が私を指差し、続いてその指先を激しく手前に引き寄せた。なんだろう？　私は何か糾弾されているのだろうか。

私がなおも立ったままでいると、若者はますます怒って、右手の二本指を左手の人差し指に何度もたたきつけた。陶酔した指揮者のような乱暴な動き。もしかしたら、これが手話？

「座れって言ってんだよ。早く！」

男性職員のものと思われる厳しい声に促されて、私はようやく歩き出し、空いている席を探して、脱力したように着席した。テーブルは全て食堂の正面に対して直角に据えられていたから、私は首を九十度ねじって、顔だけを「おめでとう」の下の少年の方に向けた。

こんな姿勢であるうえ、座った椅子は異様に低くて、しかも背もたれがない。先輩たちからも離れてしまって、心細いかぎりだ。周囲の子どもたちは私を見ようともしない。私はこの場から逃走したい強い衝動にかられたが、この状況でそれは無理だ。仕方ない。まあ、せいぜい一時間ぐらいの辛抱だろう。貴重な体験には違いないのだから、ここはひとつ我慢して施設の実態なるものを学んでやろう。私は腹を決めて、この奇妙な会に参加、というより、これを傍観することにした。

「続けます。次はリョウさん、お願いします。」

私と同年代の青年が正面右手に立ち、司会をしている。声はほとんど出ない。手話だけだ。しかし、座っているので姿はよく見えないが、職員のひとりがどこかで同時通訳をしていて、その声が聞こえる。若い男性の司会に大人の女性の声が重なって、なんとも不思議な様相だが、おかげで私はこの会の状況を知ることができた。

「本当は十二月ですが、誕生日おめでとうございます。もう、子どもとは違うのですから、落ち着いて生活してください。」

十五歳ぐらいに見える少女が手話で祝辞を述べた。これは少年の誕生祝いであるらしい。なるほど、子どもたちが次々と指名されて前に立ち、少年に言葉をかけてゆく。しかし、それらは私が抱く誕生会のイメージとはかけ離れたものだった。

「おめでとうございます。これからは掃除をきちんとやってください。」

「おめでとう。不潔な服はみんなに迷惑です。ちゃんと洗濯をしてください。」

「本当は十二月ですが、誕生日おめでとう。もっと小さい子の援助をして欲しいと思います。今の様子を見ると、部屋長になるのは無理だと思います。」

彼は特別に悪い少年なのだろうか。それに本当は十二月って？　私が首をかしげていると、子どもたちに続いて二十歳前後と思われる青年が二人、前に出た。この施設の卒園生であるらしい。

「僕と一緒の部屋にいたとき、いつもおねしょをしていましたね。」

「本を盗んだこと、憶えていますか。」

少年にまつわるいろいろなエピソードの発表だ。しかし、これも過去にさかのぼって本人に反省を迫る、いたって厳しい内容のものだった。

「お客さんからお願いします。」

すると、今度はパンチパーマをかけた非常に目つきの悪いおじさんと、これはもう、どう見てもその筋の人としか思えない猛禽みたいな顔の男が立ち上がって、少年を挟んでしまった。彼らは私と同じ「健聴」であって、聞こえるし、しゃべれる。だが、手話はできないらしい。だから、今度は職員も前に出て、先ほどまでとは逆に彼らの言葉を手話にする。その役割を果たすのはさっき私に怒鳴った男だ。しかし、こいつは本当に職員なのか？　年齢は四十歳ぐらい。たくましい体格をしている。後ろになでつけた髪、鋭い目つき、黒いシャツ……どう見ても普通の市民じゃない。パンチや猛禽と同類の、電車で自分の前の座席に座られたら、迷わず車両を移動したくなるような種類の男だ。私は彼の胸元や二の腕を観察した。きっと刺青が見えるだろうと思ったからだ。

この恐るべき三人組に囲まれて、少年は恐喝でもされているかのように、すっかり萎縮してしまった。

「おまえさ、最近かっこつけてるらしいけどよ。スカすほどのタマかよ。」

猛禽がこう切り出したが、一体、こんな乱暴な言葉を手話にできるのだろうか。ところが、黒シャツはそれを見事に訳してゆく。黒シャツ自身も自分で手話をしながら、少年に追い討ちをかけた。

「とにかく、プレゼントはおむつだよ。おむつ。おむつをもらうか、あそこをちょん切るか、どっちかに決めろ！」

かわいそうに、少年は困惑したが、おむつをもらうほうを選んだ。切除は彼の将来をかなり変えるだろうし、そもそも喪失より取得のほうがいい。妥当な判断だったと思う。にもかかわらず、パンチはつかみかからんとするほどの勢いで、少年を怒鳴りつけた。

「はっきりしねえなあ！　もらうならもらうで、ビシッと礼を言えよ！」

少年は手話に加えて、声にも出して「あでぃがどう」と言った。

三人組が引っ込むと、司会の青年は少し考えたあと、先輩たちのほうを見て、こう言った。

「大学生から何かありますか。」

そう言われても……私は自分の血液が逆流するのを感じたが、幸いアキ先輩が立ち上がって、前に出た。彼女はある程度の手話ができるらしい。さて、我が先輩は何と言うのだろうか。

「誕生日、おめでとう。これからも勉強に生活にがんばってください。」

先輩はそれだけ言うと、一礼し、すたすたと席に戻ってしまった。

なんとも熱量の少ない、そっけないあいさつである。厳しいながらもそれなりの心がこもっていた他の人々の言葉とはえらい違いだ。他に何か言いようはなかったのだろうか。私だったら……さて、私だったら、彼に何と言っただろう？

しばらく考えてから、私は気がついた。我々大学生に言えることはほとんど何もないのだということを。私はこの少年を見に来ただけだ。責任も少ないかわり、何かを言う資格も空気のように薄い。指名されてしまえば、かろうじて彼の誕生日の祝福ぐらいはしてもいいだろう。あとはまあ、せいぜい彼の今後の生活がうまくいくことを願う、そのくらいしかない。すなわち、勉強に生活にがんばってください……アキ先輩の気の抜けたようなスピーチは実は考えに考え抜かれた、きわめて適切なものだったのである。

「まあ、大学生はこんなもんだな。他は？」

黒シャツの言葉を聞いて私は視線をずらし、野うさぎのように息をひそめた。人間はどうして体色を変化させることができないのだろうなどと考えているうち、幸いにして危機は去った。

このあと、子どもたちの代表から、ようやく少年にプレゼントが渡された。大勢の人たちにさんざん批判されて、いいかげん彼もうんざりしただろうと思ったが、驚いたことに、少年はうれしそうだった。プレゼントはおむつではなかった。大きな箱のなかには服やひげそり、ペンなどの実用品が入っていた。

長い長い会の最後は少年による決意表明だった。

「皆さん、今日はぼくのためにありがとうございました。これからは学園の三つの約束を忘れずに、落ち着いてがんばります。」

ここまで約三時間半。成田から飛行機に乗ったとしたら、そろそろグアムに着く頃だ。たったひとりの誕生会になぜこんなにも時間がかかるのかというと、まず、ひとりあたりの発表がけっこう長い。それに誰もが指名されてから言葉を考えるものだから、しょっちゅう訂正が入り、言い換えがあり、口ごもる。発表者のなかには文章がうまく構成できない者もいて、なかなか手話が出てこない子も多かった。しかし、子どもたちも職員もそれを待つ。ひたすら待つ。どんなに稚拙なあいさつであっても、目をそらすことはしない。小さい子どもたちも含めて、彼らは皆、恐るべき忍耐力の持ち主であった。一方、私はというと、背もたれのない椅子の上ですっかり疲弊してしまい、背中が石になったようだ。

これで解散かと思いきや、まだ菓子を食うというプログラムが残っていた。参加者の前にはそれぞれ皿のかわりに紙が敷かれていて、その上には山盛りの菓子が乗せられている。私はここで初めて麩菓子というものを見た。菓子のうち、半分はその麩菓子、そして四割はコーンフレークのように見えたが、テーブルの上にはスプーンもフォークも置かれていない。これは一体、どうやって食べるのだろう。残しては悪いような気がしたので、私は周囲の子どもたちのまねをして、それらを手づかみでむさぼり食った。ところが、しばらくすると、高校一年生ぐらいの男子が下に敷いてある紙を上手に滑らせながら、皆が食べ残した物を回収し始めた。しまった、彼らは残りをあとで食うのか。私はあてがわれた大量の糖質を無理に食い尽くしたことを悔いたけれども、それは全くの手遅れだった。

結局、私は座って、見て、食っただけ……これが今日の施設訪問において私が為しえたことの全てだった。にもかかわらず、私たち大学生が帰る際には全ての学園の子どもたち、それに全職員が玄関まで見送りに来てくれた。おまけに職員のひとりが我々を駅まで送ってくれるという。

「いいんですか？」

私が小声でアキ先輩に質問すると、恐るべき聴力でそれを聞きとがめた黒シャツがこう言い放った。

「あんたは歩いて帰ったっていいんだよ。どうする？」

私は道を知らないので、彼の行為に甘えるしかない。しかし、この深夜に私たちを駅まで送るのは大変な負担のはずだ。仮に黒シャツの家が施設のごく近所にあったとしても、送って戻って帰宅して、彼は一体何時に寝ることになるのだろう。

私たちは定員オーバーを承知で黒シャツの車に乗った。それは漆黒の大きなセダンで、フロント以外の全ての窓には濃色のフィルムが貼られていた。これでは車検に通らない。こんなのに乗るやつは公安か、その対極にある人たちだけだ。助手席のサンバイザーには赤いバラの造花が挟んであった。おそらく、彼は後者なのだろう。

予想通り、彼の運転は車の能力を使い切るタイプのものだった。私はワダ先輩の肩とクボ先輩の頭をつかんで、遠心力に耐えた。

「無能な大学生諸君、今日はごくろうさま。また来いよ。」

矛盾に満ちた言葉を残して、黒シャツはよろめく我々五人を駅前で降ろし、ゆうゆうと去っていった。

「まあ、こんなもんだよ。」

セタ先輩がさらりと言ってのけた。

「これに懲りずに、また来てよね。」

アキ先輩はこう言ってくれたのだが、私は泳いだあとのようにすっかり疲れてしまって、ぎこちなくうなずくのが精一杯だった。


私以外の四人は下宿組だったから、上り電車に乗って都心へ帰ってゆく。改札口で彼らと別れた私は少し離れた私鉄の駅まで歩き、満員の下り電車に乗った。ぐったりした人たちと共に私は津田沼まで進んだが、なんと電車はそこで止まってしまった。聞けば、これは終電であって、この先に向かう電車の到着は朝になるという。やむをえず、私はおよそ四キロの夜道を歩いた。そして家に着くと、いきなりベッドに倒れ込んで、そのまま死んだように眠ってしまった。

二章　球技

施設というものは質素にして小ぎれいな建物でなければならない。木造の平屋建て、ちょっとレトロな洋風建築が似つかわしい。庭にはたくさんの花。しかし、それは白いマーガレットが中心で、あとは水色か、せいぜい薄いピンクのものがわずかに混じる程度がよい。私が門をくぐると、数名の小さな子が弱々しく寄って来る。貧しくて身寄りのない、かわいそうな子どもたちだ。私は白いベンチに腰掛けて、彼らに絵なんかを描いて渡してやる。それを受け取ったときのかわいい笑顔……

しかし、それらは全て自分勝手な妄想だった。今、目の前にいる者、それは私を無視する屈強な青年たちと暴れ廻る半裸のちびたちだった。

私はまたこの施設、すなわち学園に来てしまったわけだが、今回は先輩たちとの待ち合わせ時間を無駄と考え、駅からタクシーに乗った。その結果、私は十八時過ぎには到着してしまい、交流会が始まるまで「テレビ室」で待つことになったのである。

妄想とは百八十度異なり、子どもたちは私のことなんか、まるっきり相手にしてくれなかった。あまりの所在のなさに私は単独行動を深く悔いたが、これはもう、どうしようもない。私は壁に寄りかかって、ひたすら彼らを観察することに決めた。

今はちょうど夕食が終わり、交流会が始まるまでの自由時間であるらしい。大きい子たちは食事の後片付けを済ませると、各自の部屋に戻ってしまって、こちらのほうには出てこない。今、私の目の前で取っ組み合っているのはちびばかりである。

六畳ほどの部屋のなかで十人以上が暴れていて、その叫び声はすさまじく、耳を覆いたくなるほどだ。聞こえない人たちは話すことができない。だから、彼らは声を出さず、静かなのだろう……私はそう考えていたのだが、それは全くの見当違いだった。

私は障害を持つ児童は弱いだろうと考えていたのだが、その予想も見事にはずれてしまった。この学園にいる子どもたちは聴覚を欠くだけでなく、それ以外にもさまざまなハンディを負っていた。知的な遅れがあったり、手足が弱かったり、弱視だったりした。歩くことができない子、漏斗胸、ひどい自傷行為がくせになっている子もいた。しかし、そのたくましさといったら……彼らは私が抱いていた施設児童のイメージからかけ離れた、小さなレスラーみたいなやつばかりだった。

テレビはつけっぱなしだったけれども、誰も画面を見ていない。子どもたちは全員が上半身裸で暴れ廻っており、男女の区別もわからない。私はこれこそがホッブズの言う自然状態だと思ったが、よくよく観察してみると、彼らは拳法のまね、もしくは練習をしているのだということがわかってきた。なるほど、これは組み手稽古であり、乱取りだ。それにしても、この熱心さは尋常ではない。彼らは何かの有事に備えているのだろうか。

やがて中学生ぐらいの男子が子どもたちを呼びに来た。彼が乱暴な手話で「来い」とやると、子どもたちは部屋中に散らかっていたおもちゃを手際よく片付け、各自のシャツをつかんで、あっという間に食堂に移動してしまった。その中学生がドアのところに立ったまま、残った私に手話で何か言ったので、私はあわてて部屋を出た。彼はあきれて舌打ちし、部屋のなかに入っていって開いていた窓を閉め、テレビと照明を消した。

食堂に行ってみると、全ての机や椅子が端に寄せられていて、児童会長が前に立っている。前回の誕生会で司会をしていた青年だ。それ以外はどうしたことか、職員を含めた全員が床に直接座っている。私のためというのではないだろうが、今日も女性職員が通訳をしてくれているので、私は大体の状況を把握することができた。

「今日の遊びの内容、何がいいですか。」

会長がこう言うと、大勢の子が手をあげた。特にちびたちが多い。私はほほえましいと思ったが、小さい子たちの表情はなぜか必死だ。会長は驚くほどの辛抱強さを発揮して、全ての意見を吸収したが、そのわりに案は二つしか出なかった。会長はそれを黒板に書いた。

『ボール』

『かめのこ』

「かめのこ」という名が出ると、女子とちびたちは大いに恐れ、強く「ボール」を主張したので、会議は紛糾した。すると、男子のなかでも特にたくましい三人のうちのひとり、リンが手をあげて、毅然とした表情で泳ぐようなしぐさをし、続いて右手の人差し指と中指をそろえて、それを左の手のひらにたたきつけた。その訳は、

「かめのこに決まってんじゃねえか！」

であった。

この意見を見ると、ちびたちは叫び声をあげて床に伏し、自分の耳や髪を引っぱって悲しんだ。会長はどしんと足を踏み鳴らし、一同を静粛にさせた。

「多数決で決めます。どちらかにひとり一回、手をあげてください。」

大差でかめのこは敗れた。

「今まで、遊びは三回続けてかめのこでした。怪我人も多く出ています。今日はボールでいいですか。」

会長がこう言うと、意外にもリンは納得してしまった。

「わかった。ボールはのんびりでつまらないけど、仕方ない。かまわない。」

この間、職員は子どもたちの手話を訳しただけで、何ひとつ口をはさまなかった。

しばらくして、あのうるさそうな黒シャツ……今日は赤いバラの刺繍のついた濃紺のシャツを着た例の男が前に出て、顔をあげて指示した。

「決まったんなら、始めろよ。」

会長は全員を起立させ、背の順に並べ始めた。もちろん、職員も来客も含めてである。見れば、小さい者から交互に抜粋をし、ほぼ互角の体格を持つ二つのチームを作っているようだ。

このときになって、ようやくアキ先輩とワダ先輩が到着した。彼らは今日の交流会の内容がボールだと知ると、心からうれしそうだった。特にアキ先輩の喜びは大きかった。

「本当によかった。こんなことなら、もっと早く来ればよかったわ。」

「そうですか？　ぼくはかめのこっていうのが知りたかったんですが。」

私がこう言うと、アキ先輩は憐れむような目つきで私を見つめた。

「知ってからじゃ、手遅れよ。」

ワダ先輩の言葉はより簡潔だった。

「死ぬぞ。」

やがて職員やパンチ、猛禽、そして私たち大学生もどちらかのチームに振り分けられていった。私は幸運にも先輩たちと同じチームになれたのだが、会長は皆の意見を聞きながら調整を始めた。試合の公正をはかるため、二つの戦力は完全に拮抗していなければならないらしい。これは思いのほか真剣勝負だ……私はようやく気がついたのだが、それでもまだ、この時点では状況を甘く見ていた。

会長は青年たちと相談しつつ、メンバーの戦力を詳細に比較しているようだった。私語にまでは訳がつかないから、推測するよりほかないが、

「こいつ、背はわりと高いけど、軽くて弱いぜ。」

「じゃあ、こっちの大学生は？」

「いいだろう、交換だ。」

などといったところだろう。私はいつのまにか先輩たちと引き離され、猛禽たちのチームに入れられてしまった。

ごく簡単な説明のあと、競技はいきなり始まった。会長が投じた古いバレーボールは学園メンバー中最強と思われるマサに奪われ、彼はそれをいきなりユウにたたきつけた。次の瞬間、ユウは顔面を押さえてのけぞり、そのまま後頭部から固い床に倒れ込んだ。跳ね返ったボールをパンチがつかみ、すかさずリンに投げつけたのだが、彼はこの恐るべき猛攻に耐え、わずか一メートルほどの至近距離からパンチに強烈なカウンタースパイクを決めた。さすがのパンチも鼻血を吹いて転倒し、私はその返り血を浴びた。

ここまでわずか数秒、私の感想は恐怖という一言につきる。ボール……それはドッジボールに白兵戦を加えたもので、私には後者の比率が九割を超えているように思えた。たった数分の攻防で十数名が退場し、そのうちの約半数が出血した。

私はすぐに逃げなくてはと思ったが、学園ナンバースリーの戦力を持つと思われるジンと目が合ってしまった。ボールは身をよじった私の耳元をかすめ、猛禽の顔面を直撃し、それから激しい音をたてて天井の蛍光灯にぶつかった。防御用のかごがはずれかかって揺れている。すると、黒シャツが足を踏み鳴らし、タイムを命じた。大きい子たちがすぐに脚立を持ってきて、それに登り、手際よくかごをはめこむ。戦闘はすぐに再開されたが、また破損、そして修理。先週以来、私はかごの存在を不思議に思っていたが、その理由がわかったというものだ。

食堂にはもともと余計なものはないのだが、それでも、移動黒板、ついたて、清掃用具を入れるロッカーなどはことごとく倒れ、もしくは破損した。やがて大半の選手が手傷を負って退場し、黒シャツやマサですら、戦場から去った。不思議なことに、泣き叫ぶ小さな子どもたちはかなりの数が生き残っている。重いハンディを持つ者も同じだ。マサやリン、ジンといったつわものは弱者を狙わないのだ！　やつらは心身共に本当の戦士なのだろう。

私は自らが生き残っていることを恥じた。余談になるが、戦争を全否定している者であっても、実戦にたたきこまれると、案外こういう心境になってしまうものなのかもしれない。興奮した私は雄たけびをあげてリンの正面に立ち、彼の攻撃を受け止めようとした。実際、ボールは私の両手に収まったかに見えた。が、それは私の胃のあたりに深くめり込み、私は自分の意志とは無関係なうめき声をあげて倒れた。

「終了ー。」

会長が足を踏み鳴らすと、生き残った戦士たちは活動をやめた。

「九時を過ぎたので、ちびたちは寝ます。」

会長の指示によって、小さな子どもたちは若い女性職員と共に食堂を去った。彼らは夕食前に風呂に入り、こうして汗をかいてから寝るものらしい。

残った青年たちと職員、負傷した猛禽とパンチ、それに疲弊しきった大学生は食堂の床に直接腰をおろして黒シャツの話を聞いた。その人望はたいしたもので、戦闘直後だというのに、つわものたちから女子中学生まで、誰もがその話を実によく聞く。というか、見る。黒シャツは話をしながら手話もするので、通訳は不要だ。

「今日はいろいろあったけどよ、リンがみんなと一緒にボールをやったのはよかったと思う。おいリン、わかったか？　もう、学校の先生なんて殴るのはやめろ。あんなつまんないやつらと刺し違えてどうする？　くやしくても、がまんするんだ。」

どうやら、リンは学校で教師に暴力をふるってしまい、黒シャツはそれを指導しているらしい。それにしても、なんという乱暴な言い方をするのだろう。

「大学出たからって、すぐに人を教えられると思いやがって。あいつらなんか、なんにも知らねえし、なんにもできやしねえ。大体、おまえたちは先生になんかならない。大学にも行かない。社会に出るんだ。おまえたちのほうが上だぞ。だから、先生なんてまともに相手にするな。我慢して、おとなしくしてろ。わかったな！」

子どもたちはきわめて真剣に聞いていたが、私はすっかりあきれてしまった。施設における教育者ともあろう者が……子どもたちに対してここまで学校教育の権威を否定してしまって、それでよいのだろうか。

私も高校生の頃はそういう権威に反発し、ときにはひどくこきおろしたものだ。しかし、そこには常に逃げと保身と甘えとがあった。事実、私はなんだかんだ言って無事に高校を卒業し、大学へと進んだのだから。しかし、黒シャツの言いっぷりはそういう半端なものとはまるで違った響きがあった。彼は学校や教師を本気で軽蔑しているらしい。だが、彼も施設職員である以上、自分自身が大学を出た教育者なのではないか？　それとも、やつは本当のスジ者なのだろうか。

やがて黒シャツの話が終わり、会長は他の発表を募った。

「他にありますか。」

二人の女性職員からいくつかの事務的連絡があったあと、この不思議なミーティングのテーマは「今日の遊びの反省」に変わった。大きい子たちが手をあげて、今日は迫力を欠いた、などの感想を述べた。一体、この激戦のどこが物足りなかったというのだろうか。

「それでは、お客さんから。」

会長に促されて、猛禽とパンチが前に出た。彼らは特別なのか、手話通訳はまたも黒シャツである。

「おれもさ、今日のボールはちょっとつまんなかったと思う。リンはいろいろあったのに、がんばってた。他のやつらが元気なかった。やっぱ、かめのこにすればよかったよ。」

パンチがこう切り出すと、猛禽がとんでもないことを言い出した。

「その理由はさ、大学生が弱いからだと思うんだ。」

私たちを除く全員の目が一斉にこちらに注がれた。硬直するアキ先輩、ワダ先輩、そして私に猛禽は追い討ちをかけた。

「あいつらさ、なんか手を抜いてるよ。それにさ、小さい子の盾にならないで、自分が逃げてんだもん。」

声には出さないものの、一同がうなずいている。

「ぼくもそう思います。他に。」

私は会長の言葉に救われたと思ったのだが、それは間違いだった。なぜなら、彼はこう続けたからだ。

「では、大学生から感想を聞きます。新しい人がいるようです。出て来てください。」

最悪の事態が訪れた。

私は人前で何かを発表するのは大の苦手だが、どうしても逃れられないとなれば、案外しゃべるほうだ。しかし、こういう状況で、一体、何を語れというのだろうか。死刑判決を受けた直後にその感想を言えというようなものだ。

「今日はびっくりしました。怖かったです。でも、手は抜いていません。自分は一生懸命にやりました。」

私はたどたどしく語り始めた。その言葉を若い女性職員が手話に訳してくれる。

「みんなから何かありますか。」

残念なことに、会長は質問を募った。さっそく、二、三人の手があがった。

まず指名されたのはユウ。屈強かつ賢そうな青年だが、どう見ても女性のブラウスのような不思議な服を着ている。高校一年生ぐらいだろうか。

「あなたはどうしてここに来たのですか。」

私が今ここにいる意味を問う、いきなりかつ重い質問だった。私は答えられなかった。ユウが首をかしげて座り込むと、続いてフミが問いかけてきた。彼女は私と同年齢ぐらいに見える。

「私たち聞こえない人を見に来たのですか。」

私としては、うなずくしかない。

「見て、思ったことは？」

べつに私を責めようとしているのではないらしい。だから、私も思うところを率直に語った。

「みんな元気でびっくりしました。」

すると、リンが質問してきた。

「なんでびっくりするのか。障害者は弱いと思ったのか。」

「いや、そんなことはありません。」

私はこう答えたのだが、それはリンにとって不可解なものだったらしい。

「強いと思っていたのか？　それなら、びっくりしないと思う。」

私はやむなく白状した。

「弱いと思っていました。」

一同は声に出して笑った。

「大学生は本当のことを言わないから、困ります。」

会長にこう言われて、私はいたたまれない気持ちでいっぱいになった。が、質問は唐突に終わった。それどころか、交流会そのものが終わってしまった。

「時間も遅いし、今日は終わります。」

会長が閉会を告げると、子どもたちは立ちあがって、テーブルを元の位置に戻し、食堂の床を掃き始めた。

「手伝ったほうがいいでしょうか。」

私が小声でアキ先輩に問いかけると、彼女はすばやく答えてくれた。

「そうね。ここに泊まってもいいのなら。」

私はあわてて時計を見た。なんと、もう零時過ぎである。呆然とする私に黒シャツが声をかけてくれた。

「駅まで乗るか？　泊まっていってもいいけどよ。どうする？」

私は迷うことなく、前者を選んだ。

私たち大学生はずうずうしくも黒シャツの車に乗り込んだ。それからあとは先週と同じ。運転手はいやみな一言を残して去っていった。

「無能な大学生諸君、また来いよ。」

私鉄の終電はやっぱり津田沼までしか進んでくれなかった。私はまたも四キロの夜道を歩き、ようやく家にたどり着くと、ベッドにダイビングして、そのまま泥のように眠ってしまった。

三章　映画

私はなんだか意地になってしまって、毎週この学園を訪問するようになった。そのうちに少しずつ、いろいろなことがわかってきた。まず、この学園は聾唖児施設であって、在籍する子どもたちのハンディはさまざまであるけれども、基本的な共通点として、彼らには聴力がない。多少ある子もいるのだが、補聴器なしでは聞こえない。聞こえないと言葉が入力されず、自分の発声の確認もできないから、会話をすることが困難になる。つまり、学園の子どもたちは聞こえなくて、しゃべれない。学園ではほとんど使われていない言葉だが、聞こえないことを聾、しゃべれないことを唖、両方まとめて聾唖というのだそうだ。

こうした身体的条件に加えて、学園の子どもたちには別の共通点もあった。彼らには親がいない。いたとしても、連絡がつかない。ついたとしても、一緒に生活することができないのだという。この学園はそういう施設だったのである。子どもたちはここで生活し、ここから学校に通う。彼らにとって、学園は家なのだ。私は愚かにも当地が何たるかを知らずに訪問し、それは学校のようなものだろうと思っていたので、この事実はかなりの驚きだった。

私が通い始めた当初、学園には二十九名の子どもたちがいた。学園の建物は極端に狭いというほどではなかったが、個人のための部屋はない。そのかわり、一階には女子用、二階には男子用の複数の小部屋があって、そこには年齢がばらばらの子どもたちが数人ずつまとまり、まさに兄弟姉妹のように暮らしていた。なんだか見たことがあるような……そういえば、私は以前、テレビで「大家族特集」なるものを見たことがあったが、それだ。学園は全体として、特大の家族のようなものだった。

各部屋のリーダーを部屋長という。専攻科所属の特例を除いて学園には十八歳までしかいられないから、部屋長はたいてい高校生だった。部屋の整理整頓から後輩の指導、はてはちびたちの寝かしつけまで、その仕事は多岐にわたるものだった。断言できるが、私にはできない仕事だったと思う。しかし、学園の青年たちはそれらを確実にやりこなしていた。逃亡できる私とは違って、彼らにはやるしかなかったから。

子どもたちは昼間は聾学校……現在でいう特別支援校に通っていた。学校は遠い。聞こえない子はさまざまな場所に少しずつ生まれるけれども、聾学校はさまざまな場所にはない。大部分の聞こえない子にとって、学校は遠いものなのだ。学園の子どもたちが通う二つの学校は比較的近いほうだったが、それでもかなりの距離をバスに乗って通わなければならなかった。

その頃の学園には普通校に通う子はおらず、全員が聾学校に通っていた。幼稚部、小学部、中学部、高等部、専攻科があって、それらは普通校の幼稚園から専門学校に相当している。重いハンディを持つ子のための特別学級もあって、生徒の数が少ないわりに先生方の人数は多く、充実した教育が行われているようだった。

しかし、学園の子どもたちは学校の先生を全く信頼していなかった。公平を期すために言っておくが、私は何人かの聾学校の先生に会い、話をしたこともある。彼らは皆、優秀かつまじめな人たちで、べつにそれほど信頼できない人のようには思えなかった。しかし、学園の子どもたちは常に先生に対する不満を訴えていた。残念ながら、その内容は私を含む大学生に対する感想と同じ種類のものだった。

手話を使ってくれない。
私たちを理解していない。
物事を知らず、頼りにならない。
見当はずれの見解を押し付けてくる。
命令するだけして、自分は先に帰ってしまう。

先生たちは生徒の一般社会への適応を考え、学校内ではほとんど手話を使わなかった。それは彼らの判断ではなく、当時の聾学校ではそういう口話中心の教育が普通だったのである。しかし、学園の子どもたちの多くは口話を読み取る能力に欠けていたし、そうでない子も読み取るだけの集中力を欠き、残りの子たちはこうした教育方針に反対だったから、授業はまるで浸透していなかった。

先生たちには申し訳ないが、日々生きることに必死な彼らは授業どころじゃなかったのだ。学園の子どもたちにとって、明治の文豪の悩みはひどく遠いものだったろうし、日本語の理解もままならない状態で英文を読まされても、たいした学習意欲は湧いてこなかったのだと思う。

子どもたちが知りたかったこと、それは洗濯物を速く乾かす方法であり、ちびたちをうまく寝かしつける方法だった。これからどこにどう住んで、何を申請して何を受給すべきなのかも教えてほしかっただろうし、社会で健聴者に侮られないための方法も知りたかったはずである。めったに表には出さなかったけれども、何を希望に生きるべきか、身を切るような孤独と不安にどう立ち向かえばよいのか、自分たちの本当の可能性はどこまでなのかといったことも彼らは常に考えていた。

しかし、学校の先生たちはそうした疑問に答えてくれなかった。というより、答えられなかったのである。ほとんどの先生たちは障害なく生まれ、親に守られた環境で健康に育ち、実社会を経験せずに指導者となる。子どもたちとの溝は深い。逆に子どもたちが学校の先生になる可能性も限りなく低い。つまり、教師は子どもたちとは異質の人々であり、信頼できる存在ではなかったのである。

その一方、子どもたちの学園職員に対する信頼は大きなものだった。彼らは学校の先生たちとあらゆる点で違っていたから。

私が通い始めた当初、主な学園職員は六人いた。男性は黒シャツと大柄なミトさん、あとの四人は女性だった。彼らは全員が手話を使う。起床から就寝まで、児童の生活の一切につきあう。それゆえ、子どもたち一人ひとりの性格や行動を熟知しており、その見解や指示も大体において妥当なものだった。

だが、職員は子どもたちをよく叱っていた。一日中、叱ってばかりだったといってもよい。彼らは皆、実に厳しかった。どんな人間だって、普通は優しい人にひかれるはずだ。子どもたちがなぜ、黒シャツをはじめとするきつい職員についてゆくのか、私には理解できなかった。

しかし、誕生日におむつをすすめるようなことをするものの、学園職員の行動には見るべきものがあった。私は職員に共通して見られる特色を知り、次第に彼らに敬服するようになっていった。細かいことをあげればきりがないが、職員たちの行動における最大の特色は「帰らない」ということにつきる。とにかく、彼らは帰らない。子どもたちを叱ったあとも気まずい雰囲気のまま食事を共にし、裸になって一緒に風呂に入り、大いに遊び、というか戦い、また叱るけれども、職員たちは帰らない。子どもたちが眠りにつくまで、彼らは学園にいてくれるのだ。

もちろん、彼らにも規定の勤務時間があり、早番の人は午後には帰れる。しかし、そうする職員はいなかった。それればかりか、どんなに遅い時刻であっても、私は彼らが帰る姿を見たことがなかった。彼らは子どもたちが起きる前にはもう学園にいて、寝るときにも学園にいた。このことについてはあとでまた触れるが、この学園の職員は実は全員が偉人だったのであり、特に黒シャツとエフ女史は超人だった。

こうした職員たちがいつもいて、その顔ぶれがほとんど変わらないのはよいことだが、この種の施設は外部の風が入りにくいから、どうしても閉鎖的になる。これでは職員も息が詰まるし、何より子どもたちによくないだろうというので、この学園は週に一回、公開日を設けていた。申し込めば、まず拒まれることはない。誰でも自由に訪問できる。それこそが金曜日の交流会であって、私たち大学生はそれに参加していたのである。情けないことに、私は参加してからその事実を知った。

一九八〇年代はこの交流会が最も機能していた時期で、週ごとにやる内容も決められていた。月初めの第一週が誕生会、二週目が例のボールなどの遊び、三週目が映画会、四週目がまた遊び。そして交流会前日の木曜日が部屋長会、翌日の土曜日が児童会となっていた。私はのちに後者にも参加させてもらうようになったが、それは平均四時間にも及ぶ壮大な反省会であった。

この学園の人たちは何をやるにしても常に真剣であり、その結果、あらゆる行事は非常に長く時間がかかるものだった。それは映画会においても例外ではなかった。

私は訪問三週目にして初めて映画会に参加したのだが、それはその名称からは想像もつかない、きわめて重厚な行事だった。そのボリュームは先週のボールにも勝るだろう、というのが私の感想である。

まず、映画のフィルムを取りに行くのが大変だった。それは大学生の仕事だったのだが、学園訪問メンバーの一年生は初め私しかいなかったから、それは私の担当になり、以後ずっと私の仕事になってしまった。子どもたちや職員の苦労に較べたら何のことはないのだが、私の都合を一応述べておくと、その日は五時前に起床しなければならなかった。なぜなら、毎週金曜日は交流会の日であると同時に大学の体育の授業日でもあったからである。体育は必修科目であって、出席して単位を取らないと留年してしまう。それは当然だと思うのだが、問題は授業が行われる場所だ。私は入学するまで、いや、入学してからもしばらくの間、大学の体育が神奈川県で行われるということを知らなかった。うわさを聞いてガイドブックを見直してみると、確かにそう書かれていた。

当時、私は津田沼の先に住んでいたから、八時五十分の出席確認に間に合うためには五時過ぎに家を出て、六時前の電車に乗らなければならない。船橋駅で私鉄を降りて国鉄の駅まで歩き、ようやく到着した渋谷からまた私鉄に乗り換えるのだが、電車はずっと超満員のままである。もちろん、一度たりとも座れない。すっかり疲れ果てて神奈川のグラウンドに着くと、十五時までは延々と体育の授業だ……ようやく着替えて都心に戻り、映画のフィルムを取りに行くのはそれからである。

字幕つきの映画を貸してくれる福祉センターは三田にあった。やたらと重いフィルムケースを三つ抱えて地下鉄に乗ると、ちょうど企業の退社時刻と重なって、電車は再び超満員となる。どうにか学園のある下町の駅に到着すると、私は長い旅行から帰ったような、一種の放心状態になっていた。

これで学園の映画会に参加して、全てを終えて家路に着くとなると、私の通過した駅は優に百を超えてしまう。そのあと、津田沼から歩いて帰るというのはいくらなんでも無理だ。今日こそは終電に乗らない。会の途中であっても、手をあげてこう言うんだ。

「すみませんが、ぼくの家は遠いんです。電車がなくなります。送ってくれなくてもかまいません。ぼくは帰ります。」

私は固い決意をして、初めての映画会に臨んだ。

「映画を見る前に言っておきます。」

会長の手話と共に、最古参と思われるエフ女史の声が響いた。

「学園にはテレビが一台ありますが、ぼくたちは洗濯やちびの世話とかで忙しくて、ゆっくり観ることができません。」

当時、ホームビデオは急速に普及しつつあったが、この種の施設に設置されるほど一般的なものではなかった。

「今日は月一回の大事な機会です。ハラさんはいろいろ面倒な手続きをして映写機を借り、運んできてくれました。ミトさんは忙しい合間をぬって、映写の資格を取ってくれました。重いフィルムを運んでくれたのは新しい大学生です。」

今なら、タップかクリック、せいぜい何かをイン、という一動作が当時はこれだけの苦労を要したのである。ところで、ハラさんとは？　黒シャツのことだろうか。

「ですから、途中で寝るのは絶対にだめです。最後まできちんと見ましょう。」

こう言われてしまえば、寝るわけにはいかない。子どもたちの手前もある。映画は嫌いなほうじゃなかったから、私はスクリーンに目を凝らした。

映画はいつも三本立てだった。一本目は小さい子ども向けのアニメーション。今夜のそれは字幕を追えない子でも動作で大体の内容がわかるもので、ちびたちは大喜びだった。ところが、私はここまでの疲れが出たのだろうか、眠くて眠くてたまらなくなってしまった。間抜けな猫が賢いネズミを延々と追い廻す。その繰り返しは私にとって強力な睡眠導入剤以外の何ものでもなかった。私は何度も目をこすり、太ももに爪を突き立て、ついには断続的に舌を噛んで、この三十分間の試練と戦った。さあ、困った。軽く考えていたアニメでさえ、このざまである。私は後に控える二本の映画の重さを考え、暗澹たる気持ちになった。野球でいえば、初回に十点取られてしまったような感じだ。

二本目は……映画の内容まで記録していたわけではないから、記憶に頼るしかないのだが、動く椅子が出てくる不思議な話だったと思う。私が憶えているのはそれだけである。目は開いていたはずなのだが、意識はもうろうとして、それでも、私は眠気を回避する方法を必死で模索していた。映画が終盤にさしかかった頃、私はきわめて有効な方法にたどり着いた。すなわち、息を止めるのだ。これを実行に移せば、いかなる眠気もたちまち吹き飛んでしまう。これをも超える眠気があるとすれば、それは酸欠による永遠の眠りだ……この荒業によって、私はどうにか二本目を乗り切ることができた。

いよいよ三本目。私は息づかいも荒く、これに臨んだ。しかし、新たな懸念が私を動揺させていた。二本目が終わったとき、ちびたちは去った。彼らの就寝時刻を過ぎていたからである。それが二十一時半。三本目は一体、何時間の作品なのだろうか。しかも気がついてみると、隣にいたはずのセタ先輩がいない。まさか帰った？　ちびたちが移動しているときに？　ああ、不覚にも、私は帰る機会を逸してしまったのである。

三本目は名作だった。貧しい兄弟たちが悩みつつも自立してゆく話、まさに学園で上映するために作られたような作品だった。私はこれをまともに観たし、機会があったら、また観たいとさえ思っている。学園が目指すものと重なるせいもあって、子どもたちの観賞態度はきわめて良好だった。会長も感銘を受けたようである。

「今日の映画の内容はとてもよかったと思います。みんな、思ったこと、考えたことを言ってください。」

ばらばらと手があがった。彼らは疲れというものを知らないのだろうか。

零時を過ぎて、ようやく映画会は終わった。さて、寝るとするか。明日は早い。ぼくはトラックの荷台に乗って、日雇いの仕事に行く？　私は映画の内容と現実との区別すら、あいまいになっていた。

「おい、駅まで送っていくぜ。」

黒シャツの声によって、私はようやく我に帰った。が、その意識は混濁していたため、次のように答えてしまった。

「おう、すまねえな。」

さすがの黒シャツも驚いて私を見つめ、黙って車のドアを開けてくれた。

後部座席に乗り込むと、私はすぐに眠ってしまったようである。ふと気がつくと、そこはもう駅前だった。

「大丈夫かよ。学園に泊まるか？　そんなんじゃ、電車を乗り過ごすぜ。」

黒シャツはこう言ってくれたのだが、私はその提案を固辞し、改札口に向かって最後の突撃を敢行した。


この日に限って言えば、電車は私の味方だった。それは私の降りるべき駅を通過しなかったばかりか、親切にもその一駅手前で停車してくれたのだから。私はそこから歩いて帰ったようなのだが、よく憶えていない。

翌朝、私はベッドの下で目を覚ました。玄関は開けっぱなし。もちろん、靴は履いたままで、そしてなぜだかよくわからないが、手に大量の雑草を握り締めていた。

四章　交流

私は学園に通い続けたのだが、なかなか子どもたちとうち解けることができなかった。彼らにとって、私はいつまでも部外者であり、見学者にすぎなかった。

その間、交流会には多くの人たちが訪れた。そのほとんどは学生、先生、公務員。つまり、教育関係者が大半を占めていた。これは関心の問題というより、それだけの暇があるのはそういう人たちに限られていたからだろう。もっとも、パンチと猛禽は別だった。彼らはなぜか毎回来ており、翌日の児童会などにも出ているらしくて、まるで顧問か相談役のようにふるまっていた。

この二人以外の訪問者たちは子どもたちにひっきりなしに話しかけ、自分自身のことについても実によくしゃべっていた。べつにうらやむわけではなかったが、私はこうした彼らの態度をとても不思議に思っていた。なぜそんなに自信がある？　それになぜいきなり親しもうとするのだ？　学園の子どもたちと訪問者の立場はあまりにも違う。親しくするのはよいことだろうが、はたして訪問者にその資格があるのだろうか。そもそも学園の青年たちは訪問者を見下しているじゃないか。自信たっぷりの訪問者たちはわかっていないようだったが、実は相手をしてやっているのは我々ではなく、子どもたちのほうだった。私はそれに気づいていた。

訪問者たちは子どもたちと遊んでやったと言い、今日はよい経験をしたと言って、満足して帰る。そして翌週は来ない。次も来ない。と思うと、明るい笑顔で突然また訪ねて来たりする。彼らの多くは市や大学の手話サークルに所属していて、手話はかなりうまかった。それに加えて児童心理学なんかも勉強していて、リズム体操を教えたり、手遊びのようなゲームをすることもできた。それはなかなかおもしろいものだったから、青年たちはともかくとして、ちびたちの反応はまずまずだった。しかし、それでよいのだろうか。

私は自分の先輩たちを尊敬していなかったけれども、他の訪問者たちと比較して、彼らよりはずっと好感が持てる人たちだと思うようになった。先輩たちはおしなべて活力に欠け、地味で暗く、大変失礼ながら、私が高校生だった頃には相手にもしなかったような種類の人たちだった。しかし、彼らは分をわきまえていた。自分たちが学園の人々より劣る、ということをよく知っていたのである。

一応ことわっておくが、私は手話サークルの人たちが悪人だなどというつもりはない。私は彼らと共に学園まで歩き、一緒に終電で帰ったこともあるが、その多くは強い使命感に燃える人たちだった。

「おれ、今日で二回目だけどさ、小さい子たちは大体分析できたよ。なんのことはない、みんな甘えん坊だね。寂しいんだよ。」

「ぼくたちと遊べない子を出しちゃあ、いけないよね。」

「そうね。あたし、手話の会のボラさんに動員かけてみようかな。」

「そりゃあいい。そうしたら、おれたちが考案したあの心理ゲームをさ、次回の交流会で実験できるかもしれないな。」

しかし、私はこうした会話の内容がなんだかとてもいやだった。大体、ボラさんって何だ？当時はボランティアという言葉が日本の社会一般に広まり始めた時期だったが、私はすごくいやだと思った。行政の不備を、自立していない学生が、しかも間違った方法で補完してどうするのだ？　それに具体的な問題として、私と遊んだあとで相手がこう言ったとしたらどうだろう。

「今日はボランティアをしたわ。」

私はそいつを無視するようになるに違いない。

訪問者たちはひどく熱心ではあるものの、何らかの部分を欠いた人が多かった。彼らは私が通った最初の一年間で少なくとも二十人には達したはずだが、失礼を承知で言えば、失礼な人たちばかりだった。あいさつをしない、敬語を使えない、遠慮ということを知らない。学園の備品を勝手に使ってしまうし、ラフな服装でどこにでも入り込む。菓子や食事を礼も言わずに食い、ごみは学園に捨ててゆく。少なくとも彼らは大人じゃなかった。私はなぜこんな人ばかりが来るのだろうかと首をかしげていたのだが、やがてその答えは明らかになった。訪問者たちは配置がない人たちなのである。だからこそ、来られる。来る自由があるし、時間もある。なぜ配置がないかは言うまでもなかろう。

私が思うに、この種のボランティアの多くは自らの足元を見ない人たちである。自分が果たすべき責任から逃げている。彼らは自分の仕事に専念せず、自立せず、家事をもしない。それでいて他を救おうという気持ちには満ちていて、救いうると信じている。自分の生きがいを求めて、どこにでも行く。学園の子どもたちや職員は毎週そんな半端者を相手にしてくれているのだ。そして……非常に残念なことだが、私も間違いなくそのひとりだった。

ただし、全力で自己弁護をすると、私はそれを自覚していた。その分、私はましだったと思う。それなら、私の態度は他の訪問者より優れたものであったか？　子どもたちと多少はましな関係を結んでいたのかというと、これが最悪だったのである。

他の訪問者たちに難くせをつけておきながら、私はその最後尾にいた。それどころか、私は子どもたちと会話することすらできなかった。いついかなる場面においても私は傍観者だったのだ。具体的に何をしていたか？　私はひたすらメモをとっていたのである！

学園で行われていることが何か大事なものであることはわかる。しかし、関係は結べない。自分がやるべきこともわからない。だから、私は取材をした。私は学園とそういう関わり方しかできなかったのだ。

私は小さなノートを持参して、学園で交わされるほとんど全ての会話を記録していた。まあ、そのおかげでこの文章も書けるわけだが、しかし、そんなことをやられたら、子どもたちも職員もたまったものではない。私自身、自分の会話を全てメモするようなやつには絶対に近寄らない。しかし、そうは言っても……私はどうしたらよかったのだろうか。


「最近、いろいろ問題が多くて、交流会がきちんとできませんでした。」

会長の手話をエフ女史が訳してゆく。確かに前回も前々回の交流会もつぶれた。ジンがオートバイを盗んで事故を起こし、マサが学校の先生を殴ったからだ。

「今日は久しぶりに思い切り遊びましょう。内容はかめのこです。」来た。いよいよかめのこか。かなり激しいゲームらしいから、しっかりと見ておこう。この時点で、私はまだ従軍記者のつもりだった。しかし、次の言葉を聞いて息が止まりそうになった。

「今、ここにはいろいろな人がいます。今日は交流会ですから、みんなで交流しましょう。いつも何か書いている人がいますが、それは交流とは違うと思います。やめてください。」

皆の目が一斉に私に注がれた。私はぼうっとして思わず立ち上がったのだが、それを合図のようにしてチーム分けが始まった。

ボールのときと同様、戦力を拮抗させた二つのチームが作られてゆく。不運にも、私はまた猛禽やパンチのほうのチームに入れられてしまった。つまり、私はマサやリン、黒シャツの攻撃に身をさらすことになるのだ。私の味方についた手話サークルの三人はかなり大柄だけれども、この期に及んでへらへら笑ったりして、全く頼りないかぎりだ。こちらの主力はジン、パンチと猛禽、ユウ、それに会長といったところだろうか。

やがて競技の説明が始まった。私はこのときになって初めて知ったのだが、かめのことは競技場の形だったのである。食堂の床に設定されたラインを亀の子に見立てるというのだ。しかし、実線は引かれていない。フィールドは各自の心のなかにあるらしい。人間以外の生物にはできない競技だ。

会長の説明によれば、攻撃側のチームが時計回りに亀の外側を三周し、その頭部から内側に侵入して宝を奪う。そうすれば攻撃側の勝ちだ。守備側は亀の内側から出ないようにして攻撃側の選手を捕まえ、これを引きずり込んで無力化する。ルールを聞くと守備側が不利なようだが、亀の足は食堂の壁ぎりぎりの床板にまで張り出しているのだそうで、そうすると、一番狭い隙間は十センチにも満たない。攻撃側がここを無事に通過するのは容易ではない。つま先で横歩きをしながら、つかみかかる守備側の手を振り払って、ときには彼らを亀の外側に引きずり出して無力化しなければならない。亀の手足は四本あって、その外周を三回廻るわけだから、こうした攻撃側の危機は十二回にも及ぶ。多くの困難を克服して亀の内部に侵入したとしても、そこにも敵がたくさんいるし、宝の前では守備側の大将が待っている。ちなみに宝はごく粗末なもので、この日のそれは古いスポーツタオルだった。

つまり、この競技の中心にあるものは宝ではなく、格闘なのだ。ここは戦場と化し、敗者は床にたたきつけられるのだろう。私は黙って食堂の床を見つめたが、何度見てもそれは古びた板そのものであって、緩衝材の類は一切含まれていなかった。これは恐ろしい競技だ。かめのこなどというかわいらしい名前はその本質を隠蔽しているにすぎない。第三帝国が巨大戦車をマウスと呼んだのと同じだ……こんなことを考えていると、会長が床をどしんと踏み鳴らし、恐怖のゲームが始まった。

安保闘争や山谷の運動が盛んだった頃、私は幼かった。成田闘争の最盛期においてさえ、私はまだ中学生だった。したがって、実戦はこの日が初めてだった。私が唖然としているうちに参加者全員の服は裂け、ボタンは飛び散り、何人かはほとんど裸になってしまった。そうか、女性職員が航空兵みたいな厚手のツナギを着ていたのはこのためだったのか……私はこの惨状に驚きながらも、守備側の一員としての任務を果たすべく、海峡を通過する戦士たちを内側に引きずり込もうとした。もっとも、この頃には戦艦・重巡以上のやつらは各地で格闘中だったから、私が手を出したのはそれ未満の者、すなわち小中学生と女性職員ばかりであった。

　この戦法を卑怯とする向きもあるだろう。しかし、敵は充分に強かった。特に女性職員たちは私の手を強引に振り払い、それどころか組みうちを挑んできた。その力たるやすさまじく、まるで手負いのクロクマのようだ。

「ちょっ、ちょっと待ってください。危ないです、それに……」

　私がいくら話しかけても、彼女たちは目を血走らせ、低いうなり声をあげながら私の服を引き裂き続けた。これはゲームなんかじゃない、死にもの狂いの本当の戦いなのだ……私はようやく事態を理解したが、そのときには床にねじ伏せられ、通過する子どもたちに踏みしだかれて気が遠くなりつつあった。それにしても、こういうのを交流と言うのだろうか？

　やがて守備の大将パンチがリンによって床にたたきつけられ、腕を押さえてうずくまってしまった。前線から戻ったユウと猛禽が防戦しようとしたものの、猛禽はリンに投げ飛ばされ、ユウも数人の寝技に取り込まれてしまったようである。これを見た攻撃側はマサと黒シャツを先陣として、亀の内部に突入してきた。私の隣にいたジンが黒シャツをつかまえ、手下の中学生二名が猟犬のようにマサに飛びついたのだが、彼らは数秒も持たずにはねかえされてしまった。守備側のちびたちは泣き叫びながら突撃を敢行したものの、敵の中学生たちは彼らを軽々と持ち上げて、亀の外へ放り出してゆく。味方は総崩れだ。

だが、マサが宝を手にしようとしたその瞬間、あお向けに倒れていたジンが起き上がったかと思うと、最後の力をふりしぼって黒シャツとマサにしがみついた。なんという勇気だ。私は敵のちびたちに引きずられながらこれを見て、感動のあまり泣きそうになった。

しかし、ジンはこの二人に持ち上げられて袋のように揺すられ、うつ伏せの状態のまま、一メートル半ほどの高さから放り投げられた。彼は大きな音をたてて床に落下し、しばらく苦しんでいたが、動かなくなってしまった。

この非人道的行為を見た私は逆上し、自分に組み付く四人のちびたちをたたき伏せようとしたのだが、そのときマサと目が合ってしまった。私はとっさに目をそらし、周囲をさっと見廻したが、高校生以上の味方はもう誰もいない。パンチと猛禽は鼻に何か詰めて倒れているし、手話サークルの三人は亀の外で泣いている。とんでもないことだが、私はこの学園一の戦士とサシで勝負するはめに陥ったのである。

ここまでの話で充分に説明してあると思うが、私は精神的にも肉体的にも強さとは無縁の人間である。しかし、先ほど会長に言われた「取材は交流ではない」という言葉は私をひどく追いつめていた。私はボールのときとは比較にならない強い決意をもって、敵にぶつかってゆこうとした。が、情けなくも腰が引けて、両手だけを突き出す妙な格好になってしまった。それでも勇気を奮って前進したのだが……マサは私の右手をぐっと引っぱり、それを自分の肩にかけ、くるりと後ろを向いたかと思うと、私の体を宙に舞わせた。私はあっと思ったのだが、その瞬間に意識が飛んで、気がつくと固い床の上に倒れていた。

「痛いか？」

私をのぞき込むたくさんの顔。今の声は黒シャツだと思うが、天井の照明がまぶしくて、誰が誰だかわからない。

「折れてるかもしれねえからさ、動かさないほうがいいって。」

猛禽らしき人物がこう言うのを聞いて、私は起き上がろうとした。ところが、体が動かない。声も出ない。

「痛えか？　痛えか？」

ミトさんがかなりあわてているところをみると、私は重傷なのだろうか。痛みはなかった。しかし、肩よりもむしろ背中と腰がしびれていて、息はごく浅くしかできなかった。

やがて担架が運ばれてきて、私は学園のマイクロバス……今で言うミニバンに乗せられ、どこかの病院に担ぎ込まれた。ミトさんは相変わらず、

「痛えか？　痛えか？」

と問いかけてくれるのだが、私はなぜか声が出ない。しかし、痛みは感じなかった。

病院に着くと、私は寝転んだままレントゲン写真を撮られた。そのまま引きずられて、巨大なシャンデリアみたいな照明の下にある手術台に寝かされてしまった。

「大丈夫。頚椎や脊椎に異常はないよ。単なる打撲。」

これはよいニュースだったが、続いて老医師はいやな提案をしてきた。

「ただね、右肩がはずれているし、ひびも入っている。万全を期すなら、切開したほうがいいんだけれど、そこまではいいような気もするし、何よりここでは無理だね。紹介状を書きますか？それとも、ここでハメちゃいますか？」

切開はいやだけれども、大きな病院で手術をしてもらえるのなら、今このじいさんに右肩をはめてもらうよりずっといい。私は「手術を」と言おうとしたのだが、次の瞬間、黒シャツが割り込んできた。

「ぜひ、ここでやってください。押さえますから。」

「ははは、わかった。麻酔はいいよね？　さっと入れて固定しちゃうから。そのほうが治りも早いよ。」

このじいさんはかなりのベテランらしく、慣れた手つきで私の腕をつかみ、バンザイをするような格好をさせようとしたのだが、そのとたん、私はとんでもない痛みを覚えて足を激しくばたつかせた。

「おい、みんなしっかり持てよ。こいつ、あばれちゃうから。」

私は必死で身をよじったが、黒シャツの指示を受けた学園のやつらに全身を固定され、歯ぎしりするばかりだった。

「ははは、イキがいいね。はい、終わり。」

私は汗びっしょりになって放心し、もう考えることもできなくなってしまった。

再びマイクロバスに乗せられた私は弱りきって、ほとんど土人形と化していた。すぐに学園に帰るのかと思ったが、車はやけに長く走る。私は何度かうとうとしては目覚め、もう着いただろうと思うのだが、ミトさんはいつまでも運転を続けている。まあ、いいや。どうにでもなれ。いつしか私は眠りこけてしまった。

気がつくと、車は私が住む団地の前に停まっていた。母親が対応している。学園の車は私が初めて訪問したときに書いた住所をたよりに江戸川を渡り、市川、船橋、津田沼を抜け、複雑な路地を突破して、私の家にまでたどり着いたのである。もちろん、当時はナビなんかない。

「申し訳ありませんでした。何でもおっしゃってください。」

母親に対する黒シャツとエフ女史、それにミトさんの態度を見て、私は自分が学園の客であったことを痛感した。勝手に来て、身の程をわきまえずに参戦して負傷し、子どもたちの貴重な交流会を台なしにした……とんでもない客だ。

三人は私を置いて帰っていったが、それが大体三時頃だったと思う。彼らは一睡もしないだろう。そして当日の通常業務をこなし、そのまま夜遅くまで児童会につきあうに違いない。

私は母親から水をもらい、濡れたタオルで顔、それから体を拭いた。シャワーを浴びたいところだったが、痛みと疲労でそれは不可能だった。私はわずかに残ったシャツの残りを切り捨て、パジャマに片袖だけを通して、静かにベッドに横になった。右肩が重く、激しくうずいている。

これでは眠れないだろう。仕方ない、長かった今日一日のことを整理してみよう……私はそう思ったのだが、すぐに全てがわからなくなってしまった。

五章　離島

私がアイスコーヒーを飲みほし、すぐに二杯目を注文すると、ヒロは哀れむような目つきでこう言った。

「おまえさ、なんか余裕ないよな。コンパも来ないし、まるで遊ばないじゃん。こういうところに来たこともないんだろ？」

ぼくはずっと放浪者だったし、今は肩が砕けるほど遊んでいるよ……私はこう言おうとしたのだが、彼の若さに気圧されて、軽くうなずいただけだった。

「いいのよ。学生の本分は勉強だものね。」

こういうとき、ミクはいつも助けてくれる。しかし、彼女はどうもヒロとつきあいはじめたようなので、私はどう反応してよいのかわからなかった。

ヒロは私が読んでいた本を脇に追いやって、あくびをしながら言った。

「勉強かあ。いまさら勉強したって、この学校じゃなあ。」

「そうねえ。私、受験し直そうかな。」

二人とも地方の秀才だったのだろう。しかし、私はこの手の悩みは高校時代に克服していた。

バイトに行く時間が気になっていたのだが、リエとジェイは約束の時刻よりかなり前に店に着いた。ところが、ヒロとミクが入れ違いに店を出ることになった。そればかりか、今来たばかりのリエまでが大学に戻るという。

「プレゼミがあるのを忘れていたのよ。」

「ってことで、おれらは去るよ。」

「じゃね。ジェイ、がんば。」

残された我々も店を出ることにした。この前は私以外の四人が飯田橋まで来てくれたので、今日は私が九段下から帰る予定だった。私とジェイはゆるい坂道をのんびりと歩いていった。暑い日だったが、空気はからっとしていて木陰は涼しい。このあたりは都心でありながら緑が多く、車は少なかった。静かでいい道だ。

「いつも忙しいのね。」

ジェイは両手を後ろで組みながら語りかけてきた。いたずらっぽくありながら、抑制がきいていて品がある。紫がかった微妙な色のワンピース、かかとの高い革製のサンダルがよく似合う。私は彼女のこうした様子を好ましく思った。

「今日はバイトに行かないんだ。」

私がこう言うと、彼女は固定された右肩を見てつぶやいた。

「痛むのね。」

「いや、たいしたことはない。ただ、ぼくは一応接客もするだろ。フロア長が言うんだ。包帯だらけの店員が成立するのかって。」

「厳しいのね。ねえ、前にも言ったけど、」

彼女が善意で言ってくれているのはよくわかる。

「家庭教師をしましょうよ。」

私はつい先日、このことを巡って四人と論争、とはいかないまでも、かなり気まずい雰囲気になったことがあった。今回も私は黙っていた。

「家庭教師の何がいけないの？　子どものためにもなるし、自分のためにもなる。あなたの好きな社会貢献にもつながるわ。」

彼女はここで一度言葉を切り、気持ちを抑えて再び語りかけてきた。

「それに時給だって、あなたの仕事の三倍よ。あなたが本当に自立を考えているのなら、家具屋さんにこだわるべきじゃないと思うわ。」

ジェイの言うことは全く正しかったのだが、社会貢献が好きなどと言われて、私はおもしろくなかった。彼女はすぐに私の不愉快を察し、少しすねたように言った。

「ごめんなさい。でも、私、いじわるしたんじゃなくてよ。あなたが心配だったんだもの。」

私も彼女にあやまった。

「ごめん。自分でもよくわからないんだけれども、ぼくはなぜか今のバイトを続けたいんだよ。」

ジェイは私の顔をのぞき込むようにして、問いかけてきた。

「もしかして、家具屋さんになるの？」

私は思わず吹き出してしまった。彼女がおかしな質問をしてくれたおかげで、なんだか気持ちが軽くなった。

「そいつは無理だよ。残念ながら、ぼくはとても鈍くてね。店全体のお荷物なんだ。いつも何らかのミスをして叱られている。ここに就職したいだなんて言ったら、店のみんなに笑われちゃうよ。そもそもこの肩のおかげで五日も休んでいる。ぼくはクビになるかもしれない。」

彼女は少し黙っていたが、再び私の肩を見つめてこう言った。

「車の教習所はどうしているの？」

「やめた。これじゃあ、ステアリングを握ることもできないからね。」

「やめちゃったの？　入学金も払ったのに！　なぜなの？　なんでそんな乱暴な施設なんかに通うのよ。」

私は説明できなかった。彼女はしばらく考えているふうだったが、急に歩みを速めながら、声を潜めて何か言った。

「それなら……」

聞き取ることができなかったので、私は急いで彼女を追った。ジェイは急に振り返ると、私を見つめて決意したようにささやいた。

「ねえ、私と一緒にイギリスに行かない？　短期留学の締め切りは二十五日までだから、まだ間に合うわ。バイトも教習所もないんでしょ？　費用のことなら、大丈夫。私、心当たりがあるから。」

私が黙っていると、彼女は心配そうな目で私を見た。

「外国に行きたいって言ってたじゃない。それとも、夏休み中に何か大事な用事でもあるの？」

「うん。島に行くんだ。そんなに遠くじゃないけど。」

この答えに彼女は驚き、非常に失望したようだった。

「誰と行くの？」

「例の施設の人たちと。」

彼女はあきれてしまった。

「何なの？　その施設って。どうしてそんなに入れ込むのよ。」


九段の駅でジェイと別れたあと、私は飯田橋に戻って、そこから電車に乗った。座席は空いていたが、なんとなく外の景色をながめたかったので、ドアの手すりに寄りかかることにした。

私は幼い頃からいろいろなものに興味を持ってきた。生物が大好きだったし、宇宙や微小な世界にもあこがれた。絵画や陶磁器、茶器の類もおもしろいと思った。しかし、私はそうしたものについてある程度は詳しくなったものの、夢中になることはできなかった。それらは私の一生のテーマにするにはあまりにも大きすぎ、かつ物足りないものだったから。人生は一度しかなく、時間はあっという間に過ぎてしまう。私はそれをよく知っていた。どうせなら、自分の一生を最も意義あるものにつぎ込みたい。私はずっと以前から、そう思い続けてきた。

ジェイはあきれるかもしれないが、家具屋での労働と学園は私が初めて出会った「人生を賭けるに値するもの」だったのである。しかし、まだ確実とはいえない。もう少し確かめてみたい。

電車が駅に到着すると、私はするすると包帯をほどいて固定具をはずし、それらを駅のごみ箱に捨ててしまった。そしてこぶしを握りしめて、バイト先に向かった。

それからおよそ二週間後、私を含めた四十余名の一隊は煙に包まれた学園をあとにして、無言の進軍を開始した。手をつないで下町の路地を進む隊列は異様な姿だったので、たちまち人々の注目を集めるところとなった。討ち入り？　それにしては本営がもうもうたる煙をあげているのが気になるが、これは退路を断つためではなく、害虫を駆除するための煙なのであった。

今日から一週間、避暑なのかキャンプなのか、それとも合宿なのかよくわからないけれども、とにかく学園一同は島に行く。そのついでに黒シャツはありったけの殺虫剤を焚き、学園に巣食う害虫の殲滅をはかろうというのだ。報知機やスプリンクラーのスイッチを切ってしまうこと、薬品成分が残留することなどを考えると、今では決して許されない行為だったといえる。それに元高校生物部部長の立場から言わせてもらえば、この種の作戦は街の一区域が一致協力してやらなければ意味がない。害虫たちは学園を出て、隣接する病院に移動するだけである。何事にもぬかりのない黒シャツにしては珍しく間抜けな作戦……しかし、そんなことはありえないと思うが、仮に隣の病院が学園の敵だったとしたら？　黒シャツ恐るべし、それは一種のバイオテロだったといえるだろう。

私たちは手をつないだまま前進を続け、電車に乗り、そのまま浜松町まで進んだ。絶対に手を離してはいけないと強く言われているから、握ったそれは汗びっしょりである。私は例の誕生会の中学生、すなわちトシ少年と組まされたのだが、これは双方にとって大変な苦痛だった。彼はけっしていやなやつではないのだが、異様なほど落ち着きを欠き、私は内面にこもりがちなうえ、手話ができない。我々は困惑した表情を浮かべて手をつなぎ、無言で歩き続けるのだった。

駅から桟橋までは思いのほか遠い。リュックに詰めた一週間分の荷物が各自の肩に食い込んで、さすがの学園勢も苦しそうだった。私も一応は支援者のはずだから、せめてちびたちの分ぐらいは手伝ってやりたい。しかし、そんなことをしたら私自身が倒れてしまう。何の力にもなれない自分を情けなく思いつつ、私は痛む右肩をかばいながら歩き続けた。

ようやく桟橋に到着したと思ったら、乗船までまだ二時間半もあるという。待合室というにはあまりにも粗末なホールには薄暗い照明がまばらにあるだけで、冷房はついていない。暑さもかなりのものだが、ひどいのは湿気だ。そこに数百人もの乗船予定者がひしめいている。全員疲れきった表情をして、とうてい旅行に行こうという人たちとは思えない。どう見ても、難民とか引揚者とか、そういった苦しい種類の人々のようだ。

あちこちで家族連れの子どもたちが泣き始めた。しかし、学園勢はこの状況下にあってなお、きちんとした隊列を保っている。なんという強さだ。私は今にも泣き出しそうだったが、彼らに負けないよう、歯をくいしばってこの試練に耐えた。

「それでは乗船の案内をいたします。特等と一等の方はこちらから。」

私が階級というものを実感したのはこれが最初だったかもしれない。しかし、その次の放送こそ、最悪のものだった。

「二等船室への乗船は先着順でございます。」

私たちが並んでいた場所は列のほとんど最後尾だった。私は二時間以上早い到着を指揮した黒シャツに強い不満を抱いていたが、幸福を獲得するにはそれでも不充分だったのである。

長い行列は少しずつ進み、やがて我々は船内にまで進んだ。そこは低く暗く、まるで某小説に出てくる甲殻類の加工現場のようだった。船はかなりの大きさで、二等船室はテニスコートのように広い。しかし、ベッドも枕も仕切りさえもなくて、ただ広大な面積だけがあった。つまり、二等の者は勝手に生存競争をして、自由に領土を切り取れというのである。が、我々が船室の入口に立ったとき、そこはすでに人でいっぱいだった。私は必死に人波をかき分けて、ようやく腰をおろしたが、目の前には見知らぬ若者の大きな背中、左のほうには職員のオダさんのものと思われるたくましい足腰があって、私の荷物は子どもたちのジャンピング・マットと化していた。

これほど劣悪な環境に身を置いたのは初めてだったので、私はすっかりあわててしまった。汗とオイルと食物の混濁した臭い、翌日までは絶対に降りられないという閉所恐怖。脳天に響くエンジンの重低音と子どもたちの叫び声、さらには吐き気を催す絶え間ない揺れ。ここで十時間以上も過ごすだと？　私は固く目を閉じて、これが夢であることを祈り続けるばかりだった。

ところが、この死地にあって、前のほうにいた若い男女の集団が宴会を始めた。彼らは大きなデッキを持ち込んでいて、その騒音は耳をつんざくばかりだ。こんなに遅い時間、しかも子どもたちの目の前で大騒ぎをするとは！　私は怒りに燃えて、というか、ようやく怒りの矛先が見つかったのをよいことに、彼らに文句をつけようとした。ところが、一瞬早く黒シャツが立ち上がった。さすがだ。彼なら、私に倍する怒りをぶつけるだろう。

しかし、彼の手話は意外なものだった。

「じゃ、めしにするか。」

なんと学園勢はこの惨状のなかで弁当を広げ、夕食を食い始めたではないか。なんという……強いを通り越して、悪魔みたいな人たちだ。

私はもう、臭いと気持ち悪さに耐えられなくなり、人々を突き飛ばして、この場を去った。重なる人たちをかきわけてトイレにたどり着いたのだが、そこも人でいっぱいだった。私はやむなくタラップを昇り、上甲板に出て、可能なものなら帰ろうとした。しかし、闇夜に浮かぶ陸地は……船尾から続く白い波のはるか彼方だった。

私は甲板に倒れ、思いきり吐いた。誰かが体の上を踏みつけていったが、私は反応することもできなかった。

二時間後、船員の介抱によって私は飛び起きた。彼がつかんで揺り動かしたのは右肩だったからである。

船室に戻ってみると、若者たちの宴会はまだ続いていた。ところが、満腹した学園一同は安らかな笑みを浮かべて寝息をたてている。なぜ！　食後に一杯やった黒シャツや猛禽たちはともかく、子どもたちはなぜこの大音響下で眠れるのだ？　一睡もできなかった私は明け方近くなって、当然のことに気がついた。そうだ……彼らは聞こえないのだ。

翌朝、船は島に到着した。日本の観光地の常で、けばけばしい看板や自動販売機、醜い電柱や電線が目に痛い。しかし、海は極上のブルーに輝いていた。それはバリやマリアナ諸島にも劣らない、まさにリゾートの名にふさわしいものだった。

充分な食事と睡眠を取った学園勢は再び隊列を作り、上陸を敢行した。弱りきった私も新鮮な外の空気を吸って多少回復し、トシ少年に引きずられるようにして宿に向かった。

宿は古びた民宿だったが、二階建てで、学園ぐらいの大きさがあった。黒シャツの説明によれば、ここはサトの実家なのだという。なるほど、この遠征は彼女の帰省を兼ねているのだ。ここに学園一同が毎年滞在する、それは耳の聞こえないサトの父親にいくばくかの収入をもたらすに違いない。実際、それは彼の収入のかなりの部分、というより、この民宿は学園によって存続しているのかもしれない。

「さあ、泳ぎにいくぞ。」

宿に着くなり、黒シャツは次の指示を出した。子どもたちは慣れたもので、大きな荷物を手際よく片付け、衣服の下に水着を着込み、あっという間に中庭に集合してしまった。

ちびや動作が不自由な者たちも大丈夫。青年たちがてきぱきと指示をし、手助けしてゆく。ただし、しっかり援助はするけれども、全てやってやるというわけではない。どんなにちびでも、ハンディが重くても、できることは自分でやらせる。これなら、本人のためになるだろうし、プライドだって保てる。まさにナイス・アシストといったところだ。

一方、私はというと、これが全くだめだった。私は家具屋での勤労経験もあるし、一般の若者に較べたら自立しているほうだと思っていた。不器用ではあるけれども、この種の手際は学んでいたはずだった。しかし、右腕が充分に使えないことを差し引いたとしても、私の片付けや更衣は誰よりも遅く、乱雑で、タオルやサンダルなんかはトシ少年に整えてもらう始末だった。

浜辺に着くと、学園勢は円陣を組み、ラジオ体操を始めた。私は生まれて初めて音のないそれを実行した。なんとも心地の悪い、変な感じ。その体操が済むと、一同は三群に分かれて海に飛び込んでいった。

オダさんによれば、その区分は遠泳できるものが一軍、二十五メートルほど離れた岩までたどり着ける者が二軍。そして特にハンディの重い者と幼稚部のちび、つまり溺死の可能性が最も高い者が三軍であった。選別は会長以下の青年たちによるもので、私は二軍を志願したのだが、海に足先を入れたとたん、すっ飛んできたリンに引き離され、三軍に入れられてしまった。周囲を見ると、皆が私を見て笑っている。

「どういうことですか。」

私がオダさんに問いかけると、彼女は笑いながら答えた。

「訳すわね。あいつは細くて肌が緑。エフさんと同じ。無理と思う。」

うなだれた私が三軍に行くと、そこではエフ女史が重度の子たちとよくよくのちびたちを水際で遊ばせていた。確かに彼女も細くて青白い。繊細な顔立ちは意外なほど美しいけれども、地味な紺無地の水着を着ていることもあって、私に劣らずいかにも不健康な感じだ。最古参の職員だそうだが、まだ若い。三十歳ぐらいだろうか。

「無理しなくてもいいよ。肩も痛むんでしょ。」

厳しい学園のなかにあって、エフ女史の言葉はいつもやさしい。

「いえ、大丈夫なんですが。」

「学園のみんなと一緒に行動するなら、うそは無しにしようよ。私は昔、うそつきって言われて、子どもたちに骨を折られたことがあるよ。」

「本当ですか。」

「うそは無しって言ったでしょ。学園に入ったばかりの頃、私、子どもたちと気持ちが通じなくてね。みんなに捕まって、二階から落とされたの。」

黒シャツに劣らぬ信頼を集めているエフ女史にして、こうした過去を持つのか……私は学園の背後に広がる深淵に身震いするばかりだった。

沖のほうに目をやると、子どもたちは太陽の下で楽しそうに泳いでいる。岸からかなり離れた沖から手を振っているユウ。浮き輪のなかで眠っているリョウ。岩の上を見ると、セタ先輩がマサやジンなんかの青年たちに捕まって、何度も海に突き落とされていた。一見楽しそうに見えるが、先輩の動きは必死だ。エフ女史によれば、彼は去年一軍を志願し、溺れたのだという。

「子どもたちに負けまいと思って、無理したのよ。結果的に泳ぎは中止になっちゃうし、彼の援助が一番大変だったわ。」

かめのこのときの私と同じだ。リンが止めてくれなかったら、私は去年の先輩になっていたに違いない。

泳ぎが一段落すると、一同は浜辺で朝食と昼食を兼ねたおにぎりを食べ、そのあとは激しいスイカ割りとなった。ちなみに粉砕されたスイカは十五個に及んだ。それらを食べ尽くすと、今度はちびたちだけに集合がかかった。私はてっきり昼寝させるのかと思ったが、始まったのは相撲だった。その凄まじさといったら……しかも二手に分かれての抜き勝負だから、強いやつは連勝してゆく。しかし、どんなやつでもそのうち力が尽きてしまい、三勝できる者はまずいない。ついにその子が倒されると、味方のチームから一回り大きな選手が新手として登場し、復讐戦となる。学園一同は目をぎらぎらさせて、言葉にならない声援を送る。まるで金を賭けたムエタイの試合のようだ。

ふと気がつくと、我々は大変な数の観光客に囲まれていた。彼らは一様に驚き、興奮していた。半裸で格闘する子どもたち、それはこの島の南国的な雰囲気を後押しする最高の出し物だったに違いない。

夕方になると、真っ赤に日焼けした一同は民宿に戻った。シャワーを浴びて、全身にアロエの汁を塗り、一階全ての部屋をぶち抜いた大広間に集合して、盛大な夕食となった。会長がオダさんの声で感謝のあいさつをする。

「説明します。これはサトさんのお父さんが捕ってきた魚を料理したものです。名前はイサキとイスズミとイシガキダイです。皆、感謝の気持ちを持って、残すことなく食べてください。いただきます。」

刺身は見事なものだったし、子どもたちは会長の指示にきわめて忠実だった。しかし、私は肉や生魚を食べる習慣がないので、本当に困ってしまった。覚悟を決めて箸を出すと、見かねたリンがすばやく皿を取り上げ、自分の煮物と交換してくれた。そのかわり、彼は私の頭をぴしゃりとたたいた。仕方ない。あらゆる点で彼は私の兄貴だったから。

食事が済むと、子どもたちは一斉に片付けを始めた。残飯がほとんど出ないことも驚きだったが、片付けの手際のよいこと、全員がこの民宿のスタッフのようだ。そのなかにあって、何の貢献もできずによたよたしている青年二人を見つけ、私は親しみを憶えたが、それはセタ先輩と私の同期のエスだった。

片付けが一段落すると、青年たちと職員が何やら打ち合わせを開始した。手話に訳がつかないので、私にはわからない。しかし、女子とちびたちの表情は明らかに曇ってゆく。

「何だろうね。事件でもあったのだろうか。」

まじめなエスが聞いてきたので、私は必死に目を凝らした。しかし、青年たちの手話はとても速くて、意味は全然わからない。私はこの遠征に向けて『手話辞典』の類を数冊購入し、相当予習もしてきたのだが、全く役に立たなかった。

参考までに言っておくと、聞こえない人たちの間で使われる手話は公共放送の映像や辞典の図とはずいぶん違う。そりゃあそうだ。私だってエスに、

「いいえ、私にもわかりません。」

などとは言わない。同期の彼に対してはこうだ。

「いやあ、ぼくにも全然だよ。」

つまり、手話は状況によって大きく変わる。それればかりか、地方によっても違う。方言があるのだ。聾学校ごと、仲間ごと、極端に言えば、一人ひとりが別々の手話を使っていると言えなくもない。私がこの遠征で学んだことは多々あるが、そのなかのひとつは「その人のことをよく知

らないと、その人の手話はわからない」ということだった。必要なことは知識ではなく、理解なのだ。

私は全力を集中して青年たちを凝視し、彼らの理解に努めた。「マサなら、きっとこう言うだろう」「リンのあの表情は怒りじゃなくて、喜びだな」などと、ありったけの勘を働かせて彼らの手話を見つめた。が、訳は不可能だった。なぜなら、私は彼らを理解していなかったから。

私とエスが硬直していると、パンチと猛禽が近付いてきた。

「今晩、あれをやるのさ。」

「その分担を決めてんだよ。」

派手なアロハシャツのようなものを着用した二人は酒臭く、いつにも増して近寄りがたい雰囲気を漂わせていたが、彼らは手話がわからないという点で大学生に親近感を覚えたとみえる。

「超絶肝試しってやつだ。すげえぞ。」

「大人でも、ちびりまくって泣いちまう。」

楽しいはずの遠征の夜に、なぜそういうことをするのだろう。

やがて分担が発表された。大きな子とちびとがうまく組み合わされて、島の中央部の神社へと向かう。一方、職員や猛禽たちはとんでもないかぶりものなんかをして、その二人組を待ち受けるのだ。島の夜道はほぼ真っ暗である。人通りも全くない。そこにぽつんと化け物の顔を浮かび上がらせる行為はもはやレクリエーションの範疇になく、犯罪に等しかった。

出発する前の段階で、ちびたちは激しく泣き叫び、今でいう過呼吸を起こしている者も多かった。それをマサだのリンだのが引っぱってゆく。これから出会うであろう化け物も怖いが、今いる先輩も恐ろしいから、ちびたちは膝をがくがくさせながら闇のなかを進んでゆく。ひどいことをするものだ。

それでは私はというと、そのひどいことをする側にいた。まず、会長にこんにゃくを持たされた。木陰に隠れ、それで目の前を通過するちびの頬や首筋をぬるりとなでるというわけだ。この役割に私は抵抗を感じたものの、正直言うと、内心かなりほっとしていた。脅す側なら、肝を試されなくて済む。少なくとも、「ちびりまくって泣いちまう」ことはなさそうだ。

しかし、ひとりで木陰に隠れてみると、これは脅されるよりはるかにつらい試練であることがわかった。見知らぬ島の深い森、周囲は星明りでうっすらと確認できるだけである。おまけに子どもたちはなかなか来ない。

三十分以上たった頃、ようやく誰かが近づいて来た。私はほっと胸をなでおろしたが、不思議なことに、そいつはひとりだ。おかしい……学園の子どもたちは必ず二人組で来るはずだ。何か事故でもあったのだろうか。

私は木陰から出て、目を凝らした。それは白髪のメガネザル、ではなくて、極端に小さい老婆だった。あまりの恐怖に私は息を飲んだが、老婆もまた驚いて私を見つめた。距離は三メートルほどだったろうか。彼女の身長はどう見ても百二十センチぐらいしかない。しかもこの蒸し暑い夜に和服のようなものを着ている。片手に持っているのは魚、トビウオの類だ。こいつは……まさか、まさかとは思うが、この世のものではない？

私はすぐに逃げ出そうと思ったが、全身が凍りついたように動かない。老婆も私のほうに顔を向けたまま、微動だにしない。その目は大きく、顔の四分の一もありそうなのだが、瞳は白濁しているようだった。

どのくらい見つめあっただろうか。緊張は老婆の動きによって、突然に破られた。彼女はゆっくりと魚を地面に置き、それから手を合わせ、身をかがめて私を伏し拝んだのである。私もこんにゃくを地面に置いた。無意識のうちに両手が合わさって、気がつくと、私も彼女を伏し拝んでいた。

しばらくして老婆はゆっくりと去り、冷戦は終わった。しかし、私は立ち上がることができなかった。トモキを連れたジンに右肩をたたかれて私は我に返ったが、彼らの話を信じるなら、私は硬直したまま土下座して、こんにゃくを握りつぶしていたらしい。

六章　晩夏

外は残暑が厳しいようだが、クーラーの効いた室内はとても快適だった。窓の下には豊かな緑だけでなく、わずかに堀の水面も見える。こうしたカフェでジェイのような女性と過ごすというのは最高に幸せなはずなのだが、私は学園にいるときとはまた別の、なんともいえない居心地の悪さを感じていた。

それを打ち消すかのように、私はこの場にそぐわない話を続けた。

「肝試しはすごかったよ。高校生まで大泣きして、何人も失禁したんだ。次の晩はね、やくざみたいな男たちが仕入れてきた大量の花火に火をつけた。火の粉がものすごくてさ、みんなの背中に燃え移っちゃって、やけどした子もいたよ。最後の夜は徹夜で飲み会だった。翌朝、ふらふらになった我々に民宿のおやじが土産をくれたんだが、それがクサヤの干物でね。ありがたかったんだけれども、帰りの電車のなかで乗客があんまり迷惑そうにしているからさ、ぼくは日本橋で下車して、駅のごみ箱にそれを捨てるしかなかった。いやあ、悪いことをしたよ。」

いつになく饒舌な私にジェイは驚いているようだった。

「ひどい合宿だったわね。それにしても、あなた、ずいぶん焼けたわ。どうして日焼け止めを塗らなかったの？」

私はいつもは青白いのだが、今や木の幹のように変色して、全身の皮膚がむけかかっていた。

加えて、蚊の攻撃による大きな斑点が二十ほどもあった。

「子どもたちは誰も塗らなかった。だから、自分だけ塗るなんてことはできなかったんだよ。」

「あなた、変わったわ。少し前までは日本人は周囲の目を気にしすぎる、自分はまず精神的自立を果たすって言っていたのに。」

このあと、私はジェイから彼女の夏の報告を聞いた。それはとても健全で有意義なものだった。彼女はイギリスに滞在し、各国の留学生たちと言語の違いを論じていたらしい。

「それじゃ、必ず来てね。来ないと、あなたは同期からも切れてしまうわ。」

私が躊躇していると、彼女はなおもすすめてくれた。

「だって、あなたはその施設にしか人間関係がないじゃない。しかもうまくいっていない。私、心配なのよ。ねえ、私や同期の人たちがいやなの？」

「そういうわけじゃない。実はその前日が例の施設の盆踊りなんだ。そのあとっていうのはちょっときついかなって思ったんだよ。」

「お盆はとっくに終わったじゃない。九月直前に盆踊りをするの？」

私も変だと思うのだが、これは事実だった。

「うたぐるわけじゃなくてよ。とにかく、待っているから。別に五時に間に合わなくてもいいのよ。久しぶりにみんなに会いに行きましょうよ。」

私はジェイに感謝していた。それなのに、なぜ彼女の気持ちを素直に受け止められないのだろう。今度ばかりは私もだいぶ反省し、彼女の誘いに乗ることにした。

店から出ると、さらりとした風があって、街は思いのほか涼しかった。大きな入道雲の周辺が夕日に輝いている。ちょうどいいタイミングで、ジェイのかわいらしい声が響いた。

「夏も終わりね。」

私はこのときになって、もっと彼女と過ごすべきだったのかなと思った。


二日後、私は下町の駅に着いた。昼間の訪問は初めてで、なんだか不思議な感じ。駅前は暑くて、ほこりっぽくて、映画に出てくる戦前の風景のように見える。タクシーに乗るカネももったいないし、あまり早く着く気もなかったので、私は歩いて学園に向かった。

相変わらず人通りは少ない。車も来ない。遠くで杭打ち機の音が響くだけで、音もほとんどない。変な街だ。私は黄土色の空気のなかをとぼとぼと歩いていった。景色はなかなか変わらない。電柱、古びた住宅、乾燥したキョウチクトウの木、そしてまた電柱……学園まであと半分というところで、私は何本かの電柱にポスターが貼ってあることに気がついた。近づいて見ると、色画用紙にクレヨンで、

『夏もおしまい！　学園納涼盆踊り　出店もあるでよ！』


と書いてある。この行事は思いのほか大規模なものなのだろうか。

学園に到着すると、中庭には鉄パイプによるやぐらが組まれつつあり、その周辺で十人ほどが

作業をしていた。黒シャツやミトさん、パンチに猛禽、しかし、その他は私の見たことのない男たちだった。

「どうも。ちょっと早めに来たんですが。」

私があいさつすると、黒シャツは金具をレンチで締めあげながら、顔も向けずにこう言い放った。

「あんたにとっちゃ早いかもしんないけどさ、全然早くねえよ！」

私がなおも突っ立っていると、彼は一応の指示を出してくれた。

「やぐらはできねえんだろ？　あっち行っててくれよ。」

私はこれでも約束の時刻より二時間以上早く来たのだが、どうやら、それは自分の都合であって、学園を支援するという目的には合致していなかったらしい。

仕方がないので、私はやぐらの周辺に並びつつある出店のほうへ行き、そこで杭を打っている猛禽に声をかけた。

「どうも。遅くなりました。」

私があいさつすると、猛禽は大きな鉄のハンマーを振り下ろしながら、顔も向けずにこう言い放った。

「あぶねえよ、近寄んなって！　まだ昼間じゃねえか。変に気い遣って、遅くなりましたなんて言うんじゃねえよ。」

さらに鉄パイプを持っていたパンチが追い討ちをかけた。

「よう、今のはメモしねえのかい？」

私が呆然としていると、太った色白の男が声をかけてくれた。年齢は四十歳ぐらいだろうか。

「学生さん。こっち来て、一緒に照明を張りませんか。」

ようやく私は職にありつき、このフランクリン＝ルーズベルトみたいな男と共に働くことになった。仕事は屋台を照らす電灯の設置である。

「私ら、荒っぽくてねえ。悪気はないんですが。」

これはなかなか腰の低い、よいおじさんだ。私はほっとして、この男性に気になることを聞いてみた。

「あの人たちのお仲間なんですか？」

下町の大統領は率直に答えてくれた。彼によって、私はようやくパンチと猛禽の正体を知ったのである。

「そうですよ。我々はアイエス精機の労働者です。みんな、組合員でしてね、その関係で学園の支援に来たんです。私なんか年に一、二回っきりですが、あの人たちは熱心でね。毎週来ているみたいですよ。」

パンチと猛禽はやくざではなかった！　なんと、彼らは工場の職人であったのだ。彼らは同時に下町一帯を包む労働組合の構成員でもあって、同じ組合に所属する学園職員を支援していたのである。組合というものを本でしか知らない私は非常に驚き、ソケットに電球をねじ込みながら質問を続けた。

「工場と施設って、ずいぶん違いますよね。企業別じゃないってことですか？」

この質問に対して、大統領は誇らしげに説明してくれた。

「私ら、広域の労組なんです。どんな会社でも入れます。なにしろ、中小どころか零細ばっかりなもんで。手を組まないと、やられっぱなしですからね。」

「どうして学園とつながったんでしょうか。」

「ここの理事長って、でかい病院を経営しているじゃないですか。聞こえない子の施設は名前と税金対策ってことだけで、そこで生活する子どもたちには関心がないんですよね。で、勝手に話を進めて、保育所を併設しようとしたんです。中庭のあっちの保育所を一階に連れてきて、学園を二階に持ってっちまおうとしたんですよ。」

私は振り返って、学園の向こうをながめた。確かに大きな病院が背後に控えている。それに今初めて気づいたのだが、中庭をはさんだ向こう側は学園じゃない。窓も目張りされていて、あれは別の施設、保育所だ。

「そうなると、この学園は縮小です。男の子も女の子も、全員一緒に二階で生活するってことになります。しかも一階の保育所には聞こえる子どもたちが来る。親と手をつないでね。」

そうか……もしそうなったら、親がいない、聞こえないあの子たちは一階をどんな気持ちでながめるのだろう。

「良心的な女性職員は怒っちまいましてね。理事長にかけあったんですが、まるで相手にしてくれない。で、組合をつくったんです。」

恥ずかしながら、私はこうした話はせいぜい一九七〇年代までのものだと思っていた。貧しい子どもたちがいて、彼らを公然と虐げる資本家がいて、それに対して労働者たちが団結して闘う……これは本のなかの話ではなくて、今ここで行われていることなのだ。

「それで、学園は勝ったんですか？」

これは間抜けな質問だったが、大統領はきちんと答えてくれた。

「負けてないってところでしょうかね。現に学園はこうして続いているし、追い出された子もいない。でも、油断しちゃいけません。闘争で道理はなかなか通らないんですよ。結局は力関係です。支援の輪がでかい、これを常に理事長側に見せつけておかないといけません。だから、今日の盆踊りも盛大にやるんです。初めは寂しいもんでしたよ。踊りの輪も小さくて。っていうか、輪ができなかったんですから。でも、見ていてください。今や地域の人たちも大勢来ますよ。」

この誠実なおじさんは最後にこう言って、大事な話を締めくくった。

「うちらも苦しい生活してますが、学園の子たちは大変です。なにしろ、身寄りがないんですから。ここを追い出されたら、行くところがありませんからねえ。だから、守ってやらないと。」

我々の努力によって、全ての屋台に灯がともり、やぐらの上のスピーカーから大音量の『東京音頭』が流れ始めた。この華やいだ景色が自分たちによるものだと思うと、私はちょっと誇らしかった。

それにしても、ここまでの準備にあたって、詳細な指示や実施要綱の類がないことを私はとても不思議に思った。後年、私は学園と対照的な職場に長く勤めたが、そこではごく小さなイベントに対しても必ず実施要綱が作成され、ものすごい数の指示や命令が下された。各自は大変な気を遣いながら、要綱以上でも以下でもない仕事をするのだが、その進捗は遅く、ミスもかなり多かった。

これに対して、学園の行事運営は一見、かなりの放任であった。しかし、学園では各自が誰に命令されるでもなく、最善を目指して働く。いいかげんなように見えて、誰もが主体性を持って行動するから、作業は驚くほどの速さで進んでゆくのだ。トラブルに対してひるむこともない。指示に対する違反だとか、ミスをするという感覚もない。このときに限らず、学園の行事はいつもそうだった。

十七時近くになると、支援の人たちが続々と到着し始めた。そのなかには先輩たちも混じっている。私は久しぶりに登場したワダ先輩をつかまえて、保育所併設闘争のことを聞いてみた。

「ああ。大体の話は知ってたよ。」

事前に教えてくれなかった理由を問い詰めると、先輩は平然と答えた。

「だって、労働組合とか闘争とかっていう言葉が入ると、今の時代、みんな引くでしょ？　どうせそのうちにわかるから、いいかなって思ったんだよ。」

私は情報の後出しにうんざりして、いつになく強い調子でワダ先輩を問い詰めた。彼はあわてて、今の学園職員は全員が組合員であること、めったに出てこない園長は理事長側であること、組合がごくまっとうなもので、特定の政党や宗教とは無関係であることなどを告げた。

これでまた謎が解けた。私は前々から、学園における園長の存在の薄さを不思議に思っていた。私はずっと園長を見たことがなく、初めてお目にかかったのは例の島での夜だった。園長は小柄な初老のおじさんだったが、子どもたちと全く関係を持っておらず、宿舎の特別室に泊まり、特別食を注文して、一切の仕事をしなかった。彼は手話が全くできないばかりでなく、子どもたちの氏名、参加人数すら把握していないように見えた。

彼は夜の宴席で初めて公式に姿を現し、ほろ酔い加減であいさつをしたが、それは私たち大学生のはるか下をゆく的外れなもので、そのあとには歌が続いた。それはカラスが自分の子を想って鳴くという童謡だった。耳が聞こえず、親と離れた子どもたちに歌、しかも親子の歌を聞かせるという冒険に私とエスは息を飲んだが、意外にも周囲は冷静だった。さらなる救いは園長がこの反応に耐えうる猛烈な鈍感さを備えていたことである。私はこの種の施設の園長というものは人格的にも能力的にも優れた人間がなるものだと思っていたので、びっくりしてしまった。彼はただ飲み、たらふく食い、特別室および特等船室で寝て、子どもたちと無関係に全日程を終えた。

今思えば、彼は理事長の代官だったのである。自分は単なる天下りで子どもたちに関心はないし、組合員が管理している学園には行きたくない。しかし、理事長としては遠くの島なんかで職員が支援者を集めたり、議員や記者に会うなどされてはたまらないから、いやがる園長を目付役として送り込んだのであろう。

やはり、この学園は変わっている。闘争に勝てない理事長は職員や子どもたちを深く恨んで、隣接する病院では彼らに対する一切の治療をしない。天下りの園長は職員や子どもたちを見張り、できれば橋頭堡を築くように言われているが、学園に足が向かない。副園長もいるらしいのだが、私は一度も見たことがない。

結果として、学園はヒラの職員と子どもたちによって運営され、盆踊りにおいても管理職は全員欠席である。というわけで、開会のあいさつは児童会長によって行われるのであった。

「こんばんは。ぼくがこの学園の児童会長です。今日は盆踊りに来ていただき、ありがとうございます。」

やぐらの上からあいさつする会長はなかなかの貫禄で、とうてい私と同い歳には見えない。周囲には二百人ほどの人が集まって、彼のあいさつに聞き入っている。補聴器をつけている人も多いけれども、近所の親子連れも少なくない。声はエフ女史のものだったが、彼女の声と会長のはっきりした手話は人の心をつかむ強い力を持っていた。

「学園は私たちにとって家です。地域の皆さんに迷惑をかけないよう、三つの約束を守ってがんばります。ですから、これからも私たちを見守ってください。よろしくお願いします。皆さん、今日はどうぞ楽しんでいってください。」

いよいよ盆踊りが始まった。地域名物『菖蒲太鼓』の大音響が耳をつんざく。これなら、聞こえない子どもたちにも振動が響くだろう。同時に理事長や園長たちの心にも、ずしんと響くに違いない。

私の役割は「かき氷」ということになった。ガスや火を使う本格的な店はアイエス精機の男たちが担当するから、大学生たちの分担は無難なものばかりだ。同期のエスとアキ先輩は「学園くじ」、ワダ先輩はちび対象の「おもちゃくじ」、遅れてきたクボ先輩とさっき来たばかりのセタ先輩は「踊り続けること」を強要されていた。

私は早めに来たことを喜びながら、さっそく商品を作ろうとした。が、特大のアイスボックスを開けたとたん、心の高揚は急速に冷めてしまった。

そこには数本の氷の塊と大きなのこぎりが無造作に入っていた。氷は一辺十五センチほどの切り口にカットされていたものの、長さが五十センチほどもあって、そのままではとうてい削り機に入らない。氷は少なくとも四つ、できれば五つに切り分けなければ使えない。

私はつるつる滑る氷をつかまえ、膝まで使ってそれを固定し、汗だくになって、のこぎりを引き始めた。

「ねえ、ねえ、まだ?」

「早くしてよ、お兄さん!」

「ちょっと氷屋さん! それ、そのまま削るつもりじゃないでしょうね?」

当地の住民の気性は激しいようだ。私はおろおろしながら、せっけんで手を洗い、のこぎりを引き、落とした氷をまた流水で洗う、といった作業を繰り返した。

すでに店の前は長蛇の列である。三十人、いや、五十人はいるだろうか。本部のテントに目をやると、会長やリンが私に何か言っている。激しい手話の内容は不明だけれども、賞賛や声援ではないようだ。

「このヤマをさばいたら、手を貸しますからね。」

隣からさっきの大統領が声をかけてくれるのだが、彼の焼き鳥屋にも無数の客が群がっており、その余裕は全くないように見える。

私は自分の全知全能を動員して、ようやく切り分けたひと塊の氷を削り機にセットした。が、あろうことかターンテーブルが廻らない。氷の角が機材に当たって……つまり長さだけではなく、幅もカットする必要があったのである！　一辺十五センチの氷はこの機材では使えない。しかし、この取り付け騒ぎの最中に私が再び氷を降ろし、四辺のカットを始めれば、怒り狂った群集は店をひっくり返してしまうだろう。ああ、十三センチ、せめて十四センチでもなんとかなったはずなのに。

私は思わず天を仰いだ。そこには私が設置した電球たちが楽しそうに並び、煌々たる光を放っていた。それは偉大な成果だったが、私が真にやるべきはおのれの足元、すなわち氷の確認であったのだ。

私は覚悟を決め、群集にモラトリアムを願い出ることにした。地域の理解を得るために子どもたちと職員がさんざん準備した結果がこれだ。私は足を引っぱることしかできない。今夜をかぎりに学園から身を引こう……ところが、私が照明を消そうしたとき、奇跡が起こった。私のひじが削り機のハンドルにぶつかると、それはごく自然に廻るではないか！

何のことはない、さんざん洗って暑さのなかに放置した氷は解け始めていたのである。私は狂喜してハンドルに飛びつき、それを悪魔のように廻し続けた。

それから約四時間、私は汗だくになって氷を削り続けた。途中で何度か追加された氷も全て削った。大きな踊りの輪、腹に響く太鼓の重低音、浴衣を着たかわいいちびたち……それは私が今まで体験したなかで、最も盆踊りらしい盆踊りだった。

客が帰ったあとで、私は職員や大きい子たちと夜食を食い、それから片付けを開始した。明日の、正確には今日の同期会のことが頭をよぎったが、この雰囲気ではとても帰れそうにない。私は疲れ果て、力尽きて、夜中の三時半過ぎに食堂で寝た。

翌朝早く私は目を覚ましたが、昨日いちばん遅くまで起きていたはずの黒シャツとエフ女史はもう中庭にいて、やぐらの解体を始めていた。

「おはようございます。早いですね……いつ寝たんですか。」

エフ女史は私の問いには答えず、大事なことを教えてくれた。

「支援の人より先に寝て遅く起きるなんて、できないからね。」

私は二人を手伝おうとしたのだが、右腕が全く動かず、またこの格好では同期会に行けないと思い、早々に出発することにした。

「すみません。役立たなくて。夕食とかタオルとか、ありがとうございました。」

「おう、ちょっと待ってろよ。車出すから。」

「あと一時間もすれば、朝食よ。」

二人の申し出はありがたかったが、それを受けたら、人として終わりだ。私は彼らに一礼すると、駅に向かって歩き始めた。こんなに朝早く、泥だらけのズボンをはいて歩く私は誰がどう見ても不審者だったろう。ようやく昇り始めた朝日が目に痛い。寝不足と疲労で頭ががんがんする。しかし、私は不快ではなかった。何かで胸がいっぱいだったから。

「おお、来たか。珍しいな。」

私が到着すると、若者たちは飲み食いするのをやめて、一斉に拍手をしてくれた。

「おまえ、出家したんだって？」

「たまには私たちともつきあわなくちゃね。」

一九八一年の新宿は希望を感じさせる街だった。適度に洗練された若者向けの店がいくつもあって、そういう店を「開拓」するのは学生にとっての冒険だった。それは擬似的な自立を感じさせるという点で学生運動に似ていたが、それよりはるかに手軽で安全だったから、多くの若者はこの行為に夢中になった。彼らはその成果を夜の会で発表しあうのが好きだった。当時の学生は何かにつけて集まり、飲み、それが青春だと信じていたのだ。

「よく来たじゃん。まあ、飲めよ。」

店内は薄暗かったものの、思いのほか広く清潔で、ストレリチアなんかが生けてある。二十人近くいる同期の若者たちはかなり酒を飲んではいたが、下品な馬鹿騒ぎをするわけでもなく、いたって健康的な感じだった。店全体を見廻すと、一番奥のテーブルの真ん中よりやや左にジェイがいた。

私を見つけて、ジェイはうれしそうだった。珊瑚を思わせる紅色のワンピースを着た彼女は明るく、それでいて慎ましやかでもあり、誰がどう見てもこの場のヒロインだった。周囲にさんざん冷やかされながら、私は店の奥に案内され、彼女の隣に座らせられてしまった。

「約束を守ってくれてうれしいわ。盆踊りはどうだった？」

私は素直に答えようとしたのだが、どうと言われても、うまく説明できなかった。

「……いろいろ勉強になった。」

私がぼそりとつぶやくと、隣のテーブルからヒロがやって来て、私のグラスに酒を注いでくれた。

「また勉強なんて言いやがって。飲めよ。今夜は腹を割って話そうぜ。」

私が腹を割ってしまったら、学生が親のカネで飲むこの会を全否定しなければならない。しかし、私は皆と揉めたくなかった。ここにいる連中は善良で気立てのいいやつばかりだった。勉強もそこそこしていたし、遊興費の何割かはちゃんとバイトで稼いでいた。何より、こんな無愛想な私に好意をもって接してくれる。特にヒロは入学以来、常に私を仲間として扱ってくれていた。なのに、私は彼のあらゆる誘いを断り続け、テニスサークルにも入らなかったし、サーフィンにも行かなかった。だから、私は注がれたものを一気に飲みほした。

「おお、いけるじゃないか。」

再び大きな拍手が巻き起こった。私は酔わない自信があった。それになんでこんなことに拍手をするのだ？　口には出さなかったものの、私は心のなかの違和感をどうしても消すことができなかった。

焼酎割りを一気飲みしたことは私の評価を高めたらしく、ヒロに続いてたくさんの女子がやって来た。

「ねえねえ、あなた、ジェイとつきあっているの？」

「彼女とどこまでいってるの？」

「なんでそんなにカタいのよ。」

皆、ごく普通のお嬢さんたちで、悪意なんか全くなかった。だから、私も素直に答えようとしたのだが、どの質問も即答しかねるものばかりだった。幸いなことに、続くリエの質問は答えられるものだった。

「どうしたの？　その手。ずいぶん赤いし、腫れてるわ。」

皆の目が私の両手に集まった。一瞬、場全体が静かになってしまった。

「……しもやけだよ。」

私は事実を語ったのだが、一同は手を打って笑い転げた。

「この季節に？　あなた、なかなか言うじゃない！」

宴は大いに盛り上がった。参加者の半分以上が女子のせいか、男たちは高尚な話題を選んだ。映画や音楽はともかくとして、そこで語られた文学や美術はかつて私も興味を持った分野だった。絵が好きなやつがひとりいて、彼はエコール・ド・パリがどうとか、シュザンヌ＝ヴァラドンがなんとか、ひどく興奮して説明していた。私のテーブルにも文学少女が何人かいて、ドストエフスキー派とトルストイ派に分かれて不毛な論争を繰り返し始めた。まさに百家争鳴……にもかかわらず、政治や思想についての話題は皆無だった！　それが私たちの世代だったのだ！　安保闘争からわずか二十年、若者は豹変したのである。労働から切り離されたから？　経済的に豊かになったから？　しかし、当時から学生は生産活動を猶予されていたし、相対的には豊かだったではないか。体制の弾圧に屈したから？　しかし、私たちの世代に闘った経験はなく、入試の結果を除いて挫折感・敗北感とも無縁だった。私は我々が政治性を失った理由について、きちんと検証してみたいと思った。

「あなたはやっぱり、トルストイ派かしら？」

文学少女のひとりが意見を求めてきたが、私は気乗りがしなかった。大体、ロシア文学っていったって、我々が読んでいるのは日本語訳じゃないか。

「なんで二人を並べるのか、わからない。」

私の無愛想さがおかしかったらしく、少女たちは大笑いした。

「文学を知らないのね。」

「そんなことないわ。この人、読書家よ。」

ジェイは私の名誉を守るために発言してくれた。

「じゃあさ、あなたの好きな詩を教えて。」

名門大学に通う、いかにも詩人を気取った女子が私に質問してきた。この場をしらけさせないために、そして何よりジェイのために私は答えようとしたのだが、何も思い浮かばなかった。

「だめね、黙っていたんじゃ。あなたに合わせてこういう話題をふったのに。」

いつの間にか私の右隣に座っていたミクが笑いながらこう言うと、大きなジョッキを抱えたヒロが大声で宣言した。

「じゃあ、お上品な話は終わりってことで。おれは歌うよ。その前に乾杯だぜ！」

店にいた若者たちはなみなみとつがれた生ビールで乾杯をした。こうしたときの酒は一気に飲むのが当時の礼儀だったたし、前日の労働によって脱水気味だったので、私はこれも飲みほしてしまった。

この乾杯以後、熱唱が途切れなく続いた。照明に浮かび上がる皆の表情はあふれる若さできらきらしている。

「いいでしょ。たまにはこういうのも。」

ジェイは一切酒を飲まず、歌もやらなかったが、充分に楽しそうだった。

しかし、私はここが自分の居場所でないことを確信しつつあった。正義派を気取る資格はないけれども、私はどうしてもこの宴会に納得することができなかった。同じ時代に生きる同じ年齢の若者が同じこの東京で……一方は親のカネで大学に通い、素敵な店で酒を飲みながら歌う。しかし、まさにこの今、会長はあの食堂の床を黙々と掃いていることだろう。マサは風呂からあがったちびたちの体を拭き、リンは後輩たちの布団を敷いているところだろう。リョウは小学部の連中が干し忘れた洗濯物を発見し、それをハンガーに通しているに違いない。この店にいる若者も学園の若者も自分たちの行動を同じ言葉で表現する。すなわち、自立だ。

私の同期が特に裕福で派手だったわけじゃない。学園だって、社会の最底辺とはいえない。世のなかにはいろんな人がいるのだから、いろんな自立があってよいのだろう。ただ、この店での自立は私になじまなかった。だからといって、学園の自立についてゆけるほどの強さも私は持っていなかった。学生以上、学園未満、私はどちらに行っても、常にアウトサイダーだった。

しかし、酒を飲んだせいか、私は自分に関するもうひとつの説明の仕方があることに気がついた。私は哀れな部外者であると同時に、なかなか上手な傍観者でもあるわけだ。学園や労働現場に触れたという理由で、学生たちからは一歩身を引き、これを見下す。しかし、学生という身分は絶対に棄てず、学園や労働現場と正面からつきあうことも避けているのだ。鳥とケモノの両方の立場を都合よく使い分けて、常に言い訳を用意している。だから、絶対に大損はしない。

今日だって、私は学園に残って解体を手伝うべきだったのだ。なのに、私は自分の都合でさっさと帰ってきてしまい、夏をしめるなどという意味不明なこの宴会に参加している。どこに行っても居心地が悪いのは周囲が悪いからじゃない。私の腹が決まっていないからだ。全ては自分のせいだ。

「私、あなたの考えていることは大体わかるわ。」

さすがだ。ジェイは本当に私の心をある程度まで見抜いていた。

「でも、何事もバランスなんじゃない？　いろいろ見て、いろんなことをして、視野を広げてゆきましょうよ。」

あれもこれもというやつだ。そして彼女は私の現状を肯定してくれている。

「余裕を持ちましょうよ。私たち、若いんだから。完成されていないのは当然なんだし、今、完成する必要もないいんだから。」

きわめて妥当な意見であって、私は何も言い返せなかった。しかし、だいぶ時間がたってから、私はジェイに語りかけた。

「君は本当に優れた人だし、ここにいるみんなはいいやつだ。ぼくは感謝している。それでも、ぼくは来るべきじゃなかった。申し訳ない。ぼくは二度とこういう会には来ない。帰るよ。」

私の弱々しい宣言はスピーカーから流れる大音量の歌にかき消されてしまった。

ジェイは珍しく会話に夢中で、私のせりふを聞いていなかった。彼女の相手はミクだった。二人は唐突に私の左右から手を出して、私の胸の前で握手をした。

「私たち、親友になったのよ。」

「そうなる運命だったのよ。」

私は席を立つことをやめて、二人の友情を祝福した。学園の仕事からは逃げ出したくせに、私はこの宴会に最後まで居残った。

七章　当然

私が学園に関わるようになってから、半年が過ぎた。まあ、自分なりにいろいろと努力はしたのだが、それはなかなか成果につながらなかった。たとえば、私はメモをとるのをやめた。しかし、学園の青年たちの反応は冷たかった。

「書くのが面倒になったのか？」

「努力が続かない。ちびと同じ。」

こうした声、ではなく手話に対して、私は一応の説明を試みた。

「メモは交流とは違う。ぼくはわかりました。だから、やめました。」

しかし、会長やリンは「へっ」という感じだったし、マサは首をかしげて「わかんねえ」という手話を繰り返していた。そしてパンチ、猛禽、黒シャツは意地悪くもこう言うのだった。

「大学生は頭いいから、切り替えもすばやいよね。」

「インテリのやることは理解できねえよなあ。」

「おれたち、大学出てねえからなあ。」

こうした言葉には慣れてきていたので、それは大丈夫だったのだが、私が困ったのは身の置き所という問題だった。取材をやめてみると、ありとあらゆる場面でやることがないのだ。メモをとらなくなった私は常に緊張しながら皆の手話を見つめ、さっぱりわからないまま、テレビ室の隅に立ち続けた。私には行動が必要なのだ。それはよくわかっていたのだが。

やがて私はアキ先輩から「誕生カード」の仕事を引き継ぎ、これを担当することになった。適当な大きさの紙を買い、子どもたちの誕生日を調べて、先輩たちとエス、できれば手話サークルの連中にも御祝いの言葉を書いてもらう。もちろん、私も書かせてもらう。さらに私は表紙も描いて、それを誕生会で渡すのだ。

すごく喜ばれるというほどのものではないし、直接の交流でもない。しかし、害にはならないだろうし、自分のメッセージを伝えるわけであるから、メモよりは前進といえる。ところが、私はこの小さな一歩すら、踏み出すことができずにいた。だって、一体、何を書けばよいのだ？

「オレの好きな言葉は努力です。精一杯努力して、障害なんかぶっとばせ！」

「為せば成る、為さねば成らぬ、何事も。人生は挑戦です。弱気はダメだよ！」

以上は手話の会の人たちによるもの。私はこれらの全文を削除したい強い衝動にかられたが、先輩たちの言葉もまた、いかにもつまらないものだった。

「お誕生日、おめでとうございます。」

「自立に向けてがんばっていますね。私もがんばります。」

私は作文に苦しみ、後者と全く同じものを書いて渡したこともある。

ところが、この名文をもってしても、私はたちまち窮地に立たされてしまった。

「自立に向けて本当にがんばろうと考えるのなら、大学をやめて働くのがよいと思います。」

エフ女史は会長の手話をこう訳してくれたのだが、黒シャツは親切にも次のように訳し直してくれた。

「その気がねえくせに、自立なんていう言葉を簡単に使うのはやめてください。大学生はかっこいい言葉を使うけど、本当にはやらないから嫌いです。」

私は赤面し、一礼して引き下がるしかなかった。

カードの表紙の絵にも苦労した。あまりテレビを見ていない彼らにアニメのキャラクターというのも陳腐だし、容貌を気にしている子も多いだろうから、似顔絵も適切とはいえない。私は困惑したあげく、車などを描いたのだが、ミトさんに呼ばれて、学園の子どもに車は身近なものではないこと、ここにいるたいていの子は運転免許を生涯手にできないだろうということを聞かされたため、これもやめてしまった。

結局、私は花と昆虫の絵を描くことにした。それは何のメッセージも持たないものだったが、その子のために描いたということだけは伝わる。これらの表紙の評判はまずまずで、特に昆虫シリーズは好評だった。子どもたちは「同じ！　同じ！」と喜んでくれる。私はそれを写実力への評価だと解釈したのだが……半年後、私はカードの表紙が某学習帳のそれとそっくりであることに気がついた。

誕生会や映画会は別として、かめのこやボールは二十一時過ぎには終わってしまう。そういう場合、交流会の後半は来客からの発表となる。「それでは大学生から」と言われて指名されるのはアキ先輩やエス、しかし、たいていの場合はメモをとらなくなった私だった。私はたどたどしい手話で毎回一生懸命に話すのだが、その話題は常に的外れで空々しく、子どもたちとの距離を感じさせるものばかりだった。

初めのうち、私は自分のことを話した。多少の不幸はあったにせよ、私には親がいた。けっして豊かではなかったが、極貧というほどではなかった。特に障害もなく、今は大学に通わせてもらっています……それは子どもたちに何の共感ももたらさない退屈な話だった。

私だって、それなりに苦労して生きてきたつもりだった。しかし、高校時代の孤独と放浪をやや得意げに語ったあと、私は全ての子どもたちから同じ感想を賜った。

「あなたはわがままと思う。」

大学の話はもっとだめ。当時は学園から大学に進む道は事実上閉ざされていたし、自立していない若者が親の支援で勉強したり、勉強せずにふらつく話は学園の生活とは相容れない別世界のものだった。

困惑した私は偉人、たとえば、ヘレン＝ケラーやベートーヴェンの話をしたこともある。しかし、学園の子どもたちはそうした「会ったこともない人」の「聞いてきただけの話」を全く受け容れなかった。話そのものが通じなかったといってもいい。アメリカでと言えば、「行ったことがあるのか？」とくる。百年前と言えば、「なんでおまえが知っているのか？」といった調子だ。私は本で読んだとしか言いようがない。すると、どうだ。子どもたちは「読んだだけ」「本だけ」「だけ」などとうなずいて、すぐに興味を失ってしまう。

彼らが真剣に聞くのは「話し手自身が経験した具体的な話」だけだった。学園では経験からしか語れなかったのだ。親に守られ、その援助で生きてきた私は自分の力で生きた経験をほとんど持っておらず、したがって、現実と戦う子どもたちに響く言葉を何ひとつとして持ちあわせていなかった。

その一方で、子どもたちの注目を一身に集め、大歓迎された訪問者もいる。それは交流会に来る人たちではなくて、出入りの業者たちだった。

あるとき、私が学園に到着すると、全ての子どもたちがテレビ室の前に集まっていた。その中心にはひとりのおじさんがいた。彼はソファの修繕に来た職人だという。ちびたちはもちろん、多感な青年たちまでが彼にまとわりつき、その作業をうっとりと見つめていた。職人がちょっとでも手を休めると、子どもたちは我先に話しかけ、職人もそれに答えている。その密度の濃さといったら、まるで教育テレビなんかで放送される「理想の授業」のようだ。

私はあまりの不思議さに立ち尽くしてしまった。だって、職人は手話なんてできない。子どもたちは聞こえない。意思の疎通がはかれるはずが……ところが、それが通じるのである。

「だからよう、皮ってえのはあとで伸びっからさ、ここんとこはパンパンにすんだよ！」

職人のぶっきらぼうな言葉に子どもたちは目を輝かせてうなずき、彼の指示通りの作業をするではないか。職人もまた、子どもたちの問いに見事に答えている。

「ん？　これかい？　ダボってんだよ。くぎ使わねえで済むからね。」

職人は子どもたちと普通に会話していたのである！　作業は二時間ほどで終了し、彼は工具をまとめて帰っていったが、その際、子どもたちはちぎれんばかりに手を振り、涙を流してこれを見送るのだった。

私はコミュニケーションというものについて、考えざるをえなかった。言葉は通じなくても、子どもたちは職人に同じ階級の匂いを嗅ぎ、同じ生き方を感じ、目指すべき自分たちの将来を見たのだ。言葉や手話は重要ではある。しかし、最重要ではないらしい。一番大切なのは共感する生き方、それが理解の源泉なのだ。

「ぼくに足りないこと、何？」

やがて私は子どもたち、といっても、ごく少数の親しみやすいちびたちだけが対象だったのだが、一応は勇気をもって話しかけられるようになった。わずか半年で手話を習得したなんてすごいわとジェイは言ってくれたのだが、実は手話を「やる」のはさほど難しくない。主要な単語はいくつもないし、語順も話し言葉と同じである。テレビやラジオの手話講座なんかでやるのとは違って、日常会話では格助詞もほとんど使わない。単語を重ねてゆくだけで、どうにか通じるように思えてしまうものなのである。困難なのは「やる」ことではなく、「わかる」ことだった。まあ、自分の意見を言うより、相手を理解することのほうがずっと難しいのは手話に限ったことではないだろう。

私は大いに努力して、子どもたちを理解しようとした。前にも触れたが、辞典の類はほとんど役に立たなかった。手話サークルの人たちの技術も参考にならなかった。彼らは手話が得意で、子どもたちよりうまい人もたくさんいた。しかし、とにかく自分がしゃべるばっかりで、理解については私と大差なかったのである。

「おまえに足りないこと、いっぱいある。」

私のたどたどしい手話にこう答えたユキ、彼女は私の相手をしてくれる数少ないちびのひとりであった。まだ小学部に入ったばかりである。

「たとえば？」

「おまえ、タクシーで来る。考え足りないと思う。」

「どうして？」

私の質問にユキはいつもあきれてしまう。

「自分で働いたカネか？　おまえ、大きいのに、親からカネもらう。タクシーでのんびり来る。考え足りないと思う。」

これ以後、私はタクシーを使うのをやめた。しかし、正直に言うと、何度かこっそり利用したこともある。たとえば、大雨のときなど、学園までの道のりはかなり厳しい。そんなとき、私は狡猾にも学園のちょっと手前でタクシーを降り、それから走って学園に向かうのであった。

ところが、ユキは毎回それを見抜くのである。

「おまえ、今日もタクシーで来た。ずるい。ときどきタクシーで来る。」

「い、いや、ぼくは歩いたよ。」

「健聴はずるい。大学生はうそがあるから嫌いだ。」

こう言われてしまうと、さすがに悲しい。それにユキが話しかけてくれなくなったら、私はまたひとりぼっちである。

「ごめん。今日は映画の箱三つ、重すぎ。疲れ。こっちの肩まだ痛い。雨たくさん。傘差して歩くは無理と思った。ごめん。」

私はあやまりつつ、ちょっと聞いてみた。

「もう、うそはやめる。でも、どうしてタクシーのことわかりましたか?」

気のいいユキは笑いながら、こう答えてくれた。

「健聴のうそ、様子で簡単にわかる。すぐにばれるよ。」


かなりあとになって、私は卒園後のリンとこの件について話したことがある。彼の手話を会話調に訳すと、こんなふうになる。

「あたりまえだろ。おれたちは手話だけを見てるんじゃないんだ。あんたらは耳で聞いて意味が大体通じちまうから、そんなに真剣に相手を見ないだろ。おれたちはそうはいかない。表情とか体の動きとか、相手の全部を見ている。目つき、体の向き、妙に大げさな手話……うそは必ず動作に表れるもんさ。それにおれたちは常に健聴者にだまされてきた。ずっと一緒だと言われて別居させられ、迎えに来ると言われて放置されてきたのさ。絶対にやめないって言っていたくせにやめちまう職員、また来ると言いながら二度と来ない支援者。おれたちは言葉なんか信じちゃいないよ。言葉の裏にある心を見抜いて生きてきたんだ。」

そういえば、こういうこともあった。ユキよりもさらに小さいトモキと遊んでいたときのことだ。その日、私はひどく疲れていて、早く帰りたかった。かくれんぼを終えて時計を見たとき、それは私が成田行きの急行に間に合うぎりぎりの時刻を示していた。帰るにあたって、もう一度時刻を確認したい。しかし、私は以前、子どもたちに、

「おまえ、時計ばかり見る。すぐ見る。私たちより時間が大事なら、帰れ。」

と言われたことがあった。楽しそうにしているトモキの心を傷つけてもいけないと思い、私はちょっとした工夫をすることにした。

私は幼いトモキを両手で持ち上げ、はずませてやった。彼はこれが大いに気に入ったらしく、声をあげて喜ぶ。それを数回繰り返した後、私はひときわ高くトモキをはずませた。彼が上昇して再び着地するまで、おそらくは○・二秒、その瞬間に私はちらっと自分の腕時計を盗み見たのである。こんな動き、トモキどころか誰にもわかるはずがない。時計の針は残念な時刻を指していたので、私は失望し、開き直って彼との遊びを続けようとした。ところが、彼は私の腕からするりと抜けてしまったではないか。そして驚くべき手話を発したのである。

「顔はにこにこだけど、心のなかは帰りたいでいっぱい。帰ってかまわないよ。」

彼は私の筋肉のわずかな変化を察知したのだろうか。

こうしたことが何度もあって、私は子どもたちとコミュニケーション……はできなかったけれども、そのために何をすべきかについてはわかるようになってきた。それと同時に学園職員の言動についても、なるほどと思うようになってきた。

訪問当初、私は黒シャツをはじめとする職員のあまりの厳しさに驚き、叱り方の激しさにたじろいだ。しかし、それにはそれなりの理由があったのだ。子どもたちに職員の思うところを伝えようと思っても、なまじのことでは通じない。子どもたちは誰もが言葉の裏にある心を見抜く超能力者なのである。本心からではない言動はすぐに見抜かれてしまう。したがって、叱るときには本当に残念に思うことを本当の怒りでぶつけないと通じない。もちろん、それは子どもたちの立場に立った怒りでなければならず、自分の打算を排除したものでなければならない。そうじゃないと、

「顔は怒っているけど、本当はかまわないと思っている。」

とか、

「自分のいらいらだけ。寝る時間少なくて、疲れましたか？」

とか、

「私たちのために怒っていますか？　他の職員から指導力が低いと思われるから怒っていますか？　どっちですか？　自分の立場を守るために私たちを怒るのはやめてください。」

などと言われて、赤面するのがおちだ。言葉や手話が子どもの心に入ってゆかないのである。私たち大学生や学校の先生が陥っている失敗はここだ。

そしてしつこいようだが、伝えることより難しいのが理解である。私は学園職員が子どもたちと一緒に遊び、食事をし、そこまではいいとして、風呂に入り、しばしば学園に宿泊してしまうことについてはやりすぎだと考えていた。しかし、それは理解のために必要なことなのだろう。子ど

もたちと同じ生活をしていないと、彼らはすぐに見えなくなってしまうから。

たとえば、下着姿の幼いノブが、

「風呂、ない。」

と言ってきたとする。学園に初めて来た客は手話を読めても、

「そう、この学園にお風呂はないの？」

と言う程度である。ノブの報告の背後にあるものは見えない。しかし、学園に何度か通い、風呂があるのを知っている人なら、

「何言っているんだ。あるよ。」

と言うだろう。この場合、ノブは関心を引きたくて、冗談を言っているのだ。

ところが、一度でも風呂場に行ったことがあり、今が男子の入浴時間であることを知っているベテランの訪問者なら、何か妙なものを感じるだろう。

「風呂に入りたくないのかな。熱でもあるのかい？」

気の利いた人ならこう聞くだろうし、ノブの額に手を当てるぐらいはするかもしれない。

しかし、毎日学園の風呂で入浴している職員たちの反応は違う。ノブに体調不良があるのなら、万一、それを職員が見逃していたとしても、年長者たちが必ず気づき、彼を入浴させるようなことはしない。パンツとランニングシャツだけになっている以上、ノブの体にそれほどの苦痛はないはずである。シャンプーその他は昨日補充したばかりだし、バスタオルも充分にあった。風呂はということは実際に「風呂がない」のである。だから、脱衣の最中に職員を呼びに来た。風呂は

彼の入浴時間中になくなってしまったのだ。

ここで職員たちは想像する。ノブと共に入浴した者か、その前のグループの誰かが湯船の栓を抜いてしまったのだ。ふざけてちょっと抜いたつもりが戻すのを忘れてしまい、聞こえないせいもあって、気づいたときにはすっかり湯がなくなっていたのだろう。あわてて蛇口を全開にしたのだが、その吐水は弱く、職員が浴室に入ってくる時刻には充分な水位に達しない。まずい、叱られる、その前に自首を……という事態が発生したことを職員たちは見抜く。「風呂、ない」とは「湯船のお湯がなくなってしまいました、ぼくは入浴できていません」ということなのである。

しかし、職員たちはさらに考える。なぜノブが来た？　彼の力であの栓は抜けない。それに彼はふざけたり、いたずらしたりするタイプの子じゃない。いつもノブと一緒に入浴するのはテツとトシ。テツはちびだが、慎重かつ内向的で、そういうことはしないだろう。とすると、栓を抜いたのはおそらくはトシ。年上のくせに先に入浴し、自分の失態をノブのせいにするとは！　しかもノブは真実を告げられないのだから、そこにはいじめか悪しき上下関係があるはず……かくして職員たちはトシをひっつかまえにテレビ室に走る、というわけである。

共に風呂に入る習慣がなければ、こうした対応はできない。そもそもこうしたことが事件として現れてこない。これが「わかる」とか「理解する」ということなのではないだろうか。勘違いかもしれないが、これはウィトゲンシュタインの言うライオンの会話なのではないか。超能力を持つ学園の子どもたちと張り合い、彼らの実像を理解するためには私もまた……彼らの生活を自分に重ねるしかないのだろうか。

「ぼくに足りないこと、まだある？」

私はメモを捨てた。タクシーもやめた。もう、意地でも乗らん。あとは？

ユキはまたもや笑いながら答えてくれた。

「あるある。たとえば、服。足りないと思う。」

私の服の趣味はけっしてよくはないが、一応、簡素で清潔なものを着ているはずだった。今日だって、紺色のシャツと……そうか、ズボンの丈が短いのだろうか。

しかし、それは全くの的外れだった。

「おまえ、大きいのに親からカネもらう。服買う。考え足りないと思う。」

「ユキちゃん、君の服は？」

「クリスマスのとき、服たくさん来る。そこからもらう。きれいなのは少ない。汚いのが多い。」

年末になると、学園に大量の古着が送られてくることを私はあとで知った。そしてその量と質の悪さに驚いた。洗っていないようなものも多く、私にはほとんどが廃品のように見えた。

「小さい人、体弱い人から好きなのを取る。残った服を大きい人がもらう。」

そうか……私は以前、屈強なユウが女性のブラウスのようなものを着ているのを見て、不思議に思ったことがあった。マサやリンの服もなんとなく変だった。なるほど、彼らは古着のなかからよい服を弱者に与え、最後に残ったものを引き受けているのだ。あのちょうちん袖は彼らの趣味を表していたのではなく、その心意気を示していたのである。これは参った。

「わかった。次からは自分で働いたカネで服買う。それだけ着てきます。」

私の言葉に対して、ユキは両手の親指と人差し指を広げ、他の指を握りしめて左右に広げる手話を繰り返した。私はこの単語を知らなかった。それはおそらく、「すばらしい」とか「おまえ、いいぞ」とか、そういう意味に違いない。ユキは私の進もうとする意志に共感してくれているのだ。私はようやくひとりの子に認められた！　いやいや、私はまだ何もしていない。よし、明日からはこの一歩を起点として、もっともっとがんばろう。具体的な行動をしよう。その日、私は初めて充分な満足感を抱いて学園を去ることができた。


「よう、いやにうれしそうじゃねえか。」

帰りの車のなかで、黒シャツはルームミラーに映る私を見て話しかけてきた。前から思っていたのだが、彼もまた超能力者だった。

「いいえ、何でもありません。」

まだ黒シャツに話すような段階じゃない。そのかわり、私は彼に例の手話の意味を尋ねてみた。

「両手でLの字をつくって、左右に引っぱるような形の手話があるじゃないですか。その手話の意味って何ですか。」

「ああ、それか。普通・当然・あたりまえだよ。」

意気消沈する私に対し、黒シャツは容赦なかった。

「もっといい意味かと思ったのかい？　どうせ何か勘違いして、子どもにほめられたとでも思ったんだろ。」

「あの、ちょっと買い物があるんで、ここで降ろしてください。」

私は超能力者たちにうんざりして、駅のちょっと手前で降ろしてもらった。しかし、このうそも彼にはお見通しなのだろう。

終電は今日も津田沼で止まってしまった。私は自分のシャツを脱ぎ、それを振り回しながら夜道を歩いた。あらゆる点で間違った行為だったと思うが、私はそれを丸めて団地のダストボックスに捨ててしまった。

八章　勤労

私は勤労と節約に励んだ。そして全ての衣類を自前のものとし、それらを着て学園に通うようになった。それまで私は授業料と小遣いをまかなうことが自立だと思っていたのだが、それは学園勢から見れば「うそ」なのであって、私の地位は幼稚部以下に属していた。子どもたちに認めてもらいたい、せめて小学部並みの地位が欲しい。しかし、それには収入が足りなかった。

ちなみに高校時代から続けていた家具屋のアルバイトはやめてしまった。勤務時間が短くて、たいしたカネにならなかったから。しかし、それは言い訳であって、主たる理由はフロア長が変なおばさんに変わったためであった。

彼女は赴任したその日から私を含む全従業員たちを叱り続けた。今なら、事件になるほどの悪態ぶりだったが、当時の日本ではそうした言動の多くが容認されており、撮影や録音も身近なものではなかった。

「その動き！　その表情！　あんたは零点！」

「最低だよ！　あんたがいるだけで店の全員が不愉快になる！」

その叱咤は黒シャツのものとは違って、全人間性の否定であり、罵声そのものであった。私は怒ったり反省したりするよりもまず、驚いた。

「この人、頭がおかしいんじゃないだろうか。」

不思議なことに、これだけ私たちを追いつめておきながら、彼女は決してやめろとは言わないのだった。

今思えば、このおばさん、すなわち新フロア長は「できるだけ多くの従業員を自己都合退職という形で削減すべし」という本社の指令を忠実に実行していたのだろう。企業のその種の行為を私は本で読み、熟知していたはずだった。しかし、いざ自分がそういう立場に置かれてみると、私は赤子同然だった。私はよく考えもせず、仕事なんて他にもあるさなどと思い、あっけなく退職してしまった。

「どうも。いろいろ勉強になりました。」

これからが勉強だったのに。私はあまりにも甘く、無知だった。


そのあと、私はファストフードショップに勤めた。それは家具屋とはうって変わった陽気な職場だった。正社員が少なくて、スタッフの大部分がアルバイト。それも十代の女子がほとんどだった。時給も格段にいい。おまけに毎日働けるから、私の自立は「服」からもう一歩前進するはずだった。ところが、この転職は学園において不評をきわめたのである。

「簡単に仕事変える。甘いと思う。」

「いやなことはすぐやめる。健聴だからできる。ぼくたちとは別。」

「あなたが仕事を変えた理由はわかる。女子をナンパしたいだからと思う。」

子どもたちの意見もさることながら、パンチと猛禽の言葉もきつかった。

「おまえ、家具屋をやってたから、おれたちとかろうじてつながってたんだぜ。ついに切れたな。」

「まあ、そんなもんだな。次は家庭教師様ってとこか。」

ことわっておくが、ファストフードの仕事は楽じゃない。一秒でも遅刻すれば、タイムカードは十五分進んでしまうし、ミートを焼くだの、バンズを出すだの、とにかくやたらに忙しい。チキンを触れば、すぐにせっけんで手を洗わなければならないきまりになっていて、そしてフライドチキンはとてもよく売れたから、要するに手は一日中洗いっぱなしだ。扱う品物は家具ほど重くはないものの、ファストフードショップの店員は間違いなく肉体労働者である。しかし、学園勢はその快活なイメージが気にくわないのだ。そしてそれ以上に、私が家具屋とのつながりを断ったことに怒っているらしい。

「おれはさ、職業には貴賤があると思うんだ。」

帰りの車のなかで、黒シャツは恐ろしい持論を展開しはじめた。

「がんばって働く工員や百姓。その一方で、自分じゃなんにもやらねえくせに口先で命令ばっかりする政治家や教師。先生なんて呼ばれる職業はな、本当は一番いやしい仕事なんだ。みんながばかにして先生、先生って呼んでいるのに、やつらは気づきやしねえ。まあ、考えるんだな。」

ファストフードショップの店員はいついかなる場面においても先生とは呼ばれないと思うが、それにしても黒シャツの言葉は私の胸に重く響いた。この日、彼は初めて「また来いよ」と言ってくれなかった。私は仕方なく、ファストフードで働くのをやめた。

「おまえ、本当に家具が好きなんだな。」

ヒロに笑われても、そのとおりなんだからしょうがない。

「前の職場に戻ったの？」

ミクもあきれている。

「いや、別のところ。船橋の駅前にビルがあるだろ。総菜屋の上。そこ。」

「なんだって？　それじゃあ、おまえが前に勤めていたハンバーガー屋の向かいじゃないか。」

「ねえ、どうしちゃったの？　家具屋さんになるわけ？」

私は以前、ジェイにも同じことを聞かれた。そのときは一笑に付したが、この頃になると、私は家具屋にある程度の適性を感じ、なれるものならなりたいと本気で思うようになっていた。

実際、今度の店で私は重宝されていた。木土日の三日間はフルタイムで働くうえ、暇なときには他の曜日にも出勤する。プロには程遠いけれども、組み立てや梱包なら大体できる。解体もできる。じゅうたんも巻ける。メーカーだって知っているし、下手なりにポップだって書ける。

「じゃあ、がんばれよ。おれたちまた抜けるから。課題が出たら、教えてくれや。」

「じゃね。」

ヒロとその二人の仲間に続いて、ミクも学生会館を出た。しかし、彼女はすぐに戻ってきて、私に一言ささやいた。

「あなたのファッションセンス、厳しいわ。いくらなんでもそのスタイルじゃ、ジェイに嫌われちゃうわよ。」

私が当惑していると、ミクは私の手の甲を軽くつねって出て行ってしまった。

図書室に入ると、ジェイはカウンターのすぐそばで英字新聞を読んでいた。天井の照明がスポットライトのように彼女を照らしている。私は外見を気にしないことを誇りのように思っていたのだが、この日はそれが揺らいでしまった。上品な赤紫色のワンピース、同じ色の靴、ベージュのコートを着こなしたジェイは知的な美しさに満ちていて、まるでテレビに出てくるニュースキャスターのようだった。

それにひきかえ私は……からし色のズボンに灰色のジャンパー、てかてかと黒光りするプラスチック製の硬い靴。それらは質素を通り越してみすぼらしく、といって、プロレタリアートの開き直った力強さもない、ただ情けないだけの格好だった。しいて言えば、服装というものはよくしたもので、それは当時の私の立場を反映していたといえる。しいて言えば、私は道化のようだった。ジェイはいろいろ話しかけてくれたのだが、私は自分をみじめに思い、会話はちっともはずまなかった。

「私はあなたを立派だと思っているわ。でも、あなたの視野はちょっと狭くないかしら。だって、あと三年もすれば、私たちはみんな、いやでも働いて自立するのよ。そんなにあわてなくてもいいんじゃない?」

ジェイはとても賢くて、その言うことはいつも正しかった。

「あなたは甘いって言うでしょうけれど、今は一生のうちでほんの一瞬だけ許された自由な時間なのかもしれない。もう少しやりたいことをやってもいいと思うわ。」

そのとおりだ。私は生き急いでいるのかもしれない。

「それに……前から聞こうと思っていたんだけれど、あなたを見ていると、なんだかあせりを感じるわ。何かつらいことを埋めようとしているみたい。あなた、私に言えない何かがあるんじゃないかしら？」


ジェイと別れたあと、私は職場に向かった。当時の日本には今ではすっかり淘汰されてしまった中規模の家具屋や百貨店がたくさんあって、私の今度の勤め先もそのひとつだった。外観はコンクリート製の五階建て。家具と服を売る店としてはなかなかの規模ではあるが、この頃の船橋駅前にはマルイがあり、長崎屋があり、十字屋もあって、家具は東武でも西武でも売っていた。さらに国鉄の北口正面にはヨーカドーが開店した。おまけに同じ市内の海側にはアジア最大規模のショッピングモールが営業を開始しており、しかもこの街全体が津田沼のデパート群に脅かされつつあった。つまり、当時の船橋駅周辺では概ね二百メートルおきに家具が売られていたのである。この過当競争における負け組の代表こそ、我が職場であった。

客用の入口とは別の、わずか一メートルぐらいの高さしかない通用口から店内に入ると、そこは「ウラ」の世界である。明るい展示フロアとは全く異なる、店の内臓とも言える場所だ。一階には蛍光灯が一本吊るしてあって、下取りされた古い家具とつぶされた大量の段ボールが不気味に照らし出されている。その奥には業務用のエレベーターがあるのだが、従業員がこれに単独で乗ることは禁じられていたので、私は階段を使って最上階まで昇った。客が入れるフロアは五階までであり、外観からもその上があるようには見えない。しかし、確かに六階は存在していて、そこには社員食堂とロッカー、更衣屋、店長室、それに事務室があった。私はそこで出勤簿に押印した。まさに旧態依然、この店にはタイムカードすらなかったからである。

そのあと、私は四階に降りて表に至るドアを押した。いきなり明るい照明を浴びて、頭がくらくらする。

「どうも。」

私があいさつすると、係長のスガ氏が椅子から立ち上がった。三十歳ぐらい。なかなかハンサムな男だったが、笑顔を絶やさない・座らない・客に背を向けない、という接客の三大原則を彼は常に無視していた。

「よう、景気はどうよ。」

現場の係長ともあろう人が私みたいなちんぴらに経済動向を伺う……やはりこの店は終わりだ。

「詳しいことはわかりませんが、中長期的に見れば拡大傾向にあるって雑誌には書いてありました。それどころか、日本は家電によって世界経済の覇権を握るかもしれないって。しかし、アメリカが黙っていないはずです。おそらく、ここ数年のうちに何らかの形で円高を仕掛けてくるでしょう。それでも、日本の製品が選択されるようなら、」

「ばかやろう。おれが言ってる景気ってのはさ、おまえさんのことよ。」

スガ氏は大胆にもタバコに火をつけた。

「それ、まずいですよ。お客さんが来ます。それに警報機が。」

私はあわてて止めたのだが、スガ氏は平気だった。

「客なんか来やしねえよ。センサーも切れてんだろ。ところでよ、おまえ、さっそくで悪いけど、また向かいの店であれ買ってきてくれや。」

私はスガ氏から小銭を預かると、半月前まで勤めていたファストフードショップに行き、いつものチーズバーガーを買った。かつての同僚と相対して気まずいとは思ったが、店員たちはさわやかな笑顔で対応してくれた。

「ありがとうございました。またいらっしゃいませ。」

店員たちは私を憶えていたに違いない。しかし、今や私は客なのだ。お互い気にする必要は何もない。なんとも奇妙なことではあるが、私はそうした「社会における大人の対応」を少しずつ使いこなせるようになっていた。

店に戻ると、明らかに寝ていたスガ氏は面倒くさそうに商品の椅子から立ち上がり、バーガーとお釣りを受け取ってこう言った。

「よう、景気はどうよ。」

まるでタイムマシンに乗って同じ時間に来てしまったかのようだ。

「まずまずです。相変わらずカネはないですけど。」

「ばかやろう。おれが言ってるのはよ、世間の景気ってことよ。」

スガ氏が想定する世間の範囲は明確ではなかったが、私は店の周囲だと判断して、その概況を説明した。総じて景気は良さそうだった。一部を除いて。

「昨日、ぼくはヨーカドーの前を通ったんですが、高さ二十メートルぐらいのツリーが飾られていまして、点灯式っていうのをやっていたようです。すごい人だかりでした。誰もが大きな袋を持っていましたから、ヨーカドーはがんがん売れているんじゃないでしょうか。」

「けっ、もうクリスマス・ツリーの季節かよ。おれなんか毎朝五時に家を出て、ここを出るのは夜の十時過ぎだからよ、世間も季節もわかりゃしねえ。もう二十日も休んでねえし。」

彼の言っていることは事実だった。私は大学で学んでいる一連の労働法がこの国の末端では全く守られていない現状を知っていた。前の家具屋に勤めていたとき、私は無謀にも、この疑問をフロア長にぶつけたことがある。そのとき、彼はこう答えてくれた。

「こういう言葉知らん？　日本の職場に憲法なしだよ。」

私がそんなことを思い出していると、スガ氏はバーガーにかぶりつきながら、今日初めての公式な（と思われる）指示を出した。

「よし、うちもやろう。おまえ、ウラ行って、下取りの布団からワタ取ってこい。」

「何をするんですか。」

「いいから、取ってこいって。こっちはまがりなりにもデパートだぜ。新参のスーパーなんかに負けるかよ。」

私がワタを取ってくると、スガ氏はケチャップのついた手でそれをむしり、店内の何ヵ所かに置いてあるゴムの木の上に乗せはじめた。

「何をしているんですか。」

「何に見える？」

スガ氏は得意そうだったが、私は答えに窮してしまった。

「ちょっぴり血のついた医療用コットンてやつですかね。手術っていうか……」

「ばかやろう！　雪だよ！　こうすりゃあ、この四階も少しはクリスマスって感じがするだろうが。」

私はスガ氏の許しを得て、ケチャップのついたワタを捨て、もう少し細かくちぎったものをゴムの葉の上に乗せはじめた。

「うまいもんだな。本物の雪みたいだ。」

彼は満足してくれたが、はたしてゴムの木に雪が積もるなどということがあるのだろうか。

「あとよ、六階に行って、クリスマス・ソングを流すように提案しろ。おれの名前は出すなよ。」

「誰の名で出すんですか。」

「ばかやろう！　おまえの名前に決まってんだろうが。だけど、もし提案が通るようなら、こう言ってくれ。実はスガ係長の指示でした、ってな。」

私の新しい職場はいつもこんな調子だった。前の家具屋は本当に忙しくて、私はひっきりなしに梱包を解き、商品を組み立て、あるいは配送のために現品を梱包し続けていた。したがって、勤務時間中はほとんど休んでいられなかった。しかし、この店に移って以来、私はそうした作業から解放されてしまった。それに私は店舗で働いているというより、スガ氏の従僕のようだった。一体、家具屋の勤務内容というものはこれほどの幅を持つものなのだろうか。

ただし、私はこの店が嫌いだったわけじゃない。実を言うと、前の店よりずっと気に入っていたのだ。私はここで必要とされていたから。

今度の職場における私の最大の仕事は解体だった。理由はよくわからないのだが、全く売れないにもかかわらず、店には毎日のように下取り家具が到着する。四階に電話がかかってくると、私はスガ氏のもとを離れ、軍手をはめて一階のウラに降りてゆく。薄暗いその場所で、私は古ぼけた家具と対峙するのだ。

ひとつしかない蛍光灯の下で解体作業を行っていると、だんだん心がすさんでくる。ハンマーで家具を殴り続けているうちに私はすっかり興奮してしまい、後ろ蹴りに挑戦して、かかとをざっくり切ってしまったこともあった。

しかし、体で学ぶということはたいしたもので、解体を続けているうちに私は家具の構造というものをなんとなく理解するようになってきた。やつらに共通する弱点は天板である。これをアッパーカットで突き上げると、全体がゆがんでくる。その際には派手なのを一発かますより、小さなダメージを蓄積させてゆくのがいい。続いて背板をはずせば、どんな家具でもガタガタだ。あとは側板の間をめりめりと広げてゆけば、やつらはあっさりと二次元化してしまう。私は勝どきをあげながら、そいつを縛って、ひと通りの作業は完了である。

解体がうまくできるようになると、組み立ても上達するらしい。その機会はごくまれにしかなかったが、久しぶりに多目的棚のサンプルを組み立ててみたとき、私は自分の手際のよさにびっくりしてしまった。かかった時間は以前の四分の一。仕上がりもいい。なんというか、全体にびしっとしている。

解体はその他にもいろいろなことを教えてくれた。たとえば、上物と安物との違い。私は両者のすさまじい価格の差をばかばかしく思っていたが、実はそうではないのである。ムクの板で作られた上物はずっしりと重く、めったなことでは壊れない。板の厚みが違う、接続部分が違う、金具だって違う。上物は私の執拗な攻撃を受けてなお、かなりの剛性を保っていることが多かった。戦艦で言えば、ビスマルク級だ。その一方で、ユニット家具のもろいこと。見かけの木目はきれいでも、それは表面だけの薄いプリントであり、材質はファイバーボード。要するに、紙だ。ひとたびネジを抜いてしまえば、もう戻せないし、水にも弱い。つまり、安物はきれいな段ボール箱にすぎないのである。

やがて私は木材についても、ある程度の見分けがつくようになった。アルダーやラバーウッドは柔らかい。ナラやオークは重くて硬い。

あるとき、私はスガ氏に言われて、彼がぶつけたタンスのエッジを直すことになった。渡された箱を開けると、そこには数種のパテと筆、それに塗料のチューブがずらりと並んでいた。メープルもあればバーチもある。タモもシタンもコクタンもある。スガ氏によれば、各メーカーがこういうものをときどき送ってくるのだそうだ。彼はそれを開けもせず、ほとんどをごみとして捨てていた。

私は大喜びでそれをもらい、細心の注意を払って調色した。そして欠けたエッジの修整に挑戦したのである。自分で言うのもなんだが、修理は完璧だったと思う。本体とパテの色は全く見分けがつかなかったし、私は木目にもこだわって、針先で導管まで点刻したのだから。

これを見たスガ氏は狂喜して、カバーや配置によって巧みに隠しておいた無数のキズ物家具を出してきた。過去数年間に彼が傷つけた家具は全体の九割にも及んでいたので、私はすっかり多忙になった。

そして……やがて我々の配置はあべこべになってしまった。全くおかしな話だが、下取り家具の解体はストレス発散をはかる係長の仕事となり、バイトの私が破損箇所を直しながら売り場で客を待つようになったのである。

木土日は大学の授業がないから、私の出勤時刻は正社員と同じ八時だった。私はスガ氏と共に朝会に出ることもあった。六階の社員食堂に全員が並んで、まずは店長の訓話。そのあと、全社員がひとりずつ今日の売り上げ目標を発表する。敗戦間際の某国航空部隊のようだ。

社員たちは大体十万円前後の数字を言っていたように思う。ちなみにスガ氏は常に「五十万！」と叫んでいた。五万円のキッチンボードなら十本、五千円のユニットボックスなら百本売るということになる。スガ氏の実働が十時間として、一時間に十本。つまり、六分に一本である。しかし、経理課長は全くの無表情で目標額の合計を淡々と計算し、本日の売り上げ目標は店全体で四百万円ということになった。

「それでは皆さん、今日も気合を入れて売りまくりましょう。私も商工会議所に行って、客の動線を私鉄側に引き戻すよう、働きかけてきます。」

店長はこう言うと、大きな声でいつものあいさつをした。

「いらっしゃいませ！」

「ありがとうございました！」

「またお越しくださいませ！」

それに続いて全員が復唱する。もちろん、私も。

「いらっしゃいませ！」

「ありがとうございました！」

「またお越しくださいませ！」

これが終わると、社員一同は散開して、各フロアの照明をつける。天井のスピーカーからは音楽が流れてくる。私はスガ氏に命じられて、エスカレーターを起動させた。私はここに勤めるまで、それが自動で動き始めるものだと思っていた。しかし、実際の起動は本体にキーを挿入し、それをひねることによるものであった。車みたいだ。

やがて店長がシャッターを開ける。ガラガラガラ……雷鳴のようなものすごい音がして、一階の売り場全体に外の光が飛び込んでくる。さあ、販売開始、そこにはたくさんのお客様が……いない。まことに残念ながら、勢いがよいのはここまでである。私たちはむなしく立ちつくし、またいつもの一日が始まるというわけだ。

こう書くと、誰もがきわめて楽な職場を想像するだろう。接客も配送もなく、ただ立っているだけの時間がほとんどなわけだから、極楽のような仕事だと思うに違いない。それは違う。来ない客を待ち続け、ひたすら立ち続けるということは想像以上の苦痛だった。

まず、足がだるくてたまらなくなる。その対策として、こまめにつま先立ちなどをするのだが、たいした効果はないようだった。こっそり靴を脱いでみると、足はすっかりむくんでしまって、五ミリほども大きくなった感じだ。こうなると、だるさは無感覚に変わり、ふくらはぎは棒のように硬直してしまう。余談になるが、歩いて足が棒になるというのはうそだ。私は毎週金曜日から土曜日にかけて相当な距離を歩いたけれども、足は棒にはならなかった。何かの戦記で読んだこともある。歩くのではなく、立ち続けてこそ、足は棒になるのだと思う。

客の来ないフロアに立っていると、時間もわからなくなる。商品の日焼けを防ぐためなのか、日本のたいていの家具屋には窓がない。照明器具が一日じゅう同じ光で同じ家具を照らしているから、ちょっとぼんやりしていると、時間の見当がつかなくなってしまう。そのため、しょっちゅう時計を見ることになるのだが、それをやり始めると、なかなか時間が経過しない。だから、私はいつも斜め前の床を見ていた。まるで禅の半眼である。その態勢で来ない客を待つ。ただ待つ。待ちに待って、もういいかげん昼休みだろうと思って時計を見たくなるが、ここで油断してはいけない。十二時半になっていなかったら、失望が大きい。いくらなんでも正午にはなっているだろうが、万一ということもあるだろう。ここは十分にマージンを取って十一時！　そう思って時計を見ると、なんと時刻は九時半である。私は絶望のあまり、今度は意図せず半眼になるのだった。

売れない家具屋では季節もわからなくなる。冬のフロアは暖房で暑く、逆に夏場はきつすぎる冷房によって寒さに震えるほどだった。私のような週三日のバイトはともかく、正社員たちは同じ温度の同じ建物のなかで同じ服を着て立ち、一年中、同じ商品を売り続けるのだ。店が健在なら、何十年もである。それはこの家具屋に限ったことではなく、店や工場での仕事はみんなそうだ。季節がわかる職業のなんとすばらしいことよ！　もちろん、世界には季節のない地域もあるだろう。しかし、そういうところの人たちも変化は感じているに違いない。風を受け、空を見上げ、岩や草の匂いをかぎ、全身で自然の変化を感じているのだ。嵐は去った、冷えてくる、さあ一雨来るぞ……人間に限らず、あらゆる生物は自然の変化のなかで生きている。そのなかで生きてこそ、生物なのだともいえる。それなのに、なぜ人間は密閉された建物なんかを造って、こんなことをしているのだろう？

厳密に言えば、この職場にも季節を察知する手がかりは残されていた。天井のスピーカーから流れてくるＢＧＭである。正月の琴の音、初夏のハワイアン、この前スガ氏と提案したクリスマス・ソング……それらは私たちにかろうじて季節の移り変わりを教えてくれた。だから、我々はラインを担う工場労働者よりは恵まれていたのかもしれない。しかし、このＢＧＭこそ、我々の最大の敵だったのである。

音楽は普通、楽しい。あるいは悲しい。音楽は単なる音とは違って、心に響くものだから。私はこの職場で働くまで、全く心に響かない音楽・逃れられない不断の音楽などというものがあることを知らなかった。絶え間なく流れてくるＢＧＭは放射能に似ている。私はそれを週に三日、八時から二十時までたっぷりと浴びた。いやだ、もう聞きたくない。そう思っても、ＢＧＭに容赦はない。全く同じ曲が同じ順番で、絶え間なく脳に浸透してくるのだ。十二月に入ると、アニメ風にアレンジされたクリスマス・ソングが一日中繰り返されることになったので、スガ氏と私はそれを完全に憶えてしまった。ばかげた十二曲がようやく終わると、愚劣なせりふが流れてきて、そこからまた一曲目に戻る。また十二曲が終わってせりふが流れ、一曲目に戻る。そしてまた……私とスガ氏は「されば、今一度」というかわりに、かなりの大声で全く別の言葉を叫び続けていた。

「ばかばかばかばかばかばかばかばかばか、ばか！」

この店が早晩つぶれることは誰の目にも明らかだった。正社員たちは「ここがだめになったら、小岩店に移動かな」とか「いや、小岩店はここよりも危ない」などとうわさしあい、非常に不安な様子だった。二十時に閉店すると、店全体の売り上げが算出される。それはたいていの場合、目標の一パーセント達成おめでとうという状態だった。

商店というものは閉店後も忙しい。どんなに売れない店舗でも、小額にせよ売り上げがあれば、レジ内の金額が合うまでは解散できない。消防の規定を無視して広げた商品群を本来の位置に戻す仕事もある。二十一時近くになって、ようやくこの仕事が終わると、スガ氏は必ず私に声をかけてきた。

「よう、軽くどうよ。」

彼によれば、仕事で受けたストレスはその日のうちに解消する必要があって、それにはそれに見合うだけの発散をするしかないのだという。一万円稼ぐということは一万円分のストレスを受けたことであり、それを解消するには一万円の出費が必要なのだそうだ。わかる気もするけれども、なんだかとても不毛な感じもする。いずれにしても、終業時には私は疲れ果ててしまっていて、とうていつきあいきれない。そのたびに、我が上司は残念そうにこうつぶやくのだった。

「いいよなあ、学生は。おれなんか、この人生しかねえや。」

スガ氏の言葉は妙に心にしみた。通用門を出てからも、私の胸のひっかかりは消えなかった。かなりあとで気づいたのだが、それは学園で感じる痛みと同じ種類のものだった。

九章　聖夜

私はもっと早く到着したかったのだが、今日は久しぶりに先輩たちと待ち合わせをしたため、かなり遅い時刻になってしまった。といっても、まだ十七時である。私たち学生一同は早めに学園に集合して寸劇を練習し、それを子どもたちに披露しようという計画であった。

入口のドアを開けると、玄関は靴だらけ。遠くから駆けつけた卒園生たちのものだろう。派手なヘビ革の靴や作業靴が混じっているところをみると、我々は支援の労働者たちにも遅れをとったようである。

玄関のすぐ右側にはクリスマス・ツリーがあり、職員室のドア前から廊下にかけては折り紙で作ったリースや花が飾られていた。玄関の左側には小さいながらも受付が設けられている。来客はここでノートに記名し、三百円以下のプレゼントを提出して、ついでにくじを引くようになっていた。私はレターセットを提出し、そのかわりに大きなマグカップが当たった。どうやって持ち帰ろうかとは思ったが、今までの自分の努力の成果のように思えて、私はうれしかった。

テレビ室に入ると、そこにはすでに某手話サークルの人たちが来ていて、そのリーダーらしき若者がこう言った。

「遅いじゃないか。開始まであと二時間しかない。さっさと練習しようぜ。」

赤いフレームの眼鏡できめた彼は……はて、誰だったろう？　聞けば、訪問はまだ二回目だという。全国のこういった施設・作業所を廻っているのだそうで、着ているスタジアムジャンパーにはたくさんの施設名が書き込まれていた。

この手話サークルのメンバーは四人だった。赤眼鏡の彼に加えて、大学二年生の女子が二人。私は初対面だったが、学園に来たことがあるという銀縁眼鏡のほっそりした青年がひとり。

「まあ、見てよ。これがシナリオ。」

赤眼鏡はこういうことが大好きなようで、寸劇の脚本は立派な冊子になっており、二十部ほどが用意されていた。表紙には『奇跡の天使』と書いてある。実は私も脚本を書いてきていて、双方を比較し、どちらかよいほうを発表する予定だった。彼の努力を無にするのは失礼なので、私はそれでいいと思ったが、題が少々気になった。

「すごいじゃん。感謝、感謝。」

「もう、決まりだね。さあ、練習しようぜ。」

ワダ先輩やセタ先輩はせかすのだが、奇跡や天使を手話でどう表すのだろう。表現できたところで、ちびたちに意味が伝わるだろうか。さすがにエスとアキ先輩は慎重だった。

「一応、読んでみませんか。」

「そうね。子どもたちがどう思うかを確かめなくちゃ。」

私も読んだ。練習時間はわずかしかない。できれば、これでいきたい。しかし、私はどうしてもその内容に賛成することができなかった。

「こんなにきちんと作ってもらって、失礼なんですが、これは……」

当時はメールもなかったし、ファックスのついた電話機も少なかった。写真の転送はSFの世界に属しており、脚本は今日初めて見るしかなかった。お互いボツにしてもいい、そういう約束だった。しかし、赤眼鏡は怒ってしまった。

「自分たちのをやりたいのはわかるけどさ、意味ない否定はやめてくんない？」

当時流行だったハマトラ・スタイルの女子たちも私を強く非難した。

「うちら、もう練習してたのよ。何がいけないの？」

「立派な劇よ。これでなくっちゃ、私やらない。」

大変残念なことに、我々五人も一枚板ではなく、ワダ先輩は中立、セタ先輩は完全に向こう側だった。

仕方なく、私は『奇跡の天使』の欠陥を説明し始めた。

「思い出しのシーンがいっぱいあって、ちびたちにはわかりませんよ。」

この発言にも非難ごうごう。しかし、話を続けるように言われたので、私は続けた。

「啓示とか民族とか箴言とか、言葉も難しいのでは？　大体、そんな手話あるんですか？」

赤眼鏡はにやりと笑って、こう言い放った。

「レベル低いなあ。知らんの？　見ててよ、こうすんの。」

私の劣勢を見て、エスとアキ先輩が助けに入った。

「でも、子どもたちにはわかんないですよ。」

「そうよ。劇は学園の子のためにやるんでしょ。」

しかし、赤眼鏡は強気だった。

「あんたらは聴覚障害者をばかにしてる。それに手話の可能性も信じてないな。」

話が長引きそうなので、私はこの脚本の最大の欠点を指摘せざるをえなかった。

「実はラストが気になるんです。天使がみんなを聞こえるようにしちゃうっていう。これをもって、めでたしっていうのはちょっとまずくないですかね。」

「そうよ。私も気になった。この劇、子どもたちに失礼だと思う。」

アキ先輩がこう言うと、赤眼鏡はかんかんに怒ってしまって、恐ろしい目つきで我々をにらみつけた。これは殴られるかもしれない。ところが、私はたいした恐怖を感じなかった。かめのこやボールを戦い抜いて、免疫ができたのかも。よし、反撃してやろう。まず、天板を突き上げて……いや、それは家具か。

そのとき、赤眼鏡の手下たちが私につっかかってきた。

「障害がなくなることの何が悪いのよ!」

「いいじゃん、素敵な話でしょ!」

女子二人に左右から奇襲されて、私の戦意は急速にぐらつき、しどろもどろの説明になってしまった。

「た、たとえばですね、天使が私たちの黄色い肌を魔法で白くしてくれたとしましょう。それははたしてハッピーエンドなんですかね? そういう脚本を白人が書いたとしたら、」

「何言ってんの？」

「わけわかんない。」

手下の優勢に乗じて赤眼鏡がぶち切れようとしたその瞬間、今まで黙っていた銀縁眼鏡のスリムな青年が先にぶち切れてくれた。

「やめろ！　ばかはおれたちだ！　おれたちの意識が低かったんだ！　確かにこのシナリオはボツだよ！」

結局、劇は私の脚本でいくことになった。赤眼鏡は不参加、その手下のハマトラ女子二名はなんと帰ってしまった。アキ先輩はスリム氏の功績を認めて彼を主役に抜擢し、ようやく練習が始まった。


およそ二時間後、我々が食堂のドアを開けると、そこは大勢の来客であふれかえっていた。学園中の椅子が動員されていたものの、来客はそれに収まりきれず、かなりの人数が床にカーペットを敷いて設けられた臨時の席に座っていた。卒園生、組合員たちの他、学園職員の家族、聾学校の先生、その生徒たちまで何人か来ている。彼らは学園の子たちの同級生ということになる。食堂全体を見廻すと、周囲は黒いカーテンで囲まれていて、天井からは何本かの長い輪飾りが下がっていた。テーブルの上には料理がいっぱい。赤飯、寿司、から揚げ、サラダ、さらには手作りの焼き菓子など、ありとあらゆるものがどっさり用意されていて、聞けば、その大半が子どもたちの手によるものだという。

私はそれらを見て、反省してしまった。ていねいな飾りつけに加えて、この料理、さらに出しものの練習……学校から帰ってきて、洗濯やちびたちの世話を済ませたあとのごくわずかな時間を利用して、子どもたちは毎日準備を重ねてきたのだろう。わずか二時間弱の練習で劇を発表しようなどという我々とは根本が違う。

「皆さん、今、ケーキが届きました。これは学園を理解してくれている地域の方からのプレゼントです。」

オダさんによる紹介と同時に運ばれてきたケーキはとても大きく、多くのいちごがちりばめられた豪華なものだった。しかも八つ。部屋長たちがそれを手際よくテーブルに配置して、いよいよクリスマス会が始まった。

会長による短いあいさつのあと、最初に登場したのはちびたちだった。その出しものは歌と踊りである。聞こえない・話せない子たちによる合唱とは意外な気がしたが、ちびたちは足踏みによる微妙な振動を察知し、大きな声を出して歌った。並んだ幼稚部・小学部のメンバーをあらためて見ると、重いハンディを抱えた子も少なくない。普段あまりにも元気にしているので、それほど意識していなかったが、重複障害の子がほとんどである。彼らを含めた全員が踊り始めると、私はすっかり感動してしまった。客観的に見れば、踊りはばらばらであり、歌も叫び声に近い。しかし、この一生懸命さはどうだ……苦しい境遇や障害と闘うちびたちのエネルギーがあふれ出て、怒涛のように会場に押し寄せる。私は涙ぐみながら、その波を浴びた。来客は全員が泣いていたように思う。これは私が今までに見た、最も優れたステージだった。

続いて来客のあいさつ、さらに職員の紹介があって、私はそこで初めてエフ女史の旦那さんを見た。女史は学園の子どもたちの母そのものであり、あるいは黒シャツの伴侶のようにも見えていたので、彼女に私生活があり、夫がいるという事実は私にとって驚きだった。旦那さんはインテリタイプの温和そうな人で、エフ女史が全く家にいないこと、妻を奪ったこの学園を深く恨んでいること、ひとりで自分の下着を洗って寝るときに死ぬほどの寂しさを感じることなどを切々と語った。会場は大爆笑だったが、これらは全て本音だったと思う。

黒シャツは旦那さんの言葉を訳したが、ついでにエフ女史を正式に引き取ることを提案し、旦那さんには遍路の旅に出ることを強くすすめたので、会場はまたもや大爆笑となった。そして……いよいよ我々訪問者の出番がやってきた。

思い出すのも恥ずかしいが、劇はきわめて内容の薄い拳法アクションだった。私を含む学生たちがばかな格好をして闘い、跳ね廻る。自分で言うのもなんだけれども、その哲学のなさは愚かさを通り越してすがすがしく、聾学校の先生たちはあきれかえっていた。しかし、ちびたちは大喜びだった。これでいいのだ……これが、現時点で我々ができる全てなのだから。

思いのほかの好評に頬を紅潮させ、私たちは席に戻った。汗びっしょりの私の周りに子どもたちが集まってきて、ジュースをついでくれる。いい気分だ。しかし、先ほどの赤眼鏡が文句を言ってきた。

「恥ずかしくないのか？　何の教育にもなってない！　あれで劇のつもりかよ！」

いまさら友好をはかる気もなかったので、私は素直に回答した。

「すごく恥ずかしいです。でも、私たち学生は彼らに教育するだけのものを持っていません。劇のつもりもありません。」

そのあとはしばらく食事時間となった。皆が充分に食べた頃、大きい子たちによる最後の劇が発表された。

その劇は……なんというか、表現に迷うほど、大きい子たちの劇はすばらしかったのである。内容は日常生活の再現。頼るものがない心細さ、将来への不安、そして親や家族という言葉に対する想い……しかし、それでも、子どもたちは毎日を生きてゆかなければならない。

「ぼくたちにはたくさんの仲間がいます。血はつながっていませんが、心のつながった兄や姉、弟や妹が大勢います。学園は家族です。だから、寂しくありません。これからも力を合わせてがんばります。」

来客は皆、静まりかえってしまった。会場が暗くて表情までは見えないが、黒シャツもさっきから動かない。創作なしの劇だから、職員の厳しい指導に対する批判も出るのかなと私は途中で思ったが、そういう類のものは一切なく、劇では職員への感謝のみが述べられていた。私は動き始めた黒シャツを目で追った。彼は暗幕の後ろのほうに引っ込んでしまい、いくら待っても出てこなかった。

しばらくして、エフ女史が感想を述べた。

「私たちは今、劇を見てとても驚きました。職員の手は一切入っていません。学園の子どもたちの力は想像以上にすごいと思います。職員も負けないよう、全力でがんばります。」

拍手はなかなか鳴りやまなかった。優に二分間は続いたのではないか。ようやく皆が落ち着いて、残った料理を片付け始めた頃、最後のスピーチが始まった。

会長に紹介されて出てきたのは卒園生、社会人のユイさんだった。私は彼女と話したことはなかったが、何度か見たことはあった。交流会の終わり頃にふと現れたり、会長や部屋長に何かを告げていたり……学園の子どもたちは彼女に対して、黒シャツやエフ女史に対するのと同等の敬意を払っているようだった。二十二、三歳ぐらいだろうか。陸上選手のような体つき。女性としては背も高いほうだ。化粧っ気のないショートカット、赤いセーターとジーンズといった簡素な服装をしているものの、それが知的な顔立ちによく似合っていた。その落ち着いた雰囲気は独特のもので、個性に満ちたこの集団のなかにあってなお、彼女は異彩を放っていた。

「皆さん、本日は大変お忙しいなか、学園のクリスマス会に来ていただき、ありがとうございます。」

ユイさんは全く声を出さなかったが、口の動きは完璧で、その手話は非常に美しかった。明確な表情、簡素にして巧みな表現、はっきりした手の動き。エフ女史の訳がなかったとしても、私は彼女の話の大部分を理解できたと思う。

「まず、卒園した私がここで発表する理由をお話しします。皆さんに学園を深く理解していただくため、その歴史をお話ししようと思ったからです。」

これこそ、まさに全文をメモしておくべきスピーチだった。惜しいかな、私はメモを取るのをやめて久しかった。完全な形を再現できないのが残念だが、内容はほとんど記憶している。これは私の記憶力がよいからではなく、あまりにも心に残るスピーチだったからである。その概要は次のようなものだった。

「私が入園した頃、学園はとても荒れていました。私は学園がいやでいやで、たまりませんでした。毎日逃げ出すことばかりを考えていました。本当に逃げたこともあります。しかし、逃げても行く場所がありません。生きてゆくためにはここにいるしかない。そう気がついて、私は我慢して生活することにしました。」

「昔の学園には暴力がありました。強い人が弱い人をいじめて、毎日殴ったり、蹴ったりしていました。物を盗んでこい、という命令もありました。私も先輩によくぶたれました。みんなで仲良く遊ぶことはなく、弱い子をトイレに閉じ込めて上から水をかけたり、足にほうきの柄を挟ませて正座させたりして、笑っていました。いじめられた子はくやしい。しかし、強い人には逆らえません。ですから、自分より小さい子をいじめます。いじめられた小さい子はくやしくて、もっと小さい子をいじめます。子どもたちのいじめはつながっていて、みんなの気持ちはばらばらでした。」

「職員もいいかげんな人たちばかりでした。手話ができない。子どもたちの気持ちを理解しない。なのに、すぐ怒る。子どもたちもくやしいから反抗する。毎日がめちゃくちゃでした。エフさんも子どもたちに二階から落とされたことがありました。」

「食べ物も悪かったです。昔の職員はお金をごまかしていたのだと思います。食事はとても少なくて、私はいつもおなかがすいていました。朝食はパンだけ。夕食は焼きそばだけ。次の日は朝も夜も焼きそば。その次の日はパンと焼きそばです。私はまだ小さかったけれど、学園の食事はおかしいと思っていました。おなかがすいた子どもたちは食べ物を奪い合い、駅前で盗みをすることも多かったです。」

「お風呂は一週間に二回だけ。夏も同じです。体が臭くなりますから、私は学校で恥ずかしかったです。頭がかゆくてたまらなくて、いつもいらいらしていました。髪を払ってみると、小さな白い虫がいっぱい。しらみです。皆さんはしらみを見たことがありますか。大きい子も小さい子も、みんなしらみに苦しんでいました。」

「そんな生活が続いていましたが、あるとき、職員たちから発表がありました。今度、ここの一階は保育所になる。聞こえない子は二階に住むことに決めました……私はびっくりしました。そんなことになったら、一部屋の人数は倍になります。私たちは個室が欲しいのに、一部屋に十人ですか？　それに女子のすぐ隣が男子の部屋になります。トイレも男子と一緒に使う？　食事はどこで？　お風呂はなくなる？　学園の子どもたちは本当にびっくりしてしまいました。」

「職員のなかにもよい人がいて、その中心がエフさんでした。エフさんは何度も理事長に意見を言いに行きました。しかし、理事長は全く聞いてくれませんでした。もう決まった、それだけです。エフさんは自分も入れて四人だけで組合を作ることにしました。法律がありますから、理事長は交渉する責任があります。しかし、理事長は四人をばかにして、組合を無視しました。」

「このとき助けてくれたのが広域労組の人たちです。特にアイエス精機の人たちは学園を自分の職場のように思ってくれて、毎日支援に来てくれました。組合の人たちは保育所を造る工事ができないように庭に花壇を造りました。そうすると、理事会や悪い職員たちが壊す。しかし、四人の職員と組合の人たちが造り直す。すると、また壊す。でも、すぐに造り直す。そんな様子を見て、私たちは誰が本当の味方なのかを理解してゆきました。」

「理事会の人たちは私たちを引き込もうとして、お菓子やお金をくれたりしました。悪い職員たちも急にやさしくなって、保育所ができると学園はきれいになると言いました。でも、私たちはだまされませんでした。今までたくさん裏切られてきた私たちです。そんなうそはすぐに見破ります。組合の人と一緒に花壇を造る子はどんどん増えて、やがて全員になりました。」

「理事長は怒って、子どもたちを診察してくれなくなりました。この学園は隣の病院が経営しています。しかし、どんなに熱があっても、骨が折れても、私たちはすぐ隣の病院に行けないのです。そのかわり、組合の人たちが助けてくれました。子どもたちが病気になるたび、組合の人たちは夜中でも車を出して、遠くの病院まで連れて行ってくれました。」

「組合の人たちのなかで、特に目立つ人が三人いました。ヒラヤマさん、オダさん、そしてハラさんです。」

ちょっと補足をすると、この三人はそれぞれ、猛禽、パンチ、黒シャツであった。なんと、パンチはオダさんの夫だったのである。

「三人は毎日来てくれて、交渉の正面に立ってくれました。仕事が終わったあと、毎晩遅くまで私たちの支援をして、ときには学園に泊まることもありました。ハラさんは優秀な旋盤工だったのに、二十年勤めたその仕事をやめて、学園の用務員になりました。」

これは驚くべき転職である。黒シャツ本人がすごいのは言うまでもないが、会社や家族がよく許したものだ。相手の理事長たちにしても、彼の恐るべき資質に気づかなかったのだろうか。

「ハラさんは外見が悪そうで、実際厳しかったけれど、すぐに子どもたちの心をつかみました。うまく説明できませんが、子どもたちは何か信じられるものを感じたのだと思います。ハラさんは初め手話ができませんでした。ですから、話し合いのときには黒板を用意して、それに文字を書いて説明しました。私たちも自分たちの気持ちを黒板に書きました。漢字や文章がよくわからない子も多いですから、すぐに消して書き直す。ハラさんもまた、私たちにわかるように書き直す。書いては消し、書いては消しを繰り返して、黒板はいつも文字でいっぱいでした。」

「しかし、一年もたたないうちに、黒板を使うことは少なくなりました。ハラさんが手話を憶えてしまったからです。ハラさんの手話は乱暴ですが、私たちにはよくわかります。私たちの手話もハラさんによく通じます。この人なら大丈夫、ハラさんに職員になってほしい……それは子どもたちの一致した意見でした。しかし、私はハラさんにずっとなじめませんでした。私は人を信じようと思っていなかったし、裏切られるのがいやだったからです。みんながハラさんについていっても、私は最後まで離れていました。」

「ハラさんは私を無理に招くことはしませんでした。しかし、毎週金曜日が交流会になると、楽しそうな行事がいっぱい。ハラさんは仕事で疲れているのに、汗を流し、本気で子どもたちと遊んでくれます。そういう様子を見て、私も少しずつ心を開くようになりました。交流会に続いて、木曜日の部屋長会、土曜日の児童会ができたので、子どもたちは自分の気持ちや考えを発表できるようになりました。」

「私たちを大事に思うからこそ、ハラさんはとても厳しかったです。弱いものいじめは絶対に許しませんでした。学園の子どもは貧しい・寂しい・聞こえない。ばらばらでは強いやつに負けてしまう。だから、力を合わせるんだ。こう言われて、私たちは目が覚めるような気がしました。」

「ハラさんが職員になる前は暴力や盗みがあたりまえで、私たちは地域の人たちから嫌われていました。たまに床屋さんに行くと、お金も足りず、落ち着いて座ってもいられない。買い物に行けば、大騒ぎして店の商品をべたべた触り、最後には万引きをする。街を歩けば、自分たちも障害者なのに、ごみを集める人を見て笑ったり、肢体不自由の人を見てばかにしたりしていました。しかし、ハラさんが来てからは全てが変わりました。ハラさんがいろいろなことをひとつひとつていねいに説明して、わかるまで教えてくれたからです。」

「私たちはだんだん地域になじみ、今ではこんなにたくさんのお客さんが学園に来てくれるようになりました。クリスマス会も初めは人が少なくて、今とは全然違う行事だったのです。でも、一番大変だったのは夏の盆踊りでした。人が少なくて、踊りの輪ができない。店もほとんどない。本当に寂しい盆踊りだったのです。しかし、ハラさんが来てからは全てが変わりました。私たちは話し合って、エフさんたちと一緒にポスターを作ることにしました。それを地域のいろいろなところに貼ったのです。理事長は支援の人が増えるのを嫌って、悪い職員にポスターを剝がさせました。しかし、私たちはまた貼る。悪い職員はまた剥がす。花壇のときと同じです。その間、ヒラヤマさんやオダさんは遠くからいろんな機材を持ってきてくれて、やがてやぐらが立ち、電灯がともり、店が並びました。今では太鼓の人たちや大学生も来てくれて、学園の盆踊りは地域の行事になりました。」

「悪い職員たちがやめてしまうと、食べ物も変わりました。ミトさんの奥さんはエフさんと共に立ち上がった最初の職員だったのに、私たちのために食堂係になってくれました。世間から見た立場は下がり、給料も減ったと思います。しかし、私たちの食べ物は急においしくなって、量も増え、おかわりも自由になりました。今では学校に持ってゆくお弁当も食堂係の人たちが作ってくれます。子どもたちの自立のために料理も教えてくれます。私たちも変わりました。手伝いをし、食べ終えた食器を集め、自分からテーブルを拭くようになりました。食堂が変わって、私たちはみんな、太ったと思います。」

「私は学園で生活していたことが恥ずかしかったけれど、今では自慢です。今の学園にはよい面がたくさんありますが、一番自慢できることは、三つの約束です。

『乱暴しない』
『盗まない』
『うそをつかない』

学園の子どもたちはハラさんと自分たちで決めたこの約束をしっかり守ってきました。職員もまた、この約束を守ってくれています。約束はまだあります。

『大きい人は小さい人の援助をする』
『強い人は弱い人を助ける』
『自分のことは自分でする』

学園には障害が重い子もたくさんいますが、そういう子も約束は同じです。自分のことはできるだけ自分でして、弱い仲間を助けるのです。私たちの目標は自立です。学園から出れば、厳しい社会が待っています。私たちは親に頼れません。ここを出れば、すぐにひとりで自立して、生きてゆかなければなりません。自立、それは大変なことですが、私たちが持った初めての大きな目標でした。目標があると、努力できます。努力していると、誇りが持てます。ハラさんのおかげで、私たちは生まれて初めて、誇りを持って生きられるようになったのです。」

「私は今、大きな工場で働いています。仕事の内容は電気製品の組み立てです。つらいこともいろいろあります。聞こえないですから、消しゴムを投げて呼ばれたりしたこともありました。まあ、いろいろですが、苦労の内容はハラさんから聞いていたことと同じで、驚いています。社会人としての生活は楽ではありません。でも、私は学園で学んだことを忘れずに、がんばろうと思っています。」

「子どもたちに言いたいことがあります。みんなにはお父さんやお母さんがいないけれど、ひとりじゃありません。さっきの劇でもやっていましたが、ここにはたくさんの仲間がいます。力を合わせ、自立に向けて努力を続けてください。洗濯、掃除、料理の練習、ちびの世話、それらは社会に出てから絶対に役立ちます。本当です。」

「最後に、今日来ていただいた皆さん、いつも子どもたちを支援していただき、ありがとうございます。とても感謝しています。皆さんの力があって、学園は成り立っています。学園職員は私たちのお父さん・お母さんと同じ、子どもたちはお互いが兄弟姉妹です。そして皆さんは親戚のおじさんやおばさんです。今年の学園の行事はこれでおしまいですが、これからも学園の子どもたちに御理解と御支援をお願いいたします。子どもたちと卒園生の代表として、一年間のお礼を言います。皆さん、本当にありがとうございました。」

ああ、私は間違っていなかった！　私が選び、登ろうとしているこの山は世界の最高峰であったのだ！

十章　理解

クリスマス会以来、私の黒シャツに対する評価は一変してしまった。私は彼を真に尊敬すべき人物として認めた。年が明けると、遠慮している先輩たちを差し置いて、私は黒シャツとの直接対話を試みるようになった。

「あの……学園の子どもたちを理解するために一番必要なことって、何ですか？」

自分なりの答えは出ていた。私はそれを確認したかっただけ……いや、自分が自立に向けて努力していることを黒シャツに示して、彼に少しでも認めてもらおうとしたのかもしれない。

彼の答えは私にとって、かなり意外なものだった。

「まず、親と切れることだな。それから、聞こえなくなっちまうことさ。」

私が呆然としていると、先輩たちが話しかけてきた。

「君とハラさんじゃあ、とうてい話にならないよ。」

「残念だけど、私たちとは格が違うわ。」

特にセタ先輩の意見は辛辣だった。

「やってみなよ。家出して、鼓膜に穴でもあけてさ。子どもたちは喜ぶぜ。」

「ばか。後輩になんてこと言うの？　冗談よ、本気にしてはだめ。」

アキ先輩はこう言ってくれたけれども、私は冗談とは思わなかった。セタ先輩の提案は妥当なものだったし、黒シャツの言葉は極端だが、それが常に本音であることを私はよく承知していた。

次の日、私はドラッグストアで耳栓を買い、仕事の帰り道にそれを装着してみた。一番強力そうなものを選んだにもかかわらず、音が漏れ、私のにわか難聴体験は失敗に終わった。

しかし、得たものがなかったわけではない。私はこのときまで耳栓をした経験がなかったので、耳に何かを詰めたままにしておくことがこれほどうっとうしいものだとは知らなかった。それはウレタン製のごく柔らかいものだったにもかかわらず、着けて一時間もすると、私の両耳はじんわりと痛くなり、続いてかゆくなり、最後に耐え難いほど痛くなった。これはきつい。かなり我慢強い人であっても、連続しての装着はせいぜい一日が限度なのではないか。

しかし、学園の子どもたちは補聴器をずっと着けている。事故防止のため、また脳への刺激がなくなってしまうことを防ぐため、彼らは起きている間は常に補聴器を装着しているのだ。それらは耳栓よりもはるかに大きく、固くて、重い。本体は小型のラジオぐらいあるし、耳かけ型もうっとうしい。冬には凍えた皮膚を刺激し、夏には汗が伝う。しかも装着は一時的なものではない。私の肩のギプスとは違って、治ればはずせるものではない。彼らはこの違和感と死ぬまでつきあうのである。

翌週、私はバイトに向かう前にミリタリーショップを訪ねた。当時の上野にはその手のショップが何店かあって、米軍払い下げの軍装品を売っていた。私はそこで空母の整備兵用と思われる重厚なイヤーマフを見つけた。電装品は壊れていたものの、左右の耳を覆うドーム状のパーツは健在だった。私はそれを六千円で買った。

さっそく駅のトイレで装着してみると……これはすごい。全くと言っていいほど何も聞こえない。この状態のまま家具屋で働くわけにはいかないから、私はそれをはずして駅の売店で買った大きな紙袋に入れた。そして仕事が終わったあとで再びそれをかぶり、今度は思いきって電車に乗ってみたのである。

当時はかのウォークマンが爆発的に売れていた時期だったので、頭をはさんで両耳に何かを着けることについては一般にそれほどの違和感はなかったものと思う。なかったとは思うが……車両はほぼ満員だったにもかかわらず、爆音遮断マフを装着した私の周囲には奇妙な空白ができていた。しかし、私はそれに気がつかないほど興奮していた。今まで経験したことのない、驚くべき世界のなかにあったから。

まず、電車がどこを走っているのか、まるでわからなかった。日本の列車の車内にはしつこいほどの案内放送がつきものだが、あれは聞き流しているようで、けっこう聞いているものらしい。私は困惑して外の景色を見たのだが、夜だし、速いし、目印になるようなものの発見は不可能だった。あきらめて車内を見渡すと、目の前にいる女子高校生の集団が私を見て笑っているような気がする。しかし、何を言っているのかわからず、確かめようもない。声以外の情報を収集しようとすれば、口元や目つきを凝視するしかなく、彼女たちはすぐに車両を移ってしまった。

やがて電車は津田沼に着いた。私はどうにか特急から降り、停車していた普通列車に乗り換えようとした。が、大丈夫だろうか？　千葉行きだったら、面倒である。掲示板にも時刻表にも行き先が書いてあるのだが、なんとなく自信が持てず、私は停車中の車両から降りてしまった。そしてホームの掲示板を確認して乗り、また降りて、今度は車両本体の表示を見てから、また乗った。その表情も不安なものだったと思う。つまり、落ち着かない人間にならざるをえなかったのだ。なるほど、学園の子どもたちはこういう不安な世界に住んでいるのか。

どうにか無事に下車駅に着き、私は自宅までの道を歩いた。これはたいそう危険な行為だったので、一般にはおすすめできない。後方から来る車の気配が全くわからないのである。私は不安にかられて何度も何度も振り返った。それほどの注意を払っていたにもかかわらず、結局、私は自転車に乗った婦人に追突されてしまった。いつにも増して弱気になっていたため、とっさにあやまろうと思ったが、なぜか言葉が出てこない。おばさんは何か言いながら走り去って行ったけれども、彼女があやまったのか、それとも怒っていたのか、私にはわからなかった。

団地に着くと、私は五階までの階段をいつものように二段飛ばしで昇っていった。が、怖くなってやめた。一段ずつ慎重に昇って、ようやく自室にたどり着いたものの、鍵を差し込む音もドアを閉める音も聞こえない。聞こえなければ不安だから、私はひとつひとつの動作を目で見て確認しなければならなかった。

今夜は家に誰もいないはずだった。しかし、誰かがいるような気がして怖い。湯を沸かしても、火がついているのを忘れてしまいそうで怖い。ようやくのことでコーヒーをいれ、レンジに食物を放り込み、私はテレビのスイッチを押した。

画面を見て驚いた。ニュースもドラマもお笑いも、何をやっているのか、さっぱりわからないのだ。誰もが口をぱくつかせて、大騒ぎをしているだけだ。ちょっと見ているだけでも非常に疲れる。特にコマーシャルがつらい。短時間に映像が次々に変わって、こちらはそれを追いきれず、目も神経も疲れきってしまう。私は早々にテレビを消し、新聞を見ながら夕食をとることにした。

暗闇では食事がうまくないという話を聞いたことがあったが、無音の世界で食べるレトルトの野菜カレーもうまくなかった。新聞もいつになくつまらなかった。音がないと、食事にしても読むことにしても必要以上に集中してしまい、その結果として疲弊してしまう。だからといって気を抜いてしまうと、味も情報もよく伝わらず、心に何も残らない。

食事のあとで、私は歯を磨いた。振動が歯から頭骨全体に伝わって、音のようなものを感じる。なんだか、少しほっとした。気をよくした私は「あー」と叫んでみた。この振動も聞こえた。勇気が出てきたので、私は爆音遮断マフを着けたまま風呂に入ってみた。耳をカバーしての洗髪にも成功して、着替えて早々に床についたのだが、どうしても寝つけない。夜中の二時過ぎまでねばったのだが、眠れない。これ以上の睡眠不足は明日一日を破綻させてしまう。私はやむなく装置をはずし、ようやく深い眠りにつくことができた。

こうした生活を私は三日間続けた。さすがに装置を着用したまま授業に出るわけにはいかないから、私は大学入学以来、初めてサボりというものをした。木曜は久しぶりに装置をはずして働き、金曜は体育の授業と学園、土日はフルタイムで働いて、月曜の朝からはまた耳を封鎖した。

つまり、家具屋と授業、学園にいるとき以外は常に音を遮断して過ごしたのである。この部分的かつごく短期間の体験によって、私はすっかり衰弱してしまった。無音は私の運動能力を低下させ、神経を疲れさせ、さらには性格まで臆病にしてゆくようだった。その反面、行動は大胆なものになりがちだった。人や車を避けるのが面倒になり、吠えかかる犬もあまり怖くなり、しまいには装置を着けて行動することも恥ずかしくなくなってしまった。聞こえないと、世界が遠い。何を見ても現実味が薄いから、内心びくびくしているにもかかわらず、行動はどんどん大雑把になってゆくのだ。見かけがあまり目立たないため、聴覚の障害は視覚や肢体不自由と比較して軽く見られがちである。私自身、この実験をする以前にはそう思っていた。しかし、聞こえないというハンディはけっして軽いものではない。これは性格の形成にまで影響する大きな障害なのではないか。

ヒロやジェイたちと横浜に行く用事ができて、私の無音体験は終わった。例の装置をかぶったまま出かけるべきだったのだろうが、そこが私の徹底しないところで、実験はわずか二週間余で終了してしまった。もちろん、これで学園の子どもたちを理解できたなどと言うつもりはない。理解という言葉をわずかでも使いたいなら、最低でも一年間は装置をかぶり続ける必要があったと思う。しかし、十年間かぶってみたところで、私は彼らのようになることはできないだろう。なぜなら、私はすでに発音される言葉を習得しているからである。それはかなり大きな違いだと思う。

そういえば、ユキと遊んでいたときのことだ。私は同じ色のものを次々に連想してゆく遊びを思いついた。たとえば、赤なら、トマト・いちご・消防車……というように。ちなみにユキはとても頭のよい子で、ほとんどのゲームにおいて私よりずっと強い。五目並べなんかは十回のうち九回は私に勝つような恐るべきちびだから、私は自らの敗北を予想していた。

ところが、ユキは同じ色のものを連続して言うことができなかった。当時、彼女の視力はそれほど低下していなかったし、色彩感覚も普通だったはずなのだが。

「どうしたの?」

私が問いかけると、彼女も自分の苦戦が不思議なようだった。

「この紙は緑、アマガエルも緑、葉っぱも同じ緑じゃないか。」

私がそう言いながら、緑の紙の上に葉っぱの絵を置くと、ユキは初めて理解する。

「なるほど。」

しかし、次が思いつかない。おもちゃ箱をひっくり返し、ようやくブロッコリーの人形を取り出し、その色を見て、

「同じ!」

と、うれしそうに言う。

ものまねの達人であり、将棋でパンチや猛禽をも打ち負かすユキとはまるで別人である。私はすっかり驚いてしまった。彼女は色を思い出しにくい? けっして思い出せないわけじゃない。でも、遅い。

私の推察はこうだ。緑色の折り紙を見ると、私はすぐに緑と思う。「みどり」という話し言葉が出てくるのだ。私はあらゆる事象を発音される言葉としてとらえている。同じ色のものを探せと言われたら、私は色そのものを思い出すと同時に、いや、それよりも速く、「みどり」という発音に連なる言葉の検索を開始する。頭のなかで「みどり、みどり」と発音しながら。

やがて「みどり」という言葉からたくさんのベクトルが伸びてきて、たわわな言葉の房ができあがる。もちろん、それらは色の連想つきだ。みどりのカーテン、ミドリムシ、おお牧場はみどり……あとはそこから適当なものを切り取って、発表すればよいだけだ。

ところが、ユキには発音される言葉がない。彼女は賢い子だから、字も読めるし、書けもする。単語もたくさん知っている。しかし、緑色の折り紙を見たとき、彼女の脳裏に浮かぶ音はない。もしかしたら、音の代わりに手話や指文字が思い浮かぶのかもしれない。しかし、それは左手を水平に置き、右手をちらちらさせる、といった動作にすぎない。ひとまとまりの「みどり」という発音から出発することに較べて、こうした動作からの連想はかなり難しいのではないだろうか。

右手のちらちらから手話を検索して、「草」は思いつくかもしれない。しかし、伸びるベクトルはそれだけである。やむなく、ユキは頭のなかに思い浮かぶ全事象を展開する！　そしてそれらを今見ている緑の紙と超高速でつき合わせてゆくのだ。これは大変な作業だ。漢字を知らない人間がぶちまけられた無数の漢字と「緑」とをつき合わせてゆくようなものである。「縁」「録」「紙」「禄」……どれもよく似ている。でも、違う。

しかし、逆に「緑」を「緑」の目の前に突き出されたら、同じであることはすぐにわかる。よって、「なるほど」と言うわけだ。

以上の推察が正しいかどうかはわからない。かなりあとになるが、この話を卒園後のリンや会長にしてみたら、彼らはたいそう怪訝な顔をしていたから、私の勝手な思い込みなのかもしれない。しかし、発音される言葉がないことが連想のハンディになること、そして聞こえる人と聞こえない人との思考回路には思いのほか大きな違いがあることは事実だと思う。

「おれなんか、まだまだわかっちゃいないよ。」

黒シャツはいつも自信に満ちあふれているように見えたが、理解ということに関しては謙虚だった。

「ハラさんでも、そうなんですか。」

私がびっくりしていると、黒シャツはこんな話をしてくれた。

「おれは以前、ユイに聞いてみたんだ。おまえ、いろんなことをどうやって考えるのかって。そうしたら、場面を思い浮かべるだけだって言うんだ。おれは驚いてさ、言葉で考えないのかって聞いてみたよ。ユイが言うには言葉で考えるときもある、そういうときには手話が頭に浮かぶんだそうだ。夢も手話で見るらしい。」

そういえば、夏に島に行ったとき、民宿や船のなかで、何人かの子どもたちは手を動かしながら眠っていた。

「あいつらを知れば知るほど、おれとの違いが見えてくるんだ。おれは一度、学園の子の頭のなかをのぞいてみたいよ。」

エフ女史もまた、興味深いことを話してくれた。

「音がないとね、本質が見えるみたい。」

「どういうことですか。」

「それはね……」

私のような者の質問に対しても、彼女はていねいに答えてくれる。紺色のトレーナーにジーンズ、緑のエプロンを着けて、なんだかおばあさんのような格好をしているが、よく見ると、思いのほか若くてかわいらしい。この人は人をからかうとか、はぐらかすということをしない。誰に対しても必ず真正面から対応している。黒シャツとタイプは異なるものの、小細工なしという点では同じだ。

「たとえばね、私たち職員が子どもを呼んで、何人かで叱る。それなりに適切な指導をしたつもりで、その子を戻す。それから、お茶を飲みながらその子のことを話し合うとするでしょ。多少笑いも交えてね。でも、聞こえない子たちがそれを見ると、職員たちが子どもを囲んで、泣かせて、お茶を飲んで笑った、それだけなのよ。」

これは恐ろしい話だ。

「子どもたちはいじめ・お茶・笑い、としか見てくれない。初めのうちは私もあわてて説明していたけれど……でも、よく考えると、そのとおりなんだよね。」

健聴者は行動の本質をさまざまな言葉で修飾し、隠蔽している。聞こえない子たちの前ではそれが剝がれてしまうということか。

たとえば、ののしりあっている男女の関係はわかりにくい。とげとげしい言葉を聞くと、憎しみあっているようにも思える。しかし、音声を消してしまえば、その行動しか見えない。子どもたちは二人の関係を一発で見抜いてしまう。

「あの人たちはお互い好きと思う。」

私は驚いて問いかける。

「二人はいつもけんかしているじゃないか。どうしてそんなふうに思うんだい？」

子どもたちの答えは明快だった。

「いつも一緒におしゃべり。」

学園の子どもたちの前では名監督を自負している先生たちも形無しだ。

「生徒を走らせて、自分はのんびり。」

「自分はやらないのに、命令だけします。」

ついでだから、子どもたちの見解の例を記しておこう。

先生＝「自分の話したいことだけ話して、子どもが話すと怒る」

学生＝「仕事しません」

児童相談所の職員＝「ときどき見に来るだけの人」

いろいろ反論はあるだろう。しかし、子どもたちの見方が彼らの本質を鋭く突いていることは確かだ。

「違いばかりを見ていても仕方ないからね。私たちが彼らっていう見方をすると、子どもたちも職員を彼らとしか見てくれない。一緒に生活して、できるかぎりていねいに聞いて、ていねいに説明する。それを何年も続けて、理解を深めてゆくしかないと思うわ。」

エフ女史のまじめなまとめに黒シャツが割り込んで、結論となった。

「お互い、弱くて貧しい人間どうしなんだ。それがわかれば、わかりあえるんだよ。とにかく、聞こえねえんだからさ、小難しい理屈はあとまわしにして、体でぶつかりあうしかない。」


学園の職員室は暗くて、ストーブが焚いてあるにもかかわらず、ひどく寒かった。元気のない蛍光灯、その下にはサイズや高さが微妙に異なる事務机が六つ。山積みにされたノートやファイル、黒い電話機の横にはステンレス製の灰皿が置いてあった。学校の職員室などとは違って、花とか写真といった息抜きの要素は全くない。初めて見る学園の中枢部はまるで町工場の事務所といった感じだったが、ここに入れてもらい、しかも二人に直接話してもらったので、私はとても興奮していた。

「どうするよ？　終電逃したのが学園のせいだって言うんなら、千葉まで送るぜ。」

黒シャツはこう言いながら、コーヒーをいれてくれた。私は恐縮しながらいただいたのだが、それは私が今までに飲んだ液体のなかで、最も熱くて濃いものだった。

しばらくして、エフ女史が宿直室の暖房を入れてくれた。

「このジャージに着替えてね。何時に起こそうか?」

私は宿直室で横になったが、漏れ聞こえてくる会話から推察すると、二人は子どもたちの新しい部屋割りを検討し始めたようだった。すでに二時過ぎだったと思う。私ごときの相手をしたことによって、彼らの少ない睡眠時間はさらに削られてしまったというわけだ。にもかかわらず、エフ女史は絶対に私よりも早く起きてくるだろう。黒シャツは一度組合事務所に帰り、それから早番で出勤してくるようなことを言っていた。彼らは一体、いつ眠るのだろうか?

冷たい布団のなかで、私の意識はだんだんあやしくなってきた。どう転んでも、私は彼らのようにはなれない。しかし、それでも……私はかび臭い枕に顔を押し付けながら、彼らに近づきたいと心から思った。

十一章　継続

保育所併設闘争の象徴である花壇にも花が咲いて、私と学園とのつきあいは二年目を迎えた。私はようやく学園になじんできたが、子どもたちの信頼を得たというには程遠い状態だった。それでも、金曜日の交流会と大きな行事には必ず参加していたから、私は「時々来る変な客」から「いて当然の変なやつ」に変わりつつあった。この地位の居心地はけっして悪くはなかったけれども、今度は子どもたちからの圧力が重くのしかかってきた。

それを一言でまとめると、「休むな」ということにつきる。私は子どもたちから「来なくていいです」と言われた訪問者を何度か見たことがあったので、この要望をありがたく受け取った。来るなと言われるより、休まずに来いと言われるほうがよいに決まっている。しかし、週に一度とはいえ、絶対に休めないのは困る。

あるとき、私は交流会の最後に次のような発表をした。

「今日はありがとうございました。来週は大学の試験なので、休みます。」

それは私の進路を左右する重要な試験だった。ところが、子どもたちはかんかんに怒ってしまった。

「私たちより試験を選んだ！」

青年たちも敵にまわった。手話は表現が直接的なので、心にぐさっとくる。

「人間と試験、大切なのはどっちですか？」

猛禽とパンチはいつもの調子。手話じゃないのに、ぐさっとくる。

「さっすが。頭いいやつは違うよ。必ず自分の利害から出発するからね。」

「学園に来たって、自分の得にはならねえもんな。」

こんなときの黒シャツは私の天敵だった。

「それじゃあ、今すぐ帰れよ。学園見捨てて、試験でいい点数取ったらいい。さっさと出世して、大財閥になれよ。」

私は大学の定期試験を受けるだけなのだが、全ての人間性を打ち捨てて財閥形成を目指す壮大な話になってしまった。

「すみませんでした。来週は来ます。」

私は発表を撤回したが、そのあとも来たくなければ来るなとか、その変わり身の早さがだめなんだとか、学園のほとんど全員からいろいろなじられて、その日の私は散々だった。

帰りの車の後部座席で私がぐったりしていると、黒シャツが話しかけてきた。

「あんたさ、人を好きになったことあるかい？」

私は黙っていた。

「じゃあ、話しても無駄だな。」

「い、いいえ、そういうこともあります。」

「そうかい。あんた、そんときさ、あいまいにされたらどうよ。」

「どういうことですか。」

「あんたの惚れた女がさ、約束したときに来ない。次も来ない。で、あきらめかけると来る。うれしくて期待するだろ。すると、次は来ない。」

私はようやく彼の話の意図を理解した。

「期待と失望が繰り返されると、人間は疲れちまう。そして誰にも心を開かなくなるんだよ。わかるか？」

それは痛いほどわかる。私は……

「だからよ、嫌いなら嫌いって、はっきり言われたほうが楽なんだよ。学園の子どもたちは親や親戚や職員に期待しちゃあ失望するってことを繰り返してきたんだ。交流会に来るんなら、今いるやつらが卒園するまでは毎回来い。それができねえっていうんなら、もう来るな！　子どもたちがかわいそうだ。」

私には返す言葉もなかった。車の窓から流れる夜景を見ていると、どうも雨が降り始めたようだ。車が駅に着くと、

「おい、傘貸してやる。トランク開けるから、ちょっと待ってろよ。」

黒シャツはこう言ってくれたのだが、私はそれを辞退した。

「いえ、結構です。それから……お話よくわかりました。今日は本当にすみませんでした。」

四月の雨はまだ冷たかった。私は震えながら夜道を歩き、ようやくのことで家にたどり着く

と、風呂にも入らず寝てしまった。そのためだろう、翌日は当然のように発熱して、ふらふらになってしまった。土曜日だから、大学の授業はなかったが、例の家具屋の仕事が入っている。常識的に考えれば、出勤は無理だ。しかし、私は休まなかった。翌日の仕事も、その次の日の授業も休まなかった。

その後五年間、私は学園の交流会を一度も休まなかった。こう書くとなんだか立派なようだけれども、週に一回だけのことだし、それに正直に言うと、二度ほど欠席の電話をしたことがある。

一度目は雪が降って、電車が二駅手前で止まってしまったときだ。私は駅の公衆電話から学園に連絡して、訪問が不可能であることを告げた。

「申し訳ありません。今日は無理です。映画のフィルムは預かっておきます。」

電話に出た黒シャツは厳しかった。

「今日の映画会は中止しろってことだな。七時まで二時間もあるじゃないか。絶対に来られないのか？　絶対なんだな。」

「いえ……ぼくは行きたいんですが、電車が折り返し運転になっちゃって、そちらまで行かないんです。子どもたちにはあやまっておいてください。」

「なんでおれがあやまるんだよ。ちょっと待ってろ。」

公衆電話が硬貨をどんどん飲み込んでゆく。ようやく黒シャツが戻ってきた。

「子どもたちが伝えてくれってよ。」

メッセージか。今日は皆に会えなかったが、言葉を交換できるらしい。私は少しほっとした。

「ありがとうございます。で、みんなはなんて言っていますか？」

「おう。雪と人間、どっちが大切ですか、ってさ。」

私は受話器を置き、改札から出た。線路に沿って雪のなかを歩き始めたものの、人通りも少なくて、まるで深夜のようである。歩道と車道の区別もはっきりしない。チェーンを巻いた車が私のすぐ横を通過してゆくのだが、そのたびに私は大量の雪と泥を浴び、たちまちシャーベットのように冷え切ってしまった。

しかし、雪をかきわけて進むうち、体の芯は熱くなり、やがて私は大汗をかくまでになった。その一方、手足は耐え難いほど冷たい。特に足先は靴が浸水したのか、寒さを通り越して痛い。それに映画のフィルムが三本入ったケースが半端じゃなく重い。道は暗く細くなり、私は不安にかられて本当に泣き出したくなった。

二十時ちょっと前に学園に到着すると、子どもたちは全員食堂に集合しており、ミトさんが映写機をセットして待っていた。その後、映画会は時間をずらしただけで、全く予定通りに行われた。終了にあたって、私は気になることを聞いてみた。

「ぼくが来なかったら、どうするつもりだったんですか。」

黒シャツはごくあっさりと答えた。

「来ると思ってたよ。」

欠席を願い出た二回目は発熱したときだった。

「あの……今、熱を測ったら、九度六分ほどありまして……」

私自身が行くこともつらいが、これはどうやらインフルエンザだ。その頃、インフルエンザは風邪の一種のように扱われていたが、私はその恐ろしさを知っていた。

「みんなに感染すると思うんです。ただでさえ、耳や体が弱い子どもたちにうつったら、大変なことになります。今日は休みます。」

しかし、学園からの回答は、

「宿直室を開放する。どうぞ、ごゆっくり！」

というものであった。私はウイルスをまき散らしながら電車に乗り、幽霊のように歩いて学園に到着すると、誰にも会わずに指示された部屋で倒れた。


これらの行動、特に二回目の件に関しては問題もあるだろう。しかし、私は思うのだが、自分の都合のいいときにだけ訪問して、都合が悪いときには行かない、というのはやはりいけないことだったのだ。

親は都合のいいときも悪いときも親である。数時間おきに乳を飲ませ、排泄物を処理しなければならない。子どもが歩き始めてからも風呂に入れ、寝かしつけ、服を着せ、食事を作り続ける。毎日である。自分の都合のいいときには食べさせるが、悪いときにはパスする、などというわけにはいかないのだ。

事実、私の親はそのようにして私を育ててくれた。どんなに熱があっても、雪が降っても、親であることが途切れることはなかった。その無償の行為の継続が人に対する信頼、さらには希望を育てたのである。

もちろん、私は親ではない。職員ですらない。しかし、そうではあっても、子どもたちと接するには最低限必要なものがいくつかあって、そのひとつが「継続」だったのではないか。それが子どもたちに対する最低限の礼儀なのではないか。

私は子どもたちの信頼を得ていなかった。しかし、彼らにどう評価されるのであれ、私はこの訪問を継続しようと思った。

学園に休まず通いながら大学をサボるのもおかしいから、私は例の防音マフを装着したときを除いて、ほとんどの授業を休まなかった。ついでに家具屋の仕事も休まなかったのだが、その業務内容は大きく変わった。自分が行動を継続していたからか、なんだか環境のほうが動いたように感じた。

あるとき、私が出勤すると、四階のフロアでスガ氏と店長が待っていた。店長は五十歳ぐらいのおじさんで、細身のマリオネットみたいな人だった。口うるさいタイプなのだが、威圧感はまるでない。いつも皆にうわささされ、笑いの対象となっていた。ということは善人だったのだろう。当時の日本経済は右肩上がりだったから、この種の愛すべき管理職がまだ残っていたのだ。

「おはようございます。どうしたんですか。」

私があいさつすると、店長は四階に関する人事異動を告げた。

「君、こんなフロアいやだろ。全然売れないし。スガ君の話によると、君はなかなか器用な子で、タッチアップもうまいそうじゃないか。」

しかし、私はこのフロアに愛着を持つようになっていた。

「ぼくはここ、いやじゃありません。」

すると、今まで天井を見ていたスガ氏が口をはさんだ。

「行けよ。ここに二人はいらねえってよ。どっちみち、店全体が終わりだろ。」

こんな発言が店長の目前で許されてしまうとは。スガ氏の言うことは事実なのかもしれない。いずれにせよ、私はいきなり四階から引き離されてしまった。

店長は私を連れて六階に上がり、食堂の奥を進んで、屋根裏部屋みたいなところに案内してくれた。

「前にいた子が二年前にやめちゃってね。それ以来、ポップは各売り場に任せてきたんだけど、それが見てのとおりなんだよ。君が今日からポップを書くんだ。文字の見本はここにある。原稿はこれれね。」

ここでいうポップとは一種のレタリングのことで、要するに、店長は私に商品名と値段を書けというのである。当時はグラフィックソフトもなければ、文字を手元でプリントアウトすることもできなかった。というか、パソコン自体が普及しておらず、街にはカラーコピー機すらなかった。印刷は気楽にできるものではなく、千枚単位で外部の印刷会社に依頼する高価なものだったのである。したがって、店内のポップは紙に手書きとなるわけだが、店長の言うとおり、この店のそれは売り場の店員たちによって、きわめて自由に作成されていた。小さい値段札は専用の文字印や数字印を押して作ればよいから、ある程度の水準を保つことができる。ただし、押し方が雑な人もいて、できはよくない。手書きによる大きな掲示物は……それはもう、悲惨の一言につきた。私は初めてこの店を訪れたとき、強い既視感にとらわれたが、それは子どもたちと見学した小学部の文化祭だった。

いきなりの異動にとまどいはしたものの、私はおもしろそうだと思った。ポップがこの店の不振の一因であることは間違いなく、私がそれを改善することになるのだ。少なくとも、スガ氏のバーガーを買いに行ったり、下取り家具の天板にハイキックをくらわせているより、はるかにやりがいがありそうだった。

「それじゃね。三時と五時に誰かが取りに来るから、しっかり頼むよ。」

そう言い残すと、店長は出て行ってしまった。ということは、私はこのアトリエで週に三日、ひとりで作業をすればいいわけだ！　誰に監視されることもなく、専用の机の前に座って！　屋根裏部屋は非常に古びてはいたが、窓もあったし、エアコンもついていた。ついでに時給も百円上がった。こうなると、私の待遇はアルバイトというより準社員に近く、これは破格の出世だったといえよう。

余談になるが、私はこの家具屋を含めた労働の経験を通して、仕事の強度とその給与は反比例するという事実を知った。つまり、仕事が楽になればなるほど、高給が与えられるのだ。この逆なら、話はわかる。私が思うに、勝手なことをしゃべるだけの政治家や指示するだけの経営者、自分の好きなことばかりやっている人たちの賃金はもっと低くてしかるべきだ。こんなことを言うと、彼らは怒り、「我々は思考し、判断するのだ」などと反論するかもしれない。しかし、誰だって考えることはできるし、判断することもできる。それは能力の差ではなくて、決定権があるか否かの差にすぎない。最高の報酬をもって報われなければならないのは別の人たち、たとえば、感染の危険を冒してトイレ清掃に取り組む人たち、ブースのなかで塗装に専念する工員、あるいは下取り家具を廃材にする若者である。しかし、彼らの賃金は低い。驚くほど低い。ちなみにこれは軍隊でも同じらしい。最前線の地雷原を走る一兵卒の報酬は無に等しく、安全な後方にいる司令官の給与はべらぼうに高い。資本主義の賃金体系は絶対におかしい！　断固として！　こんなことを考えるのは私が学園に洗脳されてしまったからだろうか。

とにかく、私はいきなり一種の職人になってしまったのである。心配なのはただひとつ、これが学園にどう評価されるかという点であった。

「……というわけで、バイトを変えたわけじゃありません。続けています。仕事は楽になりましたが、それは店長の命令だったんです。」

子どもたちの反発を予想して、私は交流会で必死に弁明した。ところが、意外なことに批判の声は全く聞こえてこなかった。たとえば、リンの手話はこんな感じ。

「わかりました。よかったと思います。」

あの黒シャツからして、ポップの仕事には非常に好意的であった。

「いいじゃねえか。がんばれよ。」

パンチによれば、ポップ作りは「よい仕事」なのだそうだ。猛禽の見解も同じ。

「ただし、そんなのはまだ職人じゃねえよ。少しずつ腕を上げて、早くいっぱしになるがいいさ。」

そういえば、黒シャツはかつて旋盤工であった。猛禽やパンチは現役である。学園は職人に寛大であるどころか、それをステイタスとみているのだ。おかげで、私はその後も学園に通い続けることができた。ほんのちょっぴり、胸を張って。

十二章　望郷

困ったことに、私は家具屋の個室をすっかり気に入ってしまった。本来、私はこうした場所や孤独に適合した人間だった。幼い頃から、ずっとそのようにして生きてきたのだ。それではいけないと思うからこそ、あえて私は雑踏のなかで働き、肩を壊されたり、こんにゃくを握りつぶしたりしてきたわけだ。それなのに……この屋根裏部屋は私を過去に引き戻す甘美な引力に満ちていた。

古びた灰色の机のすぐ前が窓だった。が、これには目張りがされていて、外の景色を見ることはできない。問題なのは右上、南側の小窓だ。ここからは冬に向かう空の断片が見えた。私は視線を前方に集中するように努めてきたが、椅子に腰掛けたまま背伸びをすると、どうしても右手の窓に目が行ってしまう。それはときには白っぽかったり、きらめく星をちりばめた漆黒だったり、そして痛々しいほど見事な青だったりした。

たいしたことはしていないのだが、この一年半、私は自分なりに非常にがんばってきたつもりだった。島での合宿も盆踊りも二回目を経験し、かめのこだって十回以上やった。子どもたちに何かを与えることはできていないけれども、彼らについてゆくために自分なりにもがいてきた。目的もなく、ただふらふらしていた高校時代とは別人になったわけだ。

それにしても、休まず全力で泳ぎ続けるようなこの生活、これはいつまで続くのだろうか。私は極力仕事に没入するようにしていたが、空が目に入ると、どうしてもそういうことを考えてしまうのだった。

現状に不満なわけじゃない。学園との交流は苦しくも楽しかったし、大学の授業もこの仕事もおもしろかった。総じて、私は今までの人生で最も充実した日々を送っていたといえる。それに……私はジェイと親しくなった。というより、彼女が私を大切にしてくれていた。あらためて言うのもなんだが、ジェイはすばらしい女性だった。大企業の役員の令嬢でありながら、ときにはくだけた話もできたし、思いやりもあった。賢くて機転が利き、一歩下がって人をたてる謙虚さも備えていた。

そんな女性がなぜ私のような変人に好意を持ってくれるのだろうか？　彼女は私に自分にない部分を見たのかもしれない。同情してくれたのかもしれない。いずれにしても、ジェイは私に必要な人だった。彼女と共に歩んでゆけば、私の人生に大きな失敗はないだろう。

学園、大学、ポップ書き、そしてジェイ。これらは私が手に入れた新しい生活だった。それは努力の成果であり、価値あるものに違いなかった。私はこれらを大切にしてゆけばよいのである。それはよくわかっていた。迷いの心が起きてしまうと、私は目を閉じて深呼吸をし、ひとりでうんうんうなずいて、再び仕事に没入しようとした。

『学習机　六万七千円の品　三万九千八百円』
『キッチンボード　七万五千円の品　四万九千八百円』

『おしゃれなガラステーブル　八千円の品　三千九百八十円』

私はたくさんのポップを書いた。残念ながら、黄色い蛍光色の台紙はとても安っぽかった。文字も赤・青・黒の三色はいかにも下品であって、私としてはもっと抑えた色がよかった。そもそも縦長の紙は大きすぎるうえ、バランスが悪い。二十センチぐらいのしっかりしたケント紙に横書きで書けたらなあ……私は常々そう思っていたのだが、ポップは安さを演出するのが目的なわけだから、店長の指示はきわめて妥当だったといえるだろう。

ちなみに、安さはあくまで演出にすぎない。値引き前の価格は店長の捏造であり、やがて私ごときに任せられるようになった空想の数字だった。この店における商品の仕入れ値は大体において六掛け、動きの少ないものや輸入品は五掛けという場合もあった。二万円で仕入れたものを四万円で売るのである。七万円の品と称して！　さらに安い印象を与えるため、二百円引く。こうして「サン・キュウ・パ」ができあがるというわけだ。

『半額セール』
『激安！　現品限り』
『今年最後の大奉仕品　お買い得！』

私はポップを書き続けた。学生兼ポップ職人、それが私だ。自ら求めてなった自分だ。もう過去には戻れないし、その必要もない。ただただ前に進むのみ、それでよいではないか……しかし、週の半分近くを屋根裏部屋で過ごすうち、私の望郷の念は少しずつ大きくなっていった。

年が明けると、私は過去と再会する機会があることに気がついてしまった。当時の成人の日は一月十五日に固定されていて、該当者は誰もが着飾って市民ホールに出かけることになっていた。それは結婚式と同格のものだったから、よほどの病気でもないかぎり、本人が欠席することはありえない。まあ、二十歳の若者は市内にたくさんいるから、出会う可能性は低い。でも、会ってしまうかもしれない。絶対に会うまいと思っていた私ではあったものの、次第に心のたがが緩んで、自分の意志と無関係に会ってしまうのは仕方がないとか、欠席したり隠れたりするのはおかしい……などと思うようになってしまった。

私が出した結論はこうだ。成人式には出席する。ごく普通のルートを通って会場に行き、ホールでは人の流れに任せて着席する。そして式典に参加し、普通に帰ってくればよい。それだけだ。あえて誰かを探したり、もの欲しげに視線をめぐらせたりはしない。年に一度、ごく簡単な登山をするときと同じだ。

さらに私はその日の午後に仕事を入れた。旧友たちに会ってしまって、つい街をさまようなどということがないようにするためである。これなら、うしろ暗いことは何もない。ただし、再会の可能性はぐっと減る。それでも、ばったり出会ってしまったら？　そうであったら、私はどうしたらよいのだろう。

「よう、職人さん。なかなかやらかしてくれるじゃないか。」

私がぼんやりしていると、久しぶりにスガ氏が訪ねてきた。手には何枚かのポップを持っている。先週、私が書いたやつだ。

『キッチンベッド　八万五千円の品　五万九千八百円』

「おまえ、この店、早くつぶしたいんだろ。」

スガ氏にそう言われても仕方なかった。キッチンベッドって、何だ？　私はシングルベッドと書こうとして、いつものキッチンボードを加えてしまったらしい。成人式のことなんかを考えていたからだ。

「す、すみません。すぐに書き直します。」

「まあ、のんびりやろうぜ。おれが驚いたのは、」

こう言いながら、スガ氏はタバコに火をつけた。灰はどこに捨てる気だろう。

「なんだよ、そわそわしやがって。おまえ、ここがもう自分のアトリエかなんかのつもりだろ。」

彼はこう言うと、私が使っている大事な絵の具皿を手に取った。

「おれが驚いたのはよ、これを何枚も掲示しててさ、四日間、誰も気づかなかったってことなんだ。キャンペーン商品の名前だぜ！　いやあ、おまえ、よくやってくれたよ。おれは本当にここに見切りをつけた。」

私はいいかげんな仕事をして、店の皆に迷惑をかけてしまった。余計なことをだらだら考え続けたりしないで、もっと真摯に仕事をしなければだめだ。情けない。これが社会人になりきれない私の弱さであり、甘さなのだ。この件以後、私は今までの倍も仕事に集中して、書き終えた全てのポップを三審することにした。そして成人式についても結論を出した。私は手紙を出しておくことにした。

『ぼくは今、がんばって生活しています。新しい生活、人間関係にも慣れ、喜びと生きがいを感じています。まだまだ充分ではありませんが、ぼくがこうして現実と向き合うようになれたのは君のおかげです。成人おめでとう。幸せを願っています。』

私は過去を振り返らない。万一、出会ってしまっても、その新しい生活には介入しない。ただし、誤解のないように気持ちだけは届けておく。そのくらいは許されるのではなかろうか……勝手な話だが、当時の私はこれが妥当な落としどころだと思ったのである。

私はこの短い一文を封筒に入れ、なつかしい住所と氏名を記入して、切手を貼った。今日出せば、成人の日の午後かその翌朝には届くだろう。

一月十五日、私は早々に家を出て、市民ホールに向かった。まだ九時前にもかかわらず、そこには多数の若者たちが集まっていた。気温は零度。しかし、ホール前の広場は異様な熱気に満ちていて、酒に酔って大騒ぎしているやつらもいる。若者たちは歓声をあげながら肩をたたきあい、自分がいかに成長したかを誇示しあっていた。

男たちは誰もが真新しいスーツやコートに身を包み、車を乗り付けて来るやつも多かった。娘たちは皆、きらびやかな振袖を着ている。夏物の薄い背広、その上にぺらぺらのコートをひっかけた私は明らかに浮いた存在だったと思う。しかし、私は何の劣等感も抱かなかった。身にまとった一切は自分の稼ぎで買ったもの……靴も財布も含めて何もかもだ。外国ではあたりまえなのだろうが、私はようやく二十歳にしてここまで来たのである。私は胸を張ってホールの中央通路を進み、前のほうの席に座った。

昔のことだから、式典は若者に媚びたものではなかったし、多数の来賓が次から次へと現れては選挙演説に近いものをしゃべったりして、私はなかなかホールから出られなかった。あちこちで居眠りが始まって、同時に私語がさざ波のように広がっていった。しかし、私は真正面を向いたまま、身動きもせずに全ての話を聞いた。

式が終わると、私は席を立ち、そのまま駅に向かった。こんなにすぐに帰ってしまうやつは誰もいなかったし、ひとりで歩いているのも私だけだったように思う。それにしても、私の高校時代の友人たちはどこに行ってしまったのだろう？　市内に住んでいる者はたくさんいるはずなのだが、みんな引っ越してしまったのだろうか。私はホールの方を振り返ろうとして思いとどまり、どんどん歩き続けて、駅の改札をくぐった。結局、私は誰にも会わなかった。

出勤簿に押印して、屋根裏部屋に入ると、なんだかほっとした。しかし、早々に電話がかかってきた。店長からで、すぐに四階フロアに来いという。ポップのミスに関することに違いないから、私は動揺して階段を駆け降りた。

四階に到着すると、店長とスガ氏が並んで立っている。これは……かなり重大なミスだ。私は何をしてしまったのだろう。店長は私のほうをじろりと見ると、いきなり大きな紙箱を突き出して言った。

「まあ、店の商品なんだけどさ、取っといてよ。」

続いて、スガ氏が平べったい袋を渡してくれた。

「店長のは店のワイシャツ、おれのは自分の給料で買ったネクタイ。どっちのほうに価値があるか、おまえにはわかるよな。」

私は不覚にも涙ぐんでしまった。そのあと、我々は通常の業務に戻ったわけだが、私の感動は大きかった。店長もスガ氏も特別に優れた人間だというわけではないだろう。しかし、彼らはやっぱりすごい。彼らは大人であり、社会人なのだ。

私は屋根裏部屋に戻り、二つの品物に深々と頭を下げた。そしてこういうことのできる大人になりたいと心から思った。

スガ氏と固く約束したので、私は帰り道にある自動販売機で日本酒を買った。肉体労働者が好むワンカップというやつだ。こんなのを飲んだことはなかったが、酒は初めてではなかったし、酔わない自信があった。独特の香りは私の好みではなく、味もうまいとは思えなかった。私はそれを最後の一滴まで飲みほし、空き瓶をごみ箱に捨てた。実際、私は全く酔わなかった。

家に帰ると、手紙が来ていた。自分の出した手紙が何かのトラブルで戻ってきてしまったのかとも思ったが、封筒には美しい文字で私の住所と氏名が書かれていた。

私はほとんど窒息しそうになりながら、それを手にした。それから刃物を使うことなく、ていねいに封を開けた。そのとたん、封印されていた前世のなつかしい風が吹いてきて……私の二年間はたちまちどこかに消し飛んでしまった。

『成人おめでとうございます。私はあなたに感謝しています。』

いいや、そんなことはない！　それはぼくのほうだ。ぼくは……

『なかなか思うようにならないことばかりですが、私はどうにかやっています。あなたは立派な大人になっているのでしょうね。あなたの将来がすばらしいものになることを願っています。幸せを祈っています。』

私は手紙をきれいにたたんで封筒に戻した。それからベッドの上に倒れて、しばらくの間、天井を見つめた。

手紙を読んで、私は弱くなったか。過去に戻りたいと思ったか。否！　今や私の心は強くなり、さらなる前進をする決意が固まった。私は努力し、少しでもまともに生き、人のために行動すべきなのだ。

私たちは同じ時代に生き、同じこの空の下にあって、同じ空気を呼吸している。そして互いがそれを知っている。これ以上、何を望むというのだ。

私はベッドから飛び起きて、窓を開け、一月の冷たい夜風に身をさらした。五階のベランダから西のほうをながめると、小さな星がまたたいている。あの下に私の幸せを祈ってくれている人がいる。

すばらしい成人の日だった。私はもらったワイシャツの上にもらったネクタイを置き、さらにその上に手紙を置いて……確かに置いたと思う。深い幸福のうちに眠りについた。ただ、どうしたわけか、翌朝手紙は消えており、いくら探しても見つからなかった。

十三章　転職

学園に通って三年目の春が来ると、手話のセンスに欠ける私でも、子どもたちの会話の一部がどうにか読み取れるようになってきた。青年たちの激しい手話はまだわからない。しかし、ちびたちのものは単語が少ないこともあって、ある程度は理解できるようになってきた。彼らはいろんなことをしゃべっていたが、驚かされたのはその内容である。


「小学部の靴下は白。理由は何？」

「先生たちから見て、かわいいからと思う。」

「ばかだと思う。洗うのが大変なだけ。」

「つま先の汚れ、白くするは無理。でも、先生は汚いっていう。」

「私たち、全自動洗濯機ない。漬け置き洗いの時間もない。」

「仕方ない。先生、ぼくらと生活違いすぎ。」

「普通の子どもはお父さん・お母さんが洗ってくれると思う。」

「全自動洗濯機でね。」

洗濯といえば、こんなことがあった。

「おまえ、靴下いつも白い。大学生は時間あるから、漬け置き洗いするのか？」

子どもたちにこう聞かれて、私は答えられなかった。

「どのくらい漬けておく？　お湯か？　漂白剤も入れるのか？」

学園の子どもたちは幼い頃から洗濯をする。当時の学園の洗濯機は全て二槽式だったので、洗濯中にその現場を離れることは難しかった。早く終わらせることができれば、自由時間が増えるけれども、ぐずぐずしていれば、食事や交流会の時間になってしまう。何より、洗濯の順番を待っている先輩たちの機嫌が悪くなる。といって、雑に洗えば、学校で先生に注意されるし、その前に先輩のダメ出しをくらうかもしれない。つまり、洗濯を効率よく済ませることはきわめて重要な問題なのであった。

「全自動洗濯機を持っているのか？」

「洗剤、何使う？　教えてほしい。」

白状しよう。私は洗濯というものをしたことがなかった！　脱いだ服は全て洗濯かごにぶち込んで、母親がそれを洗ってくれていたのである。彼女が不在なら、袋に入れたものをそのままクリーニング店に出すのみ。いやはや、たいした自立があったものだ。

「おまえ、洗濯うまい。ぼくもまっ白な靴下を履きたいよ。」

「私も同じ。やり方教えてください。」

彼らにそう言われて、私は芯から自分を恥じ、それからは自分で洗濯をするようになった。

「アパートの礼金って、家賃の一ヵ月分払う？」

「それは敷金。礼金はいくらでもかまわない。」

「違う、違う。礼金も一ヵ月分払う。」

「なるほど、家賃が四万なら、敷金四万、礼金四万で、初めの月は十二万払う?」

「多すぎ。初めの家賃と敷金は同じ。必要ないと思う。」

「いや、絶対に別。」

「ねえ、大学生、敷金と礼金って、どう違う?」

私はちびたちの会話についてゆけなかった。

「君たち、小学部の二年生だろ。どうしてそんなことを聞くんだい?」

「ぼくたちは十年したら、学園を出る。そのあとは住む場所がない。寮がある会社に入れればいいけど、それは簡単じゃない。」

翌週、私は大学の図書室で敷金・礼金についてかなり詳しく調べた。それでも、私は役立たずのままだった。

「それじゃあ、部屋を出るときには両方が返ってくるの?」

「全額戻るの?」

「汚れや破損があった場合は?」

私は答えられなかった。

子どもたちは続いて実印と捨て印と認め印の違いを質問してきた。私は答えられなかった。保証人と連帯保証人の違いについても、障害者年金についての質問にも答えられなかった。

「おまえ、ほんとに大学行っているのか?」

「知らないばっかり。勉強、ぼんやりなのか？」

私はいろいろ弁解したのだが、ちびたちの出した結論は以下のとおりだった。

「おまえ、大人じゃない。幼稚部と同じ。」

この数年来、私は常に自立を目指し、事あるごとにそれを口にしてきた。思うに、人はできないもの・実行していないものをこそ、饒舌に語ってしまうのではないだろうか。

公正を叫ぶ人は不正をはたらいたことがあり、しつこく連帯を説く人はおそらく仲間を切り捨てている。親孝行が口癖の人は多分、親を大切にしていない。自分に欠けるもの・後ろめたいものがあればこそ、人はそれを言葉や文字で補おうとするのだろう。逆に言えば、真に自立を果たしている人はあえて自立を語ったりしない。私は遅ればせながらも反省し、ひとり暮らしを考えるようになった。

実家を出てアパートなんかで暮らし、さらに大学に通うにはそれなりのカネがいる。しかし、私は奨学金を受給していたし、加えて週三日の勤務による月八万円以上の収入があったから、津田沼以東の安物件を探せば、どうにかやりくりはつくはずだった。春になると、私は物件を探し始めた。ところが、この肝心なときになって、家具屋がおかしくなりはじめたのである。

前にも述べたように、予兆は充分にあった。店長の訓話はかなり以前から、そのほとんどが閉店についてであり、やめる・つぶれるという言葉はこの店のあいさつがわりになっていた。それでも、店は続いてきたし、複数の支店を持つこれだけの規模の組織が本当になくなってしまうとは誰も本気で考えていなかったのではないか。破滅は突然にやってきた。

ある日、私がいつものように屋根裏部屋で仕事をしていると、店長が訪ねてきた。

「おーい、職人さん。この原稿なんだけどさ、」

声は明るいのだが、何か心に一物ある感じだ。学園に通い続けたせいか、私も多少の超能力が身についたのかもしれない。

「大変だろうが、八時前には完成してくれよ。私が直接取りにくるからね。内容は極秘、言えば、クビよ！　スガ君なんかには絶対に言わんといて！」

店長が置いていった原稿を見てみると、そこにはいくつかの不吉な文字が並んでいた。私はいつにも増して心を集中させて、以下のポップを書きはじめた。

『閉店セール』大×五　中×三十
『半額』中×三十　小×三十
『現品限り』小×三十

最後に私は部屋の隅から幅一メートルほどもあるボードを二枚取り出し、それに白い厚紙を貼って、特大の吊りポップを作成した。私はそこに極太のゴシック体で、

『閉店』

と朱書きした。ここまで約四時間。なんとか二十時前にはできたのだが、店長は取りに来なかった。その日は結局、誰もポップを取りに来なかった。

私が店長に会ったのはその日が最後だった。数日後に出勤すると、大勢の知らない人たちが店をすっかり仕切っていた。彼らはひと目でそれとわかる、我々とは違う人たちだった。スーツが違う、動きが違う、目つきだって違う。彼らは店の人たちとは全く違う、私が初めて目にした「できる」種類の人たちだった。

「君、バイトだよね。」

五十歳ぐらいに見える男がいきなり話しかけてきた。格好よくて、背も高い。まるで映画俳優みたいだ。

「これから毎日来られないか？　来れば、時給は倍にするよ。」

いきなりこう言われて、私は即答できなかった。

「無理なら、やめてくれないかな。六時にまた同じ質問をするから、それまでに答えを用意しておいてくれ。」

私は彼の頭の回転についてゆけそうになかった。時給二倍はおいしい話だが、毎日働くとなると、大学には通えない。閉店セール後の待遇も不安だ。私は二倍こき使われたあげく、さっさと捨てられるのだろう。しかし、この提案を蹴ってクビになってしまうと、ひとり暮らしどころじゃない。今の生活全体が成り立たない。それにしても、猶予があと三時間とは……困惑した私は屋根裏部屋を飛び出し、スガ氏のいるフロアに向かった。

ところが、わずか三日で四階は見事なまでに変貌していた。見慣れた学習机やベッド、観葉植物といったものは全て撤去されており、スガ氏のデスクもない。そのかわりに籐製品が所狭しと並べられていて、狭い通路は見たこともないほど多くの客でごったがえしていた。商品は次々に売れてゆく。しかし、接客しているのはスガ氏でも店長でもない。外部から来た、例のてきぱきした人たちだった。

私は動揺すると同時に、だんだん腹が立ってきた。籐家具なんて、もともと店になかったじゃないか。こんなもの、現品限りでも半額でもない。閉店にかこつけて大量に仕入れた通常の商品ならまだしも、ささくれや日焼け具合を見ると、他店の展示品か、あるいは入荷時にはねられたNG品に違いない。

スガ氏はだらしない人間だったけれども、この種の不正を軽蔑する一種の気骨のようなものを持っていた。私は身の振り方を相談するという当初の目的を忘れて、スガ氏を探し廻ったが、どうしたわけか彼の姿はない。

私は走って三階まで降り、必死に伝票を書き続けているワイ主任に話しかけた。

「お忙しいところ、失礼します。スガ係長は？」

温和なワイ主任は皆のよき大先輩であり、スガ氏の数少ない理解者でもあった。薄い髪、上品な顔立ち、いつもベージュのベストを着ていて、なんだか没落した平安貴族みたいな人だった。定年を間近に控えてまだ主任という存在はきわめて異例だったけれども、本人はそれを気にするふうでもなく、淡々と仕事をこなしていた。接客上手なうえに何をやっても器用で、おまけに怒るということがない。私は一度、彼が気まぐれに書いたポップを見たことがあったが、それは私なんか足元にも及ばないほど見事なものだった。そういう人物がなぜ係長にすらなれないかというと、彼の心の大半が模型飛行機で占められていたからである。

その熱意と技量は尋常ではなく、できあがった作品は錆びやリベット、弾痕までもが忠実に再現されており、間違いなく芸術の域に達していた。彼のロッカー、伝票箱、デスクの下は整備工場になっており、全幅十センチほどの小型機ならば、勤務時間中に十数機の生産が可能だった。スガ係長の手下であり、かつ旧軍機に詳しい私はたちまち主任に気に入られてしまった。彼は屋根裏部屋に何回も電話をかけてきて、五二型の斜め銃バージョンの生産機数とか、Ｔａ１５２の三十ミリ軸内砲の構造だとか、ひどくディープな話をしてくるのだった。

しかし、今日の彼は私を見ようともしない。それでも、質問には答えてくれた。

「スガ君はやめたよ。」

主任の処理した伝票は山のように積まれていたが、向かいの長机の上にはさらに大きな未処理の山が三つほどそびえていた。彼は仕事の手を休めず、ひとりごとのようにつぶやいた。

「毎日この調子でね。忙しくて殺されちまう。私も今日でやめるよ。」

私は屋根裏部屋に戻って、自分の仕事をすることにした。しかし、原稿がない。仕方なく店長室のドアをノックすると、知らない男がドアを開けてくれた。そこには先ほど私に進退を迫った男もいた。店長の椅子に腰掛けた役員らしき人を囲んで、数人が熱心に打ち合わせをしている。

「失礼します。今日の原稿は……」

例の男は話を最後まで聞いてくれなかった。

「おお、さっきのバイト君だね。どうする？　続けるなら、『半額大放出』っていうのを百枚書いてくれ。白地に赤、字体は明朝がいい。」

明朝だなんて急に言われても、そんなのは書けない。白い紙もない。ましてや百枚なんて無理だ。私が難色を示すと、男は明るい声で言い放った。

「じゃ、いいや。本社に頼むから。帰っていいよ。」

そのまま帰るわけにもゆかず、私は屋根裏部屋に戻り、厚紙に慣れない字体で「半額大放出」を書き始めた。十九時に電話がかかってきたとき、それはまだ四枚しか出来上がっていなかった。すぐに食堂に来いと言うので、いやいや行ってみると、そこには五人のバイトがすでに集合していた。例の男は我々に今月末での解雇を告げた。

「強制じゃない。でも、今の時給は維持できない。フルタイム以外の勤務もなくさせてもらう。なにしろ、店が変わるんだからね。」

続いて、太った役員らしき人物がよいしょっと立ち上がって、こうのたもうた。

「それとね、今日やめても、月末まで働いてからやめても、月給は同じだよ。」

そんなばかな話はない。私は大学で学んだ一連の労働法を思い出した。さあ、どうする？　労働基準局に連絡するか。いや、労働基準監督署だったっけ？　それとも労働組合をつくる？　待てよ、この店には組合がすでにあるのかも。ああ、うかつだった。私はそんなことも知らずに働いていた。ところで、組合があったとして、バイトの私はそれに加入できるのだろうか？

私は頭のなかで多くの知識を広げてみたが、それらはどれもあやふやで、今直面している問題を解決する力にはならなかった。私は知識を使う方法を知らず、経験も勇気もなく、何より環境の悪化に耐えて働き続ける強さを持っていなかった。私は店をやめた。学園の子どもたちが言うように、私の学問は何の役にも立たなかった。

それから数日後、私は新しい職場にいた。勤務時間は六時からなのだが、五時には出勤してホームを清掃しなければならなかった。おびただしい乗客の間を縫うようにしてごみを拾い、西口の階段までを竹ぼうきで掃く。道を隔てたすぐ正面は家具屋……先週までの私の職場だ。

家具屋の通用門からここまで、せいぜい十五メートルほどしかない。しかし、私は二度とあの門をくぐることはないだろう。二度と？　そう、二度とである。あの扉の取っ手をもう、私は永遠に引かない。店のウラに入ることもないし、自室同然だった屋根裏部屋に行くこともない。スガ氏の所在も店長の行方も知らない。私は彼らに生涯会うことはないだろう。人生は列車の旅に似て、いろんな景色はどんどん後方に飛び去ってゆく。すぐに手が届かないものになってゆく。

「おい、ぼやぼやしてんじゃねえよ！　さっさと掃いちまえって！」

言葉はきついが、助役はいい人だった。ジャコバン派のダントンを圧縮して、三頭身にしたような感じ。彼は勤務初日の私にトイレ掃除を命じ、完了の報告に対して次のように言い放った。

「本当にきれいにしたのかよ？　そう言い切れるんなら、その便器なめてみろ！」

数年前の自分なら間違いなく遁走する場面だったが、この種の人間は学園でよく目にしていたので、私は彼に親近感をおぼえたほどだった。それから毎日、私はすさまじく汚れたトイレをぴかぴかに磨き続けた。濱口國雄の詩はフィクションではなかったのである。

翌週、今度は散水しろと言うから、私は慣れない手つきで大きなブリキのじょうろに水を入れ、それをびしゃびしゃとまきはじめた。プラットホームのほこりを抑えるための作業と思われたが、彼らの常で、目的も方法も教えてくれない。列車が発車して客が去り、ホームがあくわずかの間に水をまくのはなかなか難しく、すぐに次の列車がやってきて、ホームは客であふれてしまう。なにより水が途切れてしまう。

「とっろいなあ。給水なんて、せいぜい二回だろうが！」

助役はあきれて怒鳴るけれども、どうしても水がもたない。同年代と思われる駅員たちに笑われながら、私は走って水道にたどり着き、じょうろに水を入れ、それをよたよたと運び、ホームにまいては戻るという動作を繰り返した。

「おい、こうだ。」

私の手際の悪さにたまりかねて、駅員のひとりが手本を見せてくれるという。彼らは紺色の制服を着て、赤いネクタイを締め、警官のような制帽をかぶっている。それに較べて、バイトの私はなんだかおかしな格好だった。上着は貸与されるが、ズボンは私服のまま。黄色い腕章はよいとして、保育園児のような黄色いキャップはとても残念だった。仕方ない。中途半端な格好なのは私が中途半端な存在だからだ。

若い駅員は自分のじょうろを取り出し、ジグザグに水をまき、確実にほこりを止めてゆく。ホームはたちまち黒く湿って、白っぽかった部分はあっという間になくなってしまった。しいていえば、四本目の柱の根元が少しだけ乾いていたが、彼はじょうろを巧みに操って、そこに向けて十粒ほどの水滴を飛ばした。水滴はまるで誘導ミサイルのように着弾して、わずかに残存した乾燥地帯を壊滅させた。たった一回の散水によって、広いホーム全体が霧を吹いたように湿っている。見事なものだ。

「おれらは高校出てからこっち、働いてっからね。」

こうした言い方、ちょっと意地を張った態度は猛禽やパンチにそっくりである。

「まあ、バイトさんにゃあできんよ。十年かけても無理だわな。」

助役も満足げに腕を組み、そうまとめたが、私も負けていなかった。

数日後、私は渡されたバイト用のじょうろの口先と他のそれとを比較してみた。駅員用のものをよく見ると、三十ほどある小さな穴の約半分に楊枝の先が挿してある。なんのことはない、詰め物によって、出る水量を抑えていたのだ。私は助役のじょうろの口先をはずし、自分のものと交換してみた。それ以後、私は一度の給水で見事に散水できるようになったのである。一方、助役は大あわてだった。

「あれれ、なんだい、楊枝が抜けちまったよ。」

もちろん、彼はすぐに対策を施した。かくして当駅に「散水もできないやつ」はひとりもいなくなったのである。

こんなふうにして、私は駅で働くようになった。勤務時間は六時から九時まで、夜も同じく、十八時から二十一時まで。時給六百円で一日三千六百円。駅は年中無休だし、私は金曜の午後以外は毎日働いたから、月の収入は十万円を超えた。そして……これがすばらしいのだが、私は職員用の定期券を持つことになった。私鉄の電車賃がただになったのである！　これは月給の二割増しに等しかった。

慣れてくると、駅務は楽しい。清掃や散水はするけれども、仕事の中心は三十分交代で行う集札・改札である。今の人には想像もつかないだろうが、当時の駅にはパスカードもセンサーもなく、駅員が大量の切符を一枚一枚切り、それをまた集めていたのだ。

ホームに列車が到着すると、一度に数千人の客が飛び出してくる。対する駅員は私も入れて三人。小さなブースから立ちあがり、両手を広げて待ち受けるのだが、あっという間に客の濁流に飲み込まれてしまう。

そのなかにあって、私は定期券をチェックしてゆく。駅名が当駅より前のものであれば、通過を阻止して不足分を徴収し、期限が切れたものならば、これまた阻止して運賃および追徴金を取らねばならない。一度に数千枚の定期、しかもちらっと見せるだけものを判別するなんて、とうてい不可能なように思える。

しかし、半年もたたないうちに、私は全ての定期券を瞬時に判別できるようになってしまった。才能？　努力？　残念ながら、それらは全く関係がない。これはせいぜい三ヵ月もやれば誰にでもできる、ほとんど本能によるものであった。

しいてこつをあげるとすれば、定期券を細かく見ないということだろう。殺到する人々に相対して、私はぼんやり遠くを見つめる。不思議なことに、それだけで定期の範囲や期日が視界に飛び込んでくるのだ。違反者はすぐにわかる。指で数字や駅名を隠すやつもいるけれども、そうしないやつらの挙動もなんとなくおかしい。それはしぐさとか視線とかのごくわずかなものにすぎないが、違反者はずっと遠くにいるときから、周囲の客から浮いている。

そいつがだんだん近づいてくると、真正面を向いたまま私は祈る。ああ、違反しないでくれ。お互い、労働者じゃないか。ぼくが告発し、捕まえなければならない人間は他にいる。せめて、ぼくのブースには来るな……しかし、私が目をつけたやつに限って、私の右脇を通過しようとするのだ。

「お客さん、お待ちください。」

私は静かに違反者を止める。見つめたり、問い詰めたりはしない。たいていの客は頭をかきながら小銭を出すのだが、通過しようとするやつもたまにいて、これに対してはチェーンで進路を塞ぐまでだ。私は能面のような顔をして、あふれる他の客を左から通してゆく。あとは助役が全てやってくれる。彼は事務所から一部始終を見ていて、何かあれば、すぐに飛び出してくるのだ。違反者は事務所に連れて行かれる。駅において、ベテランの駅員にかなう人間はまずいない。人あしらいに慣れた大きな駅の助役にはやくざすら頭を下げてしまう。さっきのやつは運転免許証や社員証の提示を求められ、追徴金をしぼり取られているにちがいない。

定期券に関する業務はこんなところだが、実を言うと、それはたいした仕事じゃない。集札のメインは切符である。当駅を利用するたいていの客は定期券を使っているのだが、五人にひとりくらいは切符の使用者である。それでも、大変な数だ。渡された切符に当駅の名があればよいのだが、そう簡単にはいかない。かなりの客が違う駅名のものを渡してくる。そして当時は自動清算機がなかった。

「私、津田沼までしか買っていないのよ。あといくら？」

「おれ、間違えて新京成のを買っちゃった。これで降りられるよね？」

当然のことだが、切符の客は定期券を持っていない。つまり、この線に不慣れな人がほとんどなわけで、したがって、ミスも多い。こちらにとっては迷惑きわまりない話だが、ごていねいに間違った不足額を渡してくる客もいる。

「ぼくはセンターまで買ったんだ。プラス十円だよね？」

「はい四十円、大和田よ。」

もっと困るのは、ほとんど聞かない駅名が出てくることである。

「わしゃあ、梅が丘から来たんじゃが、いくらかのう？」

「向ヶ丘遊園から来たんだけど、八百十円よね？」

当初、私はこんな仕事は無理だと思っていた。とっさに暗算をして、小銭のやりとりをするなんて。私は前々から、カフェのウェイトレスが何人もの客からいろいろな注文を取り、商品やお釣りを正確に渡す様子を非常に不思議に思っていた。なんという暗記力・計算力。ぼくには絶対に無理だ。彼女たちの頭のなかはどのようになっているのだろう？

しかし、私はこれも克服してしまった。やがて私は「高根公団から」と聞いただけで、客が津田沼までの切符を所持していることを悟り、彼が通過する二秒ほどの間にそこから当駅までの金額を徴収できるようになった。

なぜ、と言われても困ってしまう。定期券のときと同じだ。必要にかられて左脳が活性化したというか、それは本能的なものなのである。私はぼんやりと遠くをながめながら客の切符を受け取り、目も合わせないまま不足分を請求し、釣り銭を渡し続けた。そうして何千人もの客を機械的にさばいていった。

以上のごとき集札に対して、改札の仕事は単純である。定期券をチェックするのは同様だが、集札のときほど厳しくは見ない。あとはひたすら切符を切るだけ、すなわち入鋏である。駅員たちはそれを「パンチ」という。私は駅で働くまで、パンチの形が各駅や時刻で異なることを知らなかった。

パンチが速いことは駅務の誇りだった。逆に言えば、これが遅いと何をやっても格下に見られてしまう。こういう点でも、当時の駅員は一種の職人だったといえる。彼らはパンチの速度を夢中で競っていたので、私もこれには多大の努力を注いだ。鋏といっても、その形状はペンチに近い。ただし、結合が非常に緩くて、二つのシザーはぐらぐらしている。つい、人差し指を間に入れたくなるのだが、そんなのは素人のやることだ。上のシザーを支えるのは、なんと薬指である。人差し指と親指は鋏全体をふわりと包むだけにすぎない。したがって、下のシザーを動かすのは中指ということになる。

私は見よう見まねでこうした構えを習得し、差し出される切符にパンチを入れていった。しかし、正規の駅員たちのパンチの速さは尋常ではなかった。たとえば、タダ氏。彼の鋏は常に滑らかな音を立てながら、無数の切符を刻んでゆく。まるでモーターである。一体、どうやって動かしているのだ？　私が見る限り、動力はやはり中指である。ちなみにタダ氏は客がいないときでも、事務所でくつろいでいるときでも、意識ある限りは鋏を動かしていた。

私も負けてはいられなかった。成人である以上、一人前に扱われたい。バイト・学生というハンディを跳ね返してやりたい。聞くところによると、タダ氏と私は同い歳である。今のところ私は病気でもなく、手に障害があるわけでもない。練習すれば、自分にもできるはずだ……私は廃品の鋏を借りて、四六時中、これを動かし続けた。読書中はもちろん、歩いているときも、通学途中の電車内でも、右手を上着の懐に入れて練習を続けた。カチカチ響く正体不明のリズムを聞かされて、周囲の人たちは不安を感じたと思う。実に迷惑だったと思う。が、そのかいあって、やがて私はタダ氏にも匹敵する速さでパンチを打てるようになった。

ただし、超高速のパンチが実際に役立つ機会はほとんどなく、センター駅に出張して、競馬の客をさばくときぐらいだった。そしてこの技術を発揮する機会は少しずつ失われて、今では全ての駅が自動化されてしまった。今の駅員ははたしてパンチが打てるのだろうか。そして……あの頃の駅員たちはどうしているのだろうか。

駅での話は交流会で大うけだった。私は学園に来て以来、初めて青年層を含む子どもたち全員から真の拍手をもらい、大いに気をよくした。私の発表が終わると、ちびたちよりもむしろ青年たちが一斉に集まってきて、私がいるテーブルは質問コーナーのようになってしまった。すばやい手話を読み取る能力を欠く私ではあったが、それでも、できるかぎりの誠意をもって、次々に来る質問に答え続けた。

「だからさ、本当にいろんな人がいるんだ。一本の電車から降りてくる人のなかには最低ひとりは不思議な人がいるよ。」

うそではない。本当にそうだったのだ。

「軽快に飛び跳ねながら降りてくる人もいる。五十歳ぐらいの女性で、晴れの日でも長い傘を持っていて、何度もジャンプするのさ。彼女は駅員たちからジャンピングおばさんって言われている。ガム男くんはどんなときでも、必ず風船ガムをふくらませたまま通過する。Uターンおじさんっていうのもいる。彼は改札まで来ると、はっとして戻るんだ。毎日ね。」

子どもたちは大笑いする。変わった人を軽蔑するようになっても困ると思い、私は真顔で教訓を垂れる。

「ぼくは笑わないよ。みんなきっと何らかの理由があるんだと思う。ジャンピングおばさんやガム男くんは何かの願をかけているんだろう。Uターンおじさんは病気なのかもしれない。」

子どもたちはうなずきながら、私のつたない手話に集中している。

「定期券を見落とすことはないの？」

女子のリーダー格であるリョウまでが質問してきたのは驚きだった。私は先に述べた定期券の見方を説明したあと、次の話を付け加えた。

「定期の範囲にもいろいろあるんだ。『全線』なんていうのを持っていて、それを見せてくるやつもいる。おそらく、本社の役員だよ。『優待券』もある。株主だね。ちなみにぼくは『職員用』ってやつだ。これがあるから、ぼくは私鉄の電車賃がゼロなのさ。すごいだろ、ほら！」

私のパスに子どもたちが群がる。私はもう、得意の絶頂である。うれしくなって、余計なことまでどんどん話してしまう。

「ついでに言うとさ、刑事も通る。警察手帳を見せて、さっと通過するんだ。多分、犯人を追っているんだろう。国鉄の駅員も通る。君たちに汚い話をして申し訳ないけれども、国鉄の職員パスで通してあげちゃうんだ。そのかわり、彼らも我々を通してくれる。ぼくも一度やってみたよ。私鉄の職員パスを見せて、国鉄の改札を通ってみたのさ。国鉄の人たちは一礼してくれて、それで全然オーケーだった。おっと、これはオフレコでね。ずるいことだから、もうやらないよ。」

私がオフレコの意味を説明していると、なんとリンまで近づいてきた。私の失敗談を聞きたいのだという。

「そりゃあ、失敗もあるさ。先月は国会議員を捕まえちゃった。だって、定期券を出さなかったし、ぼくら駅員は議員バッジなんて見ていないからね。秘書と話していたら、あわてて助役と駅長が飛んできた。でも、ぼくは怒られなかったよ。おまえは悪くないってさ。ぼくは駅のそういうところが気に入っているんだ。」

次の質問はユウから。

「他に失敗？　あるある、たくさんあるよ。昨日は吸殻入れに注水するのを忘れちゃって、一度に五ヵ所が燃えたんだ。まるで火事だよ。学園にも洗剤の空き容器があるだろ？　ぼくたち駅員はあれに水を入れておいてさ、柱に設置してある吸殻入れに注いで、客の捨てたタバコの火を消すんだ。それを忘れると、ホームはたちまち煙だらけになっちまうのさ。」

そのあと、私は「外国人旅行者にディズニーランドの行き方を聞かれたとき」の話をした。そんなとき、駅員たちは私を残して事務所に逃げ込んでしまう。私はやむをえず、国鉄の方を指差して、

「オーヴァー・ゼアー」

などと言うのだが、なぜか外国人たちは国鉄の方には行かない。必ずと言っていいほど、我が私鉄の下りホームに行ってしまう。彼らはそこから、

「サンキュー・ボーイ」

と言いながら、うれしそうに手を振る。私はあわてて、

「オー・ノー、チェンジ！」

などと叫ぶのだが……たいていの場合、彼らはそのまま下り列車に乗って行ってしまう。残念なことに、その先にディズニーランドはない。下り線にあるのは先日降りたであろう成田空港、新勝寺、あるいは佐倉、宗吾霊堂。臼井で降りれば、印旛沼だ。洗練されたリゾート・スタイルでヘラブナ釣り場をさまよう外国人たちを想像して、私は合掌する。

「アイム・ソーリー」

学園の子どもたちは大笑いだ。

「聞こえない人も通る？」

セツが聞いてきた。

「ああ、通るよ。女子高校生が多いかな。みんな、すごくしっかりしていて、頭もよさそうだ。彼女たちは国府台まで行くみたいだが。」

すると、子どもたちは声をあげて騒ぎ出し、ああそれは何々聾学校だとか、そこは学業成績優秀で卓球もさかんなのだとか、いや、千葉県ではあそこも強い、いいや、それは違うなどと、大いに興奮して論争を始めた。私はその中心にあって、満足至極だったけれども、そろそろ帰る時刻だ。いつものように終電に乗り遅れてしまう。私がもじもじしていると、リンがぱっと立ち上がった。私は何かの制裁を加えられるのだろうか。

しかし、彼の手話は驚くべきものだった。

「みんな、そろそろ終わりだ。駅員の朝は早い。おれたちは迷惑をかけちゃいけないんだ。」

子どもたちはうなずいて、さっと道をあけてくれた。トシなんかは気を利かせて、私のリュックを持ってきてくれた。そして帰りの車のなかで、なんと黒シャツまでが私をねぎらってくれたのである！

「気をつけて帰れよ。お疲れさん。」

転職は大成功だった。駅での労働によって、私は学園から二階級特進を認められたのだった。

十四章　進路

ごちゃごちゃした下町の駅前にだって、季節はちゃんと巡ってくる。街灯の光に鋭さがなくなり、北風もだいぶ柔らかくなった。もう手袋はいらない。私は両手を握りしめて、どんどん歩いた。ここのところずっとひとりだが、それにも慣れた。この道を教えてくれたワダ先輩、アキ先輩は今頃どうしているのだろう。いっぱしの会社員になって、あくせく働いているのだろうか。故郷に帰ったクボ先輩は彼女がいたようだったから、地元で結婚したかもしれない。留年していたセタ先輩も卒業して、今では印刷会社で働いているらしい。同期のエスも久しく見ていない。彼はいたって堅実なやつだから、重厚な卒論に取り組んでいるか、就職活動を開始したに違いない。

自分の先輩・同輩であるにもかかわらず、私は彼らの消息をよく知らなかった。なんだかずいぶん冷淡なようだが、当時は携帯機器がなかったから、顔を合わせることがなくなった人間関係はこんなものだった。別れは本当の別れだったのだ。

最後にエスと話をしたのはこの年末、クリスマス会のときだった。お決まりのどたばた劇を終えたあと、彼が更衣中に意外なことを聞いてきた。

「学園に就職するのかい？」

考えてみたこともなかったので、私はあわててしまった。

「い、いや、ぼくには無理だよ。」

「そうか。てっきりそうだと思ったんだが。」

顔に塗った絵の具を落としながら、エスは話を続けた。

「それじゃあ、これからどうするんだい？」

もうすぐ大学四年生になろうというのに、私は自分の将来を漠然としか考えていなかった。自立に向けて努力している実感はあったが、具体的には学園と駅の仕事に精いっぱいで、私はまさにそれだけだった。

「ぼくはやるべきことをやるよ。だから、仕事は何だっていいんだ。」

エスは一瞬動作を止めて、ちょっと驚いたような顔で私を見た。化粧を落とし、服を着替え終わったエスはすっかり大人で、私よりずっと年上のように見えた。

「そうか。ぼくは故郷に帰る。公務員になるんだ。」

続けてこう言った。

「やりたいことをやったほうがいいよ。一度しかない自分の人生だからね。」

私とエスは行動を共にすることが多く、二人は周囲から親友のように思われていたけれども、実際は特に親しいというわけではなかった。私は彼のまじめさ、堅実さを認めていたし、お互いの関係は常に良好だった。しかし、私はエスに心を開く気にはなれなかった。私にとって、彼はあまりにも真っすぐで、健全で、そして単純だった。私が多少なりとも本音をぶつけられる相手、それは高校時代からの友人たちだった。

エヌと最後に会ったのは十月の末頃だったと思う。彼とのつきあいは高校入学以来だから、六年になる。

「おれはジャーナリストになるよ。何年かかろうともね。」

エヌは私より十センチ以上背が高く、そしてはるかに格好のよい男だったが、着ている服や持ち物は私と似たり寄ったりだった。聞けば、バイトと奨学金で大学に通っているのだという。私と同じだ。

「ただし、権力に迎合するメディアはお断りだ。だから、おれは一生金持ちにはなれないだろう。自分で決めたとはいえ、これは運命だな。」

船橋駅北口にあるヨーカドーのフードコートで、エヌは自分の将来を誇らしげに語った。この種の話を聞くと、私はいつもあせったり、ねたんだりするのだが、エヌに関してはそんな気にならなかった。

「で、今からその学園に行くってわけか。」

私がうなずくと、エヌはちょっとためらったのち、私を見つめてこう言った。

「前から聞こうと思っていたんだが、なぜ学園に通うんだい？」

この日は雨というより、嵐みたいな天候だった。五階の窓にも無数の雨だれがくっついていて、それらはほとんど平行に流れている。これから下町の駅まで行き、例によって学園まで歩くのだから、私はずぶ濡れになってしまうだろう。

しかし、それも全く苦にならないほどの魅力が学園にはあった。私は久しぶりに旧友に会えてうれしかったが、同じくらいリンやユキにも会いたかった。聾学校を脱走したジンのその後も心配だったし、がんばって描いた誕生カードをリョウや卒園生のユイさんに見てほしくもあった。そしてエフ女史や黒シャツ、ついでにパンチや猛禽にも認められたかったのだ。おお、よく来たな、やるじゃねえか学生、この雨に大変だったでしょう……そんな言葉と飛びついてくるちびたちの感触、それらは何よりもうれしい報酬だった。私はそうした想いを熱くエヌに語った。

彼は感心して聞いているようだったが、私をたしなめる機会をうかがっているようでもあった。私の話が一段落するのを待って、エヌは慎重に質問してきた。

「ところで、君が得るものはあるのかい？」

当時、喫煙はごく普通の習慣だった。エヌはタバコの火を黄色いプラスチックの灰皿に何度も押し付けて消した。

「一方的につぎ込むだけの関係っていうのはさ、どこか不健全だよ。」

しかし、私の熱気は冷めなかった。

「つぎ込むなんて、とんでもない。大変な輸入超過なのさ。行くたびにぼくは強くなる。何より元気をもらうんだ。」

エヌは憐れむような顔をして私を見つめ、少しだけ笑った。

「そう言うだろうと思ったよ。やはり、君は間違っている。大学を卒業したら、学園からも卒業したほうがいいな。」

それは私にとって、一番いやな身の引き方だった。それじゃあ、まるで体験学習じゃないか。今や学園は私の生活の柱だった。それをよき経験や青春のひとコマなんかにしてたまるか。私が全然承服しないのを見て、エヌは本題を切り出してきた。

「君を認めるからこそ、言わせてもらうぜ。なぜ元気が出る？　それは優越感だよ。障害者たちが君よりも貧しく、弱く、低い学歴の者たちだからだ。そりゃあ、元気が出るさ。子どもの頃、君は相当優秀だったんだろう？　にもかかわらず、高校も大学も二流に終わっちまった。そんな君は自分より下の人たちを見て安心し、毎週自信をもらって帰ってくるのさ。」

私はエヌに賞賛されこそすれ、非難されるとは思ってもみなかった。酸っぱい安コーヒーをすすりながら、私は正直なところを語った。

「それはない。君は信じやしないだろうが、あいつらは下なんかじゃない。あらゆる点で彼らはぼくより上なんだよ。」

「それは君がそう思っているだけさ。肝心の子どもたちはそう思っていないよ。君がこれ以上深入りするのは彼らにとってもよくない。おれはそう思う。」

エヌは私にどうしろというのだ？　自分と同質・同程度の狭いグループのなかで、壁を作って生きろとでもいうのだろうか。私は学園の人たちと出会い、多くのことを学んだ。子どもたちだって、私を見て一般健常者の生活、つまり世間と言うものを垣間見ているはずだ。たいしたプラスにはならないにしても、それはけっしてマイナスではないだろう。

「交流をやめる理由はどこにもないよ。」

するると、エヌは私を正視し、厳しい口調で自説を語り始めた。

「そんなに交流が好きなら、下だけじゃなくて、上とも交流しろよ。毎週学園に行くのもいいが、それなら毎週東大に通ったっていいはずだ。そうだろう？　どうして上を見ようとしない？障害者・売れない家具屋・駅のトイレ……君は常に下ばかりを見る。なぜか？　それらは君の優越感を満たすのに都合がいいからだよ。」

痛いところを突かれた、というより、かじりついていた座席から降ろしてもらったようなものだから、怒りは湧いてこなかった。それにエヌにはまるっきり悪意がなかった。

話が終わると、彼は自分の名刺を渡し、一緒にジャーナリストになろうと言ってくれた。この日の再会はそれが目的だったと思われる。私を評価し、盟友だと思ってくれているのだろう。

「まあ、考えておいてくれよ。そろそろ学園に行く時間だろ？　きついことを言って、悪かったな。」

我々は冷めたコーヒーを飲みほし、席を立った。代金は割りカンで支払った。まだ十七時だというのに、客は少なく、まるで深夜のようだった。

エスカレーターを降りて自動ドアを開けると、外は思ったより寒くない。しかし、風の叫び声のなかで霧雨が舞っている。二人とも傘を持っていなかったが、エヌは気にも留めず、黄緑色の街灯の光のなかを気持ちよさそうに歩き始めた。私は正面を向いたまま、彼に質問してみた。

「子どもたちにとって、ぼくの訪問は迷惑なのだろうか。」

十二センチ上から低い声が響いた。

「君の言うとおり、何かしらプラスの面もあるだろう。しかし、ちょっと想像してみてくれ。君の家は確か団地だったよな？　そこにオックスフォードやケンブリッジに通う貴族の子弟が毎週観察なり交流に来るとして、君は彼らにどういう感情を抱くだろうか。」

私の高校時代の友人には個性の強いやつが多くいて、エムもそのひとりだった。エヌと同じくらい頭が切れて、絵や文章もうまかった。エヌと会った半月後ぐらいだったろうか、彼から突然連絡があり、我々は津田沼の古い喫茶店で会うことにした。この日、私は駅の仕事に行く直前だったので、駅務のシャツの上にグレーのジャンパーを着ていた。なぜかエムも似たような格好だったから、二人は休憩中の駅員のように見えただろう。

彼の話も進路に関するものだった。なんと作家になるのだという。彼がそういう活動をしていることは知っていたが、他の全ての可能性を捨てて、その道のプロとして生きる覚悟を決めたというのは驚きだった。

「学生だったり、他に仕事を持っていたりすると、どうしても甘いというか、そっちに逃げちまうんだ。いいものは書けない。予備の道や退路を持っていることが強みだと思っていたけど、それがおれの最大の弱点だったたってわけさ。」

エムは自己分析する一方で、私のあいまいな立場も見抜いていた。私もそれを自覚していたので、その点では論争にはならなかった。

「君が作家に徹するというなら、ぼくも腹をくくるよ。」

私の言葉にエムは満足そうだったが、問題はここからだった。

「強要はできないけどさ、おまえも何か書けよ。同人誌をやらないか？　まさか、」

ピザを食うのをやめて、エムは私をぱっと見てこう言った。

「例の施設に通い続けます、なんて言うんじゃないだろうな。」

これは……エヌとの会話が再現されるのだろうか。私はうんざりして、力なくつぶやいた。

「今度、子どもたちに聞いてみるよ。ぼくが来るのは迷惑かって。」

ところが、エムの意見は全然違うものだった。

「障害者の支援なんて、やめちまえよ。誰も言わないだろうからさ、おれがはっきり言ってやる。障害者なんて、いなけりゃいいんだ。」

あっけにとられる私を無視して、彼は続けた。

「みんな本当はそう思っている。なのに、ずるくて言わない。だから、ときどき勘違いするやつがいるのさ。障害者は死んでゆくのがスジなんだ。」

昔から自信過剰気味ではあったものの、エムに偏見はなく、その言動は常に合理的だった。正義感も強かったし、弱者に対する思いやりも充分に持っていたと思う。現に私のような変人の動向を心配してくれているわけだから、それは間違いない。間違いないはずなのだが……

「なんてことを言うんだ。彼らは好きで障害を選んだわけじゃない。何かの落ち度があったわけでもない。それがなぜ死ななきゃならないんだ？　君がそんなひどいことを言うとは夢にも思わなかったよ。」

私はこう言ったのだが、エムは平然と答えた。

「決まってるじゃないか。人類全体に迷惑だからだよ。欠陥を持った個体は淘汰されるべきなんだ。そんなこと、おまえも知ってるだろ？　よくわかってるくせに、とぼけるなって。」

ちなみに私もエムも高校時代は生物部に所属していた。我々はダーウィニズムの信奉者だったのだ。もっとも、お互いすぐに幽霊部員になってしまったが。

「そんなにいやな顔をするなよ。おれの言うことがそれほど気にくわないなら、少し譲歩しようじゃないか。障害者は生きていてもいい。ただし、子孫は残すな。これでどうだい？」

ここまで言われたら、私も戦わなければならない。こんな発言を聞き流して学園の門をくぐるわけにはいかない。しかし、エムは私が反撃するよりも前に、さらにひどいことを言ってきた。

「おまえみたいなお人よしが支援するから、やつらが生き延びちまうんだ。調子に乗って結婚して、ことによったら、子孫を残すぜ。それを認めてみろ、百年もたたないうちに人類の遺伝子はバグだらけだ。病人や障害者が急増して、たちまち社会は破綻しちまう。どう考えても、弱者やできそこないは死んでゆくべきなのさ。種の遺伝子を汚染させないためにね。それが自然の摂理ってもんだよ。」

愚かな、と私は思った。エムは自分が勝ち組にいると思っている。

「じゃあ、君も死ぬんだな。」

私は冷笑しつつ、言い放った。

「ちょっと見ないうちにずいぶん増長したじゃないか。肉体労働しない物書きの視野の狭さを見せつけられて、驚いたよ。自分を何様だと思っている？　小柄で運動神経も鈍く、べつに美しくもない。知能も特に高いわけじゃない。真のエリートに聞いてみろ。彼らからすれば、我々は充分に障害者だよ。」

こう言っておきながら、私は障害者という概念をつぶしにかかった。

「障害者なんて、実際にはいないんだとぼくは思う。たとえば、聴力は人それぞれだ。四十デシベルの人もいるし、三十九デシベルの人もいる。正確に測れば、三十九・九デシベルの人もいるだろう。当然、それは連続している。なのに、そこに強引に線を引いて、その線に達しなければ障害者だという。わかるか？　障害者は権力の都合の産物なんだよ。人間としての価値には何ら変わりがないのに、むしろ苦労した分、人の痛みがわかる深い人格を有するというのに、資本主義の価値観が線以下の人々を切り捨てるんだ。買うに値する生産性を有するか、売るに値する商品か……そんなばかばかしい区分で生み出されたのが障害者なのさ。」

しかし、エムはこの話に全く納得しなかったばかりか、こうした私の姿勢に非常に驚いた様子だった。

「おまえ、本気でそう思っているのか？　客観的・合理的態度がおれたちの売りだったじゃないか。あらゆる生物の健康と美しさを保障しているのは淘汰だぜ。そこからニーチェ、さらには資本主義の優位までを説いていたのは他でもない、おまえ自身じゃないか。弱者死すべし、これはおれたちの当然の見解であり、自然の摂理だろう。障害者に手を差し伸べちゃあ、だめだよ。」

私は夢中で反論を続けた。確かに、心変わりしたのは私だったのかもしれない。

「弱者死すべしって、一体、誰が弱者を判定するのさ？　肉体的弱者を殺せば、知的強者が減る。知性で選別すれば、肉体的強者は減るぜ。いずれにしても、人類の損失は莫大だ。それにいつ殺すのさ？　胎児のとき？　出生後？　成人で？　しかし、若いときの強者が壮年期に発病したり、事故や老化で弱者になることは多いはずだ。弱者をすぐに殺すなら、毎年選別をすることになる。世界中でね。その世界スパルタ主義によって、毎年一定の弱者が粛清されるとすると、そのすぐ上の人たちが翌年の弱者になる。彼らが殺されると、今度はその上の人たちが弱者だよ。英雄でも天才でも、ちょっとでも弱れば、粛清だ。医療は当然なくなるだろう。細菌やウイルスや大怪我に勝ってこそ、真の強者だからね。君の描く社会は選別テスト付きの中世だ。断言しよう、それは人類がつくってきたあらゆる社会のなかで一番悪い。」

「おまえさ、」

エムが口をはさもうとしたが、私は身を乗り出してまくしたてた。

「もうひとつ言わせてもらう。君は眼鏡をかけているけれども、そういうものが普及していない社会なら、君は重度の障害者だ。一番目立つ顔面に常時巨大な装具を着けているわけだからねえ。その一方、聴覚に関する再生医療が普及してみろ、学園の子どもたちは健常者になる。彼らがこう言ったらどうだい？　眼鏡のやつらの存在は人類の遺伝子にとって害だ、おまえみたいなできそこないは死ねばいいって。そうしたら、君はそれを受け容れるだろうか。」

「詭弁だね。」

エムは私の質問を軽く受け流すと、薄笑いを浮かべて言った。

「そんなに障害者が好きなら、止めやしないよ。書くことも、考えることもやめて、支援に埋没するがいい。それがお望みなんだろ？　ついでにおまえ自身も障害者になったらどうだい？　偽善に満ちた代弁者より、はるかに説得力が増すと思うが。」

私が腹をくくるというのは障害を持つことなのだろうか。確かに私はそれを避けてきた。やはり障害者を下に見て、自分と一線を画したいからなのだろうか？

エムは私をやり込めたと思ったのだろう。両手を後ろに廻してソファの背もたれをつかみ、ゆっくりと脚を組んだ。彼より先に席を立つのはいやだったのだが、出勤すべき時刻が迫っている。やむをえず、私は店を出ることにした。

「またな。今日はおごるぜ。」

エムの言葉を無視して、私は自分の支払いを済ませた。店は私鉄の小さな駅ビルの三階にあったので、改札までは二十メートルもない。私は職員用のパスでそこを通過し、駅のホームに向かった。電車を待つ間、私はぼんやりと考え続けた。

エムの言うことは一理、それどころか二理も三理もあった。遺伝子の汚染を言われたとき、私はどう答えればよかったのだろうか。

やがて電車が来た。私はぼんやりとそれに乗り、流れる景色をながめながら、自分の見解をまとめてみた。

世界は私的なものである。そこに公共を見いだそうとする人もいるけれども、世界が個人のものであることは否定できない。なぜなら、世界を構築するのは個人だから。人は混沌とした膨大な情報のなかから、各自の感覚器によって情報を抜粋し、各自の処理方法によって脳内に自分の世界を構築している。世界は人の数だけ存在するのである。全盲の人の世界は音と匂いと感覚で構成されているし、聞こえない人の世界に音声はない。それぞれの人はそれぞれの世界の主役であり、帝王なのである。端役である人間なんていない！　不要な人間もいない！　障害者だろうと劣等生だろうと、人たる者は全て、他人から死や結婚の禁止を言われる筋合いはないのだ。

これが当時の私の世界観だった。私はこれに概ね満足していたが、自分自身がなぜ障害を持つことを避けるのかという問いについては未解決のままだった。私は黒シャツやエフ女史に会って、彼らの意見を聞きたいと思った。


この日はいろいろなことを思い出しながら歩いたので、駅から学園まで四十分以上かかってしまった。ようやく到着すると、廊下に灯りがついていて、何やら騒がしい。笑い声も聞こえるから、不幸な事件ではないようである。早くなかに入りたいところだが、それには鉄のゲートを開けなくてはならない。そいつは車二台分ほどもある大きなもので、必要以上の強度と重量によって学園を守っているようにも見える。しかし、高さは一メートルちょっとしかなく、その気になれば子どもでも乗り越えられるという、全く意味不明のしろものだった。私は過去三年間、毎週こいつの一部をつかみ、全ての力と体重をかけてレールの上を滑らせてきた。

「せーの、そりゃあああーっ。」

ゲートが車止めにぶち当たり、ガチャンという大きな音をたてた。これで職員が出てきてくれるときもあるのだが、この日はそうではないようだった。私はゲートをずるずると閉め、入口のドアを開けた。

「こんばんは。」

誰も出てこない。靴を脱ぎ、職員室のドアをノックしたが、反応がない。やむをえず、私はそのまま左に曲がり、またすぐ右に曲がって廊下を進んだ。すると、いきなり二人の怪人が駆け寄って来るではないか！　白い頭。鼻も口も耳もない。あるのは怒りに満ちた両眼のみ。

私は一瞬、幽霊だと思い、次の瞬間、宇宙人だと判断したが、やや冷静になって、彼らが人種差別主義者であることに気がついた。とっさに逃げようとしたのだが、体が硬直して動かない。すると、やつらも立ち止まった。額のあたりに小さい文字が見える。当然、ＫＫＫと書いてあるのかと思ったが、よく見ると、逆さまに『おきなわ黒糖パン』と書いてある。隣のやつの額にも、逆さに『トーキュー・ストア』と印刷してある。これは一体？

「よう、あんたも早くかぶれよ。」

かなりこもってはいるけれども、その声はパンチだった。

「何をしているんですか。」

「見りゃ、わかんだろ！」

もうひとりは猛禽だった。

「来たら、いきなり豆まきだろ。おれたち聞いてなかったから、紙袋なくてさ。持ってたレジ袋かぶったんだけど、いやー、苦しい。息が詰まって、死んじゃうよ。」

「で、口のところを切り抜きに来たってわけさ。」

切るべきは鼻の部分だと思ったが、まあいい。彼らは口呼吸なのだろう。

「豆まきってことはわかりました。でも、なぜ袋をかぶるんですか。」

私が質問していると、食堂のドアが開いて、やや小柄な化け物がやってきた。見れば、職員室の鍵を持っている。ぎくしゃくした動きから判断すると、どうやらはさみを取りに来たエフ女史のようだ。しかし、その姿は他の二人にも増して奇妙なものだった。

まず、頭の先が二つに分かれている。大きめのレジ袋をそのままかぶったのだろう、まるでサタンの角だ。そして目の穴が異様に小さく、点でしかない。さらに同じ穴が口の部分にもぽつんとあるものだから、顔はカメムシ、あるいは口をすぼめた埴輪のようだった。一見、ユーモラスな気もするが、無表情を通り越して無機質でもあり、大変に恐ろしい。聖女のようなエフ女史がこんな格好をするとは思わなかったので、私は非常に驚いた。

「エフさんまで……どうしちゃったんですか。」

「学園の豆まき、見たことなかったっけ？」

彼女はいつものように誠実に答えてくれたが、袋をはずす気はないようだった。

「前に豆をまいたとき、鼻や耳に豆が入っちゃった子がいてね、それから袋をかぶることにしたのよ。」

それがどんなに激しい行事なのか、私は容易に想像することができた。全員が食堂に集合し、全ての照明は消される。会長の合図によって、激しい豆の雨が降るのであろう。反撃する青年たち、泣き叫ぶちびども……黒シャツは懐中電灯を振り回し、ときには点滅させて興奮をあおる。豆の量は考えられないほど大量で、食堂の沸騰状態は数十分間続くに違いない。要するに、かめのこと同じだ。

「そうだよ。前の会長なんかは鼻に豆が詰まっちゃってさ、指でほじくり出そうとしたもんだから、どんどん奥に入っちゃった。まあ、最後には出たけどな。」

ようやく袋をはずした猛禽が説明してくれたが、その顔は汗びっしょりである。さらにパンチが恐ろしい話を続けた。

「ヨッシーの妹なんざ、耳に入っちまって。どうしても出なくてさ、病院行きだよ。そしたら、医者の野郎、手術だなんて言いやんの。」

「そうなのよ。だから、学園ではね、必ず袋をかぶって豆をまくの。」

どのような奇習にもそれなりの合理性があるものだ。しかし、学園の子どもたちは豆まきをそういうものだと思い込んで、ここから巣立ってゆくことになる。これは大変な罪つくりだ。将来、学園の子が嫁もしくは婿に行き、豆まきのときに袋をかぶって現れたら……伴侶やその周辺の人々は腰を抜かして驚くだろう。

やがて三人は口の部分を切り抜き、戦場に戻っていった。参戦することを強くすすめられた私は非戦・反戦を貫けなかった。しかし、新聞紙で面を作り、食堂のドアを開けたとき、幸いにして戦は終わっていたのである。

「遅い、遅い、来るのが遅い！」

子どもたちは一斉に私を非難し、自分たちがどんなに過酷な時間を過ごしたかを語ってくれた。

「汗がひどいな。みんな、また風呂に入れよ！　ちび、女子、男子の順で。」

黒シャツが命じると、ちびと女子たちが去り、残った青年男子による大掃除が始まった。掃き集めた豆の量の多いこと。バケツに五杯分以上ある。聞けば、洗って食べてしまうのだという。いやはや、すごい豆まきがあったものだ。

やがて男子も風呂に行き、私は職員室に招かれた。私はパイプ椅子に座らせてもらったが、熱気で窓ガラスが曇っている。暖房を一切つけていないにもかかわらず、ない飾り物を見つけた。それは九体ほどの小動物の骨板を縦につないだものだった。黒シャツの後ろに見慣れない飾り物を見つけた。私はかなり生物に詳しいつもりだったが、それが何の骨だかわからなかった。

「これ、気になるか？　この前、遅い新年会をやってさ、奮発してすっぽん鍋を食ったんだ。そんな機会、めったにねえだろうからさ。全員分の骨もらってきて、飾ったんだよ。」

黒シャツが私に新年会の自慢をしていると、パンチと猛禽も入ってきた。

「生き血も飲んだぜ！　女子職員なんてさ、泣きながら、ぴくぴく動く心臓食ってやんの。ところで、あんた風呂はいいの？」

「青白い顔しやがって！　たまにはすっぽんでも食えよ。」

そう言いながら、三人はロッカーをまさぐり、タオルを探しだして出て行ってしまった。まるで山賊である。エヌは学園を貧しく、弱く、低い集団だと評したが、その項目のうち、少なくともひとつは間違っていた。

入れ替わりに奥さんのほうのミトさん、パンチの妻であるオダさん、サキさん、それにエフ女史が入ってきた。風呂あがりの顔が上気して、つやつやしている。こうしてあらためて見ると、彼女たちは若い。つい、子どもたちのお母さんとしてとらえてしまうけれども、最年長のエフ女史にして、まだ三十代前半である。十年後、私は彼女たちのような強い自我を立ち上げ、高い理想を持ち、人のために行動することができるのだろうか。エヌの項目のうち、もうひとつも間違いだったようである。

サキさんが出してくれたコーヒーを飲みながら今日の様子を聞いていると、ドアがノックされて、リョウとセツが入ってきた。

「あ、こんばんは。ここにいたのか。」

「どうして豆まきやらない？　怖いと思ったか。」

私の言い訳を聞き流し、彼女たちはエフ女史に何か相談を始めた。手話が速くて読み取れないが、どうやらリョウの進路に関することらしい。

「わかった。ハラさんに相談して、月曜日には学校の先生とも話してみる。だけど、静岡は遠いよ。私は静岡で生まれたからわかる。何かあって戻りたいと思っても、簡単に学園に戻るのは無理だよ。お金もたくさん必要。」

エフ女史がそう言うと、リョウは納得したようだったが、まだ発散できない思いがあったのだろう。意外なことに、私ごときに話しかけてきた。

「健聴の大学生は簡単に仕事見つかると思う。私たちとは別。」

私は昨今の就職の困難さを述べたのだが、これもリョウは軽く聞き流して、セツと何やら話しはじめた。手話はますます速くなり、もはや全く読み取れない。

「話の内容、わからない。教えてほしい。」

私がこう言うと、リョウは「大丈夫、あんたの悪口じゃないよ」という手話をしたが、代わってセツが伝えてくれた。

「健聴の大学生は仕事を選べる。東京でかっこいい仕事をする。私たち障害者は仕事がない。もしあっても、遠くへ行く。苦しい仕事ばっかり。同じ人間なのに、おかしいと思う。」

リョウはセツを軽くたしなめ、職員室から出ようとしたが、私は勇気を奮って彼女たちを呼び止めた。

「あのさ、大学生が来るのは本当は迷惑かい？」

リョウは「ないよ」、セツはすばやく「かまわない」という手話をして、二人は出て行ってしまった。続いてミトさんとオダさんが食堂に向かうと、残ったサキさんとエフ女史が私を心配して話しかけてきた。

「どうしたの？　今さら迷惑だなんて。」

「そうだよ。何かあった？」

私は旧友との会話を率直に語ろうとしたのだが、そこに真っ赤な顔をした黒シャツが戻ってきた。

「いやー、暑いったらありゃしねえ。ヤマちゃんとオダちゃんは帰ったよ。まるでビール飲んだみたいな顔してたから、ポリに停められてんじゃねえの。」

当惑している私を見て、黒シャツは二階に行くよう、すすめてくれた。

「いいんですか？」

私は子どもたちの部屋に入ったことがなかった。

「今日は早いだろ。でかいやつらはテレビ見るから、ちび寝かしてよ。」


私は職員室を出て、階段を昇った。あらためて考えてみると、私が学園を訪問するというのは食堂を訪ねることであって、その他はせいぜい職員室かテレビ室、たまに洗濯場、ごくまれに風呂や宿直室を借りるくらいだった。子ども部屋の入口までは何度か来たことがあった。しかし、そこはプライベートな空間であって、客の私が踏み込むのは失礼だし、その必要もなかった。つまり、私は学園の子どもたちの生活をほとんど知らなかったのである。

一階は女子の部屋だから、二階には男子しかいない。古い木の階段を昇りきったところを左に曲がると、廊下を挟んで右が数室の部屋、左側がトイレと洗面所である。寒々とした蛍光灯の下で、幼いカツとシュンが歯を磨いていた。

私は今さらながら、彼らの境遇に慄然とした。まだ十歳にもならないのに、他人のなかで暮らし、服を洗濯し、乾かし、更衣して、歯を磨いて寝る。そういう日々が続いている。彼らにはやさしく抱きしめてくれる母親も、頭をなでてくれる父親もいない。子守歌も読み聞かせも知らない。そもそも声を聞くこと自体ができない。したがって、資格や語学の習得が難しい。だから、なかなか仕事がない。

それでも、学園にいられるうちはいい。しかし、それも十八歳までだ。専攻科に進んで特例が認められたとしても、二十歳までである。その先はどうなるのだろう。収入は？　住処は？　友人や恋人はできるのだろうか。結婚は？　何もかもできないかもしれない。一生、ひとりぼっちのままかもしれない。聴覚の障害はさらに悪化するかもしれないし、頭痛や耳だれ、手足の麻痺が進行するかもしれない。

ああ、素敵なパパやママが現れないかな！

背がすうっと伸びて、顔も俳優みたいにならないかな！

ある日、突然、聞こえるようにならないかな！

おそらく、ならない。しかも彼らはしゃべれない。この恐ろしい不安を言葉にすることもできないのだ。にもかかわらず、彼らは毎日をたくましく生きている。なんという強さ！　彼らは弱者なんかじゃない。一般の子どもたちとは何から何までが違うのだ。私は高校時代の友人たちを今すぐここに呼びつけたい強い衝動にかられたが、やや冷静になって、その力をトイレの整頓に注ぐことにした。

私がビニール製のスリッパを整えていると、トイレの個室からショウが出てきた。彼はしゃがみこんだ私に気づかないまま、洗面所に向かい、古びた歯ブラシと黄色いコップを使って歯を磨き始めた。ショウは八歳になるけれども、手話があまり得意ではない。読み取ることも苦手で、物事を勘違いしていることが多かった。世間の基準に従えば、間違いなく「使えないやつ」に分類されてしまうだろう。

しかし、彼は驚くほどのやさしさを持った子でもあった。子どもたちが昆虫をつかまえると、虫に同情して、それらをみんな逃がしてしまう。死んだトカゲをわざわざ持ち帰り、小さな墓を作って涙するようなやつだった。

何度かうがいをした後、ショウはようやく鏡に映った私に驚き、今日はここで寝るのかと聞いてきた。私が否定すると、彼はちょっと考えてから走り去り、しばらくして自分の歯ブラシに練り歯磨きをたっぷりつけて戻ってきた。そして私に膝をつくように命じるので、言われたとおりにすると、彼はすばやく丸まって、私の両膝の間に寝転がってしまった。あっけにとられている私に対して、ショウは普段見せないようなかわいらしい表情でこう言った。

「いっしょ、いっしょ、歯磨き援助。」

私は彼を膝の間に寝かせ、歯磨きの仕上げをしてやった。これは自分で歯を磨けないユミ・ミサ・アヤ、あるいはよくよくのちびたちが職員にしてもらうことである。しかし、ショウは恥ずかしがるどころか、目を細めて、とても幸せそうだった。

しばらくして私は彼を離し、もう一度うがいをして部屋に戻るようにすすめた。すると、今度は後ろのほうにいたカツがするりと私の膝に割り込み、口を開けて寝そべるではないか。やんちゃで気の強いカツがこんなことをするとは思わなかったので、私は非常に驚いた。以後、次から次へと子どもたちがやって来て、歯磨きをせがんだ。私は大忙しだったが、ようやくこの仕事を終えて立ち上がろうとすると、数歩離れたところにいたテツと目が合った。

テツは小学部に入ったばかりのちびだったが、頭の回転が速く、理屈で中学部をもやりこめてしまうようなやつだった。感受性も人一倍で、黒シャツとエフ女史以外には心を許さないようなところがあった。支援の訪問者が来ても遊ばない。反発するというわけではないのだが、テレビ室での集団遊びなどには加わらず、ひとりで静かに生き物を観察しているような子だった。

私はしばらく考えたあと、テツに手招きをした。彼は素直にやって来て、無表情で私の前に寝そべり、口を開けた。歯磨き粉の香りがしたので、私は弱めにテツの歯を磨いてやった。その間、彼は目を閉じて、私の腰のあたりをつかんでいた。

歯磨きを終えると、子どもたちは私を引っぱって、それぞれの部屋に連れてゆこうとした。こうして歓迎されるのはありがたいが、迷ってじらすのもいやなので、私は今いる場所から一番近い部屋に自分から入った。そこは偶然にもテツやショウが生活している部屋だった。

男子の部屋のメンバーは五人のはずだが、中学部以上は下でテレビを見ている。だから、今はテツとショウしかいない。六畳ほどの和室には学習机と椅子が三つずつ設置されていて、他に家具らしきものは見当たらなかった。机の上にも数冊のノートがあるだけで、おもちゃも絵本もない。全体的に子ども部屋というより、駅や家具屋の仮眠室のようだった。机の下のほうを見ると、そこには漫画のシールが何枚か貼られている。その古いこと、どれも一九六〇年代のもののようだ。シールが禁じられた時期があるのか、何度か剝がそうとした形跡もあった。それを除けば、部屋は不潔ではない。しかし、非常に古い。特に畳の古さが目立つ。天井から吊るされた蛍光灯の弱い光がそれをいっそうきわだたせていた。

私が室内を観察していると、テツとショウは押入れを開けて布団を出し、それを畳に伸ばし始めた。自分たちのものだけではなく、全員分敷くところが学園らしくてよいと思った。それを終えると、彼らはパジャマに着替え、補聴器をはずして、それを乾燥剤の入ったケースに入れ、それから押入れの奥に手を伸ばした。

私は薬でも出すのかと思ったのだが、彼らが取り出したのは毛布の一片とおもちゃだった。ショウは自分の枕元に小さなネズミのぬいぐるみを置き、小さな毛布の切れ端をつかんで布団に入った。テツが持ってきたものはさらに小さいプラスチック製の動物たちで、それらはカプセル式の自動販売機で売られているものだった。学園の子がそういうもの、いわゆるガチャガチャをやる機会はめったにない。彼はそれらを何年もかかって集めたのだろう。

テツは小さな動物たちを枕の周りに置き、ていねいにならべ始めた。しかし、私がショウの手を握っているのを見ると、烈火のごとく怒って立ちあがり、私の手をつかんで引っぱり始めた。いつもは穏やかなショウも譲らない。あっという間につかみあいになってしまった。

「いっしょ、いっしょ！」

「違う、いっしょはおれだ！」

「いいや、おれが先に呼んだ！」

「おまえ関係ない、あっちに行けよ！」

私は当惑したが、責任を感じて仲裁に入った。初めに手をつなぐのはテツ。年下だから。彼が寝たら、私は必ずショウのところに行く。彼らが納得したので、私は電灯を小さなものに切り替えて、テツの枕元に座った。

テツはすばやく自分の布団にもぐりこみ、それから両手で私の手首をつかんだ。目を閉じ、足をばたつかせて、非常に満足そうだった。彼はすぐに寝た。気持ちよさそうに口を開けているので手を離そうとしたのだが、そうすると、両手にぱっと力が入って、私を布団に引きずり込もうとする。それを何度も繰り返したため、彼の元を離れるまでに三十分以上かかってしまった。これはショウに悪いことをした。彼は私を待ちあぐねて、ひとりで寝てしまったに違いない。私はオレンジ色の小さな灯りをたよりにテツの熟睡を確かめ、足元に気をつけながらショウの枕元に移動した。

驚いたことに、ショウはまだ起きていた。粗末なネズミとぼろ布を握りしめて。私はあわてて彼の手を握り、頭をなでて寝かせてやった。テツと同じようにショウもすぐに寝た。しかし、私はしばらくそのままでいた。暗闇にだいぶ目が慣れて、ふと戸口のほうを見ると……そこにはたくさんのきらきらした目があった。四、五人の男の子が息をひそめてこちらをうかがっているではないか。まるで夜行性の小動物のようだ。私は静かに立ち上がって、隣の部屋に移動した。

この日、私は小学部以下の全ての男子を寝かしつけた。つい先刻、私は学園の子どもは強いと言った。彼らは一般の子どもたちとは違うと言った。しかし、それは両方とも間違いであった。彼らは無理に無理を重ねて、自らを「強くしている」のだ。そうしないと、生きてゆけないから。あたりまえの話だが、学園の子どもたちだって、寂しいときは寂しい。泣きたいときもあれば、甘えたいときもあるだろう。それができない状況にいるだけであって、彼らは一般の子どもたちと同じだ。そんなの当然じゃないか！　なぜ？　ぼくは三年間も通いながら、なぜそんなことがわからなかったのだろうか！


帰りの車のなかで、私は黒シャツの背中に問いかけてみた。

「ぼくは障害とか子どもたちの境遇とかを全然わかっていませんでした。やっぱり、自分がそうならなきゃだめでしょうか。家を出て、耳を突いて、手足のすじを切るべきでしょうか。それが必要なら、自分はいくつかやってもいいです。」

この質問に対して、黒シャツはいつになくやさしかった。

「あんたがそうなったって、子どもたちの状況は一ミリも変わんねえよ。学園全体の力が弱まるだけだ。」

駅が近づいてきた。電車を待つ客は数人しかいないようだった。黒シャツに礼を言って車を降りると、外は冷たい雨だった。

十五章　卒園

駅の南口にあった小さなコブシの花が咲く頃、私は学園の卒園式によばれた。卒園者がいない年もあったし、去年までは木土日フルタイムで働いていたので、私がこうした式に出席するのは初めてだった。

この日は午後からの授業がなく、私はまだ明るいうちに学園の門をくぐることができた。残念だったのは学生が私ひとりだったこと……私は先輩たちの団体を引き継ぐという意識に欠け、他の団体と連帯するという視点をも欠いていた。加えて、私は後輩を育成してこなかった。数人の下級生を学園に招いたことはある。ひととおりの説明もしたし、指文字も教えた。しかし、私がやったのはそれだけだった。彼らと食事を共にするとか、飲みにゆくとか、あるいは恋愛の相談に乗ってやるとか、そういう余計なこと、つまり、本当に大切なことは何もしてこなかった。私は自分のことで精いっぱいだったのである。後輩たちが去っていったのは当然で、どうも私は度量が狭いというか、自己中心的というか、人間関係づくりが苦手なたちのようだ。いずれにしても学園を支援するラインの一本を絶やしてしまいそうなのは事実で、なんとかしなくてはならない。これでは学園に申し訳ない。

食堂に入ると、すでに式の準備はできていた。テーブルや椅子にはたくさんの料理が並べられていて、色とりどりの輪飾りが天井や壁にかかっている。クリスマス会と同じだ。ただし、正面には卒園する三人の席が設けられていて、それは非常にていねいに飾られていた。似顔絵も二十枚近く貼られている。ちびたち全員が描いたのだろうが、なかには本人とそっくりなものもあって、私は大いに感心した。パンチや猛禽はもう席についていて、私に手招きをしてきたが、またいじわるをされるといやなので、私は少し離れた席に座った。例によって、椅子には背もたれがない。私は背筋を固めて開会を待った。

来客は思ったより多くなかった。大事な卒園式だから、子どもの親戚であるとか、ことによったら親が顔を出すかな、などと思っていたのだが、集まったのはいつものメンバーだった。児童・職員・卒園生・支援者。本当にこれだけが学園の身内なのだ。自分がそれに含まれるかどうかは微妙なところだが、先日、黒シャツは私を学園全体のなかに分類してくれた。そういえば、結婚式に遠縁の親類が招かれることもある。そうだ、ぼくはユイさんが言う遠縁のおじさんなのだ。自分の立ち位置が決まった気がして、私はいつになく落ち着いて式に臨むことができた。

今回卒園するのはリンとカズ、そしてフミだった。彼らは現在の学園を引っぱってきた、いわば主要メンバーである。私の肩を壊したマサが卒園したあと、リンは地域最強の青年として君臨してきた。カズはちょっととぼけた好人物として、皆の笑いの対象だった。フミはやさしいお姉さんである。眼鏡の奥の細い目はいつもにこにこしていて、めったなことでは怒らない。ごくまれにそういうことがあると、口を尖らせて抗議をするのだが、それがなんともかわいらしい。ちびたち、そして我々訪問者にとって、彼女は最も安心して接することのできる相手だった。

この三人が抜ける穴は大きい。学園全体の雰囲気もかなり変わってしまうだろう。私がそう思うぐらいだから、子どもたちや職員の寂しさはいかばかりだろうか。

学園の行事には演出というものがなく、いつも直球勝負だったが、今回は最初の場面に卒園してゆく三人がいなかった。珍しく場を盛り上げるための工夫をしたのかな？　くらいに思って、私はたいした期待もせずに三人を待った。が、間もなく登場した彼らの姿を見て、私は驚いてしまった。

一瞬、卒園生か聾学校の先生が来たのかと思った。リンとカズは見事なスーツ姿だった。リンの格好のよいこと！　まるで映画に出てくる刑事のようだ。小柄なカズもそれなりにたくましい。やる気あふれる若手の営業マンといったところだろうか。最も変貌したのはフミだった。濃紺のジャケット、やや長めのタイトスカートをはいたその姿はどう見ても先生だった。それも相当のベテラン、生活指導主任とか、いっそ校長先生のようである。私は彼らの成人式に参加しなかったので、こうした姿を見るのは初めてだった。ああ、そうか……三人はすっかり大人になっていたのだ。拍手に包まれる彼らを見て、それほど深いつきあいもなかったくせに、私はなんだか胸がいっぱいになってしまった。

やがて職員による三人の紹介が始まった。あらためて生い立ちを聞くと、三人とも血縁者はないに等しい。周囲には施設の職員や学校の先生たちがいたけれども、自分だけを特別に愛してくれたわけじゃない。友人たちは次々と入れ替わり、頼りにしていた先輩たちも卒園していった。

なんという寂しい生活。そして障害は進行こそすれ、治る見込みはない。エフ女史の説明が続いたが、その間、私は彼らを正視することができなかった。

紹介が終わると、一斉に食事が始まり、来客のあいさつや簡単な出し物が続いた。正面に座った三人はずっとにこにこしていたが、一体、どんな気持ちなのだろうか。今日をもって、学園の弟分、妹分、そして職員たちともお別れである。学校の卒業式などとは重さの桁が違う。学園は学び舎などではなく、まさに生活の場である。三人は十数年間暮らした家から出てゆくわけで、これは家族のお別れ会なのだ。

学園の行事では来客全員の言葉をもらうのが原則である。早くから来ていた猛禽とパンチはかなり酔っているようだった。彼らが大人の心得だかなんだかの卑猥なことを言い始めたので、私は彼らを軽蔑しかけた。が、話は次第に真剣なものになっていった。

「大変な仕事を大変にやるのはだめなんだ。ちょっとでも楽にやる方法を考えるんだよ。」

「わかんなきゃ、先輩のを見てさ、やり方を盗み取るのさ。」

「で、それは上のやつらに言っちゃだめ。」

「残業も同じさ。残業をするんじゃない。上手に残業を作るんだよ。」

卒園してゆく三人はもちろん、子どもたち全員が通訳する黒シャツの手話に集中している。パンチと猛禽も話しているうちに熱が入ってきて、いつもとは違う口調で労働者の想いを吐き出し始めた。黒シャツが話をまとめるように促すと、彼らはそれぞれ社会人として一番大切だと思うことを語った。初めにパンチ。

「我慢することだね。我慢。一人前になんなきゃ、どんな仕事も勤まんないし、本当の仲間もできない。一人前になる方法は我慢だね。我慢できないやつの意見なんて、仲間だって聞かねえからね。」

自分の未熟さを指摘されているようで、私は席をはずしたくなった。しかし、これこそはまさに聞くべき話である。続いて、猛禽。

「一番大事なのは仲間だね。ひとりじゃ、上のやつらにいいように食い物にされて、何やったって負けちまうからね。労働者はまとまるしかない。それしかないんだよ。よくよく言っとくけどさ、労働者どうしで悪口言い合ってちゃ、自滅だぜ。上のやつらは腹抱えて笑ってるよ。」

「人間、弱いもんで、怒りはすぐに身近なほう、弱いほう、下のほうに向かうのさ。そのほうが楽だからね。おまえら、腹立ったらな、よーく原因を考えて、仲間と相談するんだ。怒りの原因を表面で見るな！　本当の原因をよく考えてから怒れ！　怒りを見えないほう、強いほう、上のほうにぶつけるんだ！」

二人が鋭い頭脳の持ち主だということはわかっていた。それでも、彼らはマルクスを読んだことはなかったと思う。にもかかわらず、二人は労働者解放の基本を明快に説いた。私が思うに、偉大な思想家と彼らとの差は実はそれほど大きくないのではないか。現場で働く人々は当事者として社会の矛盾をよく知っているし、解放への道筋もわかっている。それを理論化し、文章化することができないだけだ。いや、それすらも単なる境遇の差、持てる時間の差だけなのかもしれない。

会はおそるべき遅さで進行し、ようやく職員の発表になった。客たちのほうが話が長く、オダさんやミトさん夫妻のそれは短かった。私は黒シャツやエフ女史の話に期待していたのだが、彼らは通訳に徹し、自分たちの話はきわめて簡素だった。

黒シャツの話が終わると、職員全員が前に出てきて、あいさつをした。黒シャツは引っ込んでしまったが、残った職員による合唱が始まった。有名な童謡の歌詞を変えて、さらに一部を勝手にアレンジしたらしいのだが、私はそれまで元の歌を一度も聴いたことがなかった。彼らは手話に加えて、声に出して歌い始めた。

いつのことだか　思い出してごらん
あんなこと　こんなこと　あったでしょう
大暴れしたかめのこ　みんなで行った島……

こんな調子で十数年間の思い出をたどるものだから、食堂はたちまち窒息しそうなほどの感動に包まれてしまった。私は最後の三年間しか知らない。それでも、涙を流して歌う職員たちをまともに見ることができなかった。長い長い歌は最後まですばらしかった。

いつしか　君も　社会人

社会人か。障害を持つ子が施設で育ち、社会人になって巣立つのか。皆、拍手をしながら泣いていた。いつもは学歴のある職員たちに辛辣なパンチや猛禽でさえ、「こりゃあ、参ったぜ」「いやいや、よかったな」などと語り合い、大いに感動したようだった。しかし、次の三人による言葉こそ、この会のメインだったのである。

最初に立ったのはリンだった。エフ女史の訳による、彼の学園生活最後のスピーチが始まった。

「今日はぼくたちのためにこのような会を開いていただき、本当にありがとうございました。ぼくは二歳のとき、学園に入りました。小さい頃から性格が乱暴で、みんなにはいろいろ迷惑をかけたと思います。どうして家族と生活できないのか悩み、学園から飛び出したこともありました。学校の先生を殴ったこともあります。けんか・盗み・うそなど、悪いことをたくさんしました。でも、ハラさんが来てから学園は変わり、ぼくも変わったと思います。今では学園が好きです。仲間やちびたちのことも大事に思っています。専攻科に入ってからはずいぶん落ち着いて、問題を起こすことも少なくなりました。」

「聾学校では自分を強いと思っていました。けんかで負けたことはなかったし、障害者のスポーツ大会ではたくさんメダルを取りました。でも、健聴の社会では聾学校の経験は役に立ちません。くやしいけれど、本当です。ハラさんがいつも言っていた社会は厳しいという言葉の意味、それが二年ぐらい前からだんだんわかってきました。自分を自慢に思っていたのに、仕事がない。ぼくを必要だと思う人がいません。」

「ぼくは大人になったら、スーツを着て、大きな会社で働き、かっこいい仕事をするつもりでいました。いい車に乗って、素敵な女の子とつきあい、結婚したら立派な家に住みたいと思っていました。でも、それは難しいと思います。」

エフ女史はここを「無理」ではなく、「難しい」と訳した。

「ハラさんがたくさんの会社を廻ってくれて、エフさんがたくさんの書類を書いてくれて、他にも大勢の人から援助を受けて、この前、ようやく就職が決まりました。皆さん、ありがとうございました。内容は現場の仕事です。車に乗せてもらって、いろいろな所に行き、重い物を運んだり、解体したり、組み立てたりします。何回か様子を見て練習もしましたが、とても大変です。服もすごく汚くなります。いつも注意していないと、大けがをする危険があります。しかし、給料は少ないです。仕事の内容は同じなのに、健聴の人は十一万円、ぼくは九万円だけです。初めは研修で、仕事に慣れたら給料は上がると言われましたが、いつからなのかわかりません。」

「会社に聞こえない人はいません。ぼくの他は全員が健聴です。会社は寮から通うことになります。ぼくは聞こえないので、朝起きるのが心配です。会社からの連絡や寮の電話がわからないことも心配です。これからは文章を練習し、友だちをつくりたいです。ぼくは障害があるので、どうしても援助してもらうことが必要です。だから、いやな人でも、自分より年下の人でも、言われたことはよく聞こうと思います。寮では先輩の寝床を掃除したり、洗濯や料理を手伝ったりすることが必要です。ぼくは障害があって、援助してもらうことがたくさんあるのだから、仕方ないと思います。我慢して、がんばります。」

リンがちびの洗濯を手伝うことはあった。しかし、地域最強の兄貴だった彼が自分の障害をこんなふうな形で認め、同僚たちの食事を作り、その作業着を洗濯すると聞いて、子どもたちは非常に驚いた様子だった。

「会社は遠く、休みも少ないので、学園に来ることは本当にときどきになると思います。つらいことが多いと思いますが、生きてゆくためにがんばりたいと思います。ひとつ希望があります。ぼくはお金をためて、」

リンが続いて何を言うのか、私には見当がつかなかった。「寮を出る」とか「バイクを買う」とかいう言葉が続くのかとも思ったが、彼の手話は意外なものだった。

「時計を買おうと思います。学園の子は腕時計を持っていません。給料が安いので、時間がかかると思いますが、ぼくはみんなに腕時計を贈ってから死にたいです。」

子どもたちは微動だにしない。表情もない。ただ、見開いた両眼からは涙が流れていた。私は人間が大きく目を開けたまま泣く姿を初めて見た。リンは最後まで学園の兄貴だった。

続いて立ったのはカズだった。通訳はオダさん。私だけでなく、皆もほっとしたようで、会の雰囲気は一気に柔らかなものになった。カズはひょうきん者というより、むしろいたって堅い人物であるのだが、物事を伝えようとする様子がなんともおもしろく、その発表はいつも大うけだった。たとえば、彼が皆に運動会の様子を伝えようとしたことがあった。ところが、エフ女史や黒シャツの通訳をもってしても、彼の感動した内容がどうしても伝わらない。失礼ながら、当時のカズの持つ言葉には間違いが多くあり、使いこなせる表現も少なかった。その場にいた全員が長い時間をかけて聞き、カズ自身も懸命に説明をしたのだが、運動会がどうしたのか、何がそんなによかったのか、どうしてもわからない。やがて子どもたちや職員、ついには本人までもがすっかりじれてしまった。そこで彼が何をしたかというと、ぱっと上着を脱ぎ捨てて、運動会の全過程を動作で再現したのである！　走る生徒、吹きつける熱風、燃えさかる太陽。カズの所属する赤組は日差しの直下だったこともあって、全員疲労困憊して敗北寸前だった。そこにさっそうと登場した応援団。彼らは学生服姿もりりしく、気合一発、両手を振り回して見事な演舞を披露したのだった。これを見た赤組一同はたちまち息を吹き返し、最後のリレーで大逆転、ついに宿敵白組を打ち破ったのである。動画の早送りのようなカズの表現に私を含めた全員は転げ廻って大笑いし、そしてそこに運動会そのものを見て、彼と感動を共にしたのであった。

「ぼくの名前はカズと言います。ここから出てゆきます。皆さん、ありがとうございます。きれいな飾り、おいしい料理、楽しい発表、ありがとうございます。あと、お客さん、いろいろ都合があるのに、遠くから来てくれて、本当にありがとうございます。皆さんを見ること、お話、楽しい会、全部最後なので、寂しいと思います。」

学園には話が下手、文章が下手な子が多くいた。しかし、私はこの三年間、訥弁が感情を充分に伝える様子を見てきた。

「ぼくは小さい頃、沖縄から来ました。沖縄はアメリカの基地から広がった病気の関係で、手話を使う人が多いです。でも、ぼくは手話がよくわかりませんでした。他にもわからないことが多くて、ここに来てから、みんなにたくさん迷惑をかけました。洗濯、掃除の経験もありませんでしたから、きれい・汚いがわかりませんでした。片付け、ごみ捨て、手を洗うことも知らなくて、みんなに迷惑をかけたと思います。ごめんなさい。みんなから不潔という名前をもらいました。ぼくの気持ちは苦しかったです。」

そういえば、一時期、学園でカズを「汚い」という手話で表現していたことがあった。洗濯物を溜める・汚れた服をいつまでも着る・手を洗わないなどについて、カズは児童会や部屋長会でたびたび注意を受けていたようである。職員たちは彼の将来を心配し、子どもたちは菌や害虫が拡散する危険を心配したため、その注意はカズが号泣するほど「心のこもった」ものであった。にもかかわらず、改善は遅々として進まなかった。幼い頃に刷り込まれた習慣の変革、それは改宗にも匹敵する困難だったのだろう。異臭に悩んだ学園一同はカズに先述の名称を献じたのだが、それは彼の事情に鈍感すぎたのかもしれない。

「学園の生活は厳しかったけれど、新しい職員の援助をもらって、生活がよくなりました。金曜日の交流会が楽しかったです。一週目の誕生会、二週目の遊び、三週目の映画会、四週目の遊び。金曜日は組合の人や大学生が来て、人がいっぱいになり、楽しかったです。木曜日の部屋長会や土曜日の児童会ではぼくは注意を受けてばかりでしたが、だんだん注意をもらうことは少なくなりました。ぼくは今、三つの約束を破っていません。乱暴しない・盗まない・うそをつかない。今は絶対に大丈夫です。汚いくせも直ってきました。ちびの援助もしています。今は服や靴を洗うことを教えています。」

最後の部分をいかにも自慢げに言うものだから、皆はカズに拍手を贈った。カズはもう、得意でたまらない。やや上のほうを見て、格好をつけている。一同は大笑いし、再び彼に拍手を贈った。カズは昔の政治家のように両手を広げ、「まあまあ、諸君、静まりたまえ」といったふうに一同を制し、話を続けた。

「この前、仕事が決まりました。月給は一〇万円ぐらい。お弁当を作る仕事です。」

彼の動向を知っていた職員たちは落ち着いていたが、子どもたちや来客は騒然となった。不潔で有名だったカズが食品の製造を？　パンチと猛禽は大げさに騒いだあげく、私を呼んで「客が食中毒を起こすぜ」「その会社つぶれんじゃねえか」などといった言葉を訳させようとしたが、私は拒否した。

「大丈夫です。手をよく洗います。」

カズがそう言う以上、大丈夫なのだろう。弁当工場か……危険ではなさそうだし、堅実そうだ。労働の強度も賃金もリンの職場よりは好条件のように思える。これはよかった。いい進路だ。私がこう思って拍手しようとすると、周囲も同じように考えたのだろう。大きな拍手が巻き起こった。

「ありがとうございます。何か質問があれば、どうぞ。」

得意満面のカズがうれしそうにこう言うので、何人かの手があがった。

「聞こえない人はいますか？」

「どうやって通うのですか？」

「お弁当の作り方は？」

カズは自慢げに答えていたが、私はだんだん心配になってきた。聞こえない人は彼の他にはおらず、会社の寮は相部屋で、仕事は流れ作業だという。

「じゃあ、立ち仕事ってことですか？」

「全然座れないのですか？」

「何時間働くのですか？」

思ったほど労働条件はよくない。おもしろがって質問していた子どもたちの表情も変わってきた。すると、それまでオダさんの隣で腕組みしていた黒シャツがカズに話しかけた。

「おい、始業時刻を言えよ。」

カズが平然と「朝の二時です」と答えたので、会場は静まりかえってしまった。その後もカズの発表は続き、黒シャツが要所で説明を加えた。聞けば、弁当は工業団地に出荷するものが中心で、早番労働者たちにそれを届けるためには遅くとも四時には出荷しなければならず、すると仕込みは三時前となり、したがって、始業は二時になるのだという。朝起きるのが苦手なカズに勤まるのだろうか。

「眠いと思いますが、がんばります。いい仕事なので、ずっと続けます。死ぬまでやめません。がんばります。」

カズは自分のことをよくわかっているのだ。特技も資格も学歴もなく、財産も身寄りもなく、聞くことも話すこともできない。書く文章はたどたどしく、読み取りも計算も苦手だ。そんな彼にとって、弁当工場はおそらく最高の職場なのである。しかし、一生、夜中の一時半に出勤する人生って……

障害や孤独な生い立ちは彼の責任ではない。充分な生産能力が身につかなかったことも彼だけのせいとはいえない。それでも、カズはそういう人生を生きなければならない。ただ一度きりの、そういう人生を生きなければならないのだ。

「ぼくはお金をためて、みんなに腕時計をあげたかったです。でも、リンに言われてしまいました。みんな、何がいい？　ハンカチでいいですか？」

もう誰も笑わなかった。リンの発表と全く同じ結末になってしまった。しばらくして、誰だかわからないが拍手をした子がいて、その拍手が次第に広がり、やがて食堂は大きな拍手に包まれた。大半が聞こえない人のはずだから、周囲の拍手につられたわけではなかろう。私も夢中で拍手をしていた。それしかできなかったから。

最後に立ったのはフミだった。前の二人の発表を背後から心配そうにながめていたが、いざ自分の番になると、満面の笑みを浮かべて話し始めた。

「私はフミです。卒園です。」

彼女の手話は実にのんびりしている。通訳は職員中、一番若いサキさん。いろいろフミと関わってきたからだろう、最初から涙ぐんでしまって、声にならない。

「サキ、しっかりしろ！」

「ふんばれよ！」

パンチと猛禽が激励する。黒シャツは助けない。エフ女史も見ているだけだ。そんな状態のサキさんを気遣って、フミは微笑みながら待っている。震えるサキさんの顔をのぞき込み、彼女のひじのところをちょっと触って励ます。やがてもらったばかりのハンカチを取り出してサキさんに差し出し、ついには彼女の背中をさすりはじめた。こんなことをされて、ますますサキさんの涙は止まらない。スーツや体格のせいもあるが、どう見てもフミが職員、サキさんが泣きじゃくる卒園生である。

見かねたエフ女史が通訳を代わろうとした。が、サキさんは震えるくちびるをかみしめて前に進み、通訳を開始した。

「私はフミです。卒園です。ずっと前に学園に入りました。駅でエフさんに会ったことを憶えています。昔は髪が長かったです。私はエフさんがお母さんになるのかなと思いました。」

フミは続けて、改装前の学園の様子、保育所併設闘争時の古い職員、さまざまな訪問者について語った。その記憶力のすごいこと、まるで精密な記録装置のようだ。彼女はカズよりもさらにのんびり屋だった。動作も遅くて、忘れ物や失敗も多かった。学校の勉強も大苦戦だったと思う。心の優しさ・誠実さは誰もが認めるところだが、記憶力や深い考察についてはちょっと心配……黒シャツやエフ女史ですらそう思っていただろうから、一同はびっくりしてフミの話に聞き入った。長い長い思い出話の最後を彼女はこう結んだ。

「学園で生活してよかったです。みんなが家族です。幸せでした。」

私は彼女の仕事が少しでもよいものであることを祈った。会場の誰もが心からそう思っていただろう。

「仕事が決まりました。クリーニングの仕事です。今、研修に行っています。」

私が知っているクリーニングの仕事、それは客から洗濯物を受け取り、タグをつけ、代わりにきれいになったものを渡す仕事だ。それは司書の仕事に似ている。かわいいエプロンをつけたフミの姿を想像して、私は心が暖かくなるのを感じた。

しかし、やはりというか、フミの仕事は司書ではなかった。彼女の仕事場は店舗から運ばれた洗濯物を受け取り、実際にクリーニングをする小さな工場だった。各種の施設から運ばれてくるものは汚れた毛布や浴衣、便や血のついたシーツなどであるらしい。

「今、三月ですが、仕事場はすごく暑いです。夏になったら、もっと暑くなると思います。太っているので、昔みたいにやせるからいいと思います。」

フミは恥ずかしそうに話を続けた。

「あと、強い洗剤をたくさん使うので、腕の毛がなくなりました、つるつるで、きれいです。でも、髪の毛が心配です。毛がなくなるかもしれません。でも、かつらを買えばいいと思います。私は我慢します。お金をためて、私はみんなにおもちゃを買いたいからです。ひとり一個ずつ、自分だけのおもちゃを買ってあげたいです。」

フミは泣かなかったし、最後まで笑みを絶やさなかった。そのかわり、彼女以外の誰もが泣いた。大きな拍手に包まれて三人が立ちあがり、一斉に礼をして卒園式は終わった。

その後、机と椅子が端に寄せられて、写真撮影となった。私は遠慮したものの、皆にすすめられて三列目の椅子の上に乗り、記念写真の片隅に納まった。写真の列が崩れると、大きな子たちによって食堂の床にカーペットが敷かれ、テレビ室の低い長机が運ばれてきた。盆踊りやクリスマス会のときと同じように料理の残りが並べられて、ちびたちは部屋に戻され、酒席となった。

今日こそは帰りたくないと思ったが、明日は駅務も授業もある。帰宅する旨をエフ女史だけに告げ、私は静かに席を立った。エフ女史は駅までの車の手配をしてくれようとしたけれども、別れの杯をかわしている黒シャツにそれをさせては人としておしまいである。私は学園の重い門を開け、ポケットに手を突っ込んで、駅までの道を歩き始めた。

夜道はわずかな街灯を残して暗く、春とは思えないほど寒かった。人影も車の往来もなく、暗闇に自分の靴音だけが響く。さっきまでいた学園の食堂とは別世界のようだ。遠くに見える信号機を目指して私はどんどん歩いたが、それはなかなか近くならず、いつまでも赤い点滅を続けていた。それでも、私は歩き続けた。夢中で歩き続ければ……そのうち、何かに到達することもあるだろう。

十六章　別離

堀の周辺の桜が一斉に咲き、私は四年生になった。特に愛着のある大学ではなかったが、学園との交流と図書室が私の学生生活を充実したものにしてくれた。教職課程を選択していたので、五月には教育実習も済ませた。けっして楽ではなかったものの、学園や駅務ほどの困難は感じなかった。手ごたえはあった。私は教員を目指すことにした。

夏が近づくにつれ、学内での話題は会社訪問一色になった。早々に「内々定」を確保した者も多くいて、ヒロはそのひとりだった。

「おれは大手の製薬会社に決まった。営業マンになるんだ。」

円高不況の前だったから、求人はたくさんあった。同期の連中は似合わないダークスーツを身につけ、汗だくになって多くの会社を飛び廻っていたが、その表情はけっして暗いものではなかった。しかし、私はそういう活動の外にいた。何事につけ、私はいつもそうだった。

「おまえさ、まじで一社も廻らんの？　教員採用試験に落ちちゃったら、どうするんだよ。」

そう言われると困ってしまうが、せっかく身につけた知識や経験を、この一度しかない自分の人生を、べつに好きでもない企業の利潤獲得のために捧げるのは私はいやだと思ったのだ。まあ、わがままではある。リンやカズやフミの進路と比較すれば、それは歴然としている。彼らに選択の余地はなかった。私も四の五の言わずに会社廻りをして、最初に採用してくれた企業に勤め、ただちに自立するのが正解だったのだろう。

しかし、このときの私は「ある程度なら仕事を選択できる」立場にいた。それならば、私は自分の人生を資本にではなく、直接人間に捧げたいと思ったのだ。

「おまえ、意外と見えてねえなあ。企業だって、生産した製品やサービスを通じて、万人に奉仕しているじゃないか。」

そのとおり。奉仕は直接・間接の差でしかない。私の意見は「薬の研究はいやだから、臨床医がいい」と言っているのと同じだ。創薬研究者が患者を直接治療することはほとんどない。しかし、彼らは新薬を生み、それは数十万、場合によっては億単位の人々を救うだろう。その貢献度の大きさは臨床医の比ではない。私は狭い視野のなかで、単に好みを言っているだけなのかもしれない。

しかし、それでもなお、私は教員になりたかった。正直に言えば、私は学園職員になりたかったのである。飛びついてくる子どもたち、利潤を度外視した活動、行事が成功したときのあの感動……私はそういう仕事がしたかったのだ。

大学では授業が終わるとすぐに図書室に入り、しばらく読書をしてから駅に向かうのが私の習慣になっていた。しかし、去年の秋からは読書をやめて、その時間を教員採用試験の対策にあてるようにした。夜は二十一時に駅務を終え、一時間後には帰宅することができたので、深夜の一時までは勉強をした。卒業論文は？　情けない話だが、私はそれを書かなかった。正確に言うと、たった一日で書き上げた雑文を提出してごまかしたのである。

内容は教育論、今でいうインクルーシヴ教育の提言だったのだが、あまりに稚拙なものだったので、私はそれを読み返すことすらしなかった。少々弁解させてもらうと、書きたい内容は別にあった。ひとつは自分なりの世界観である。東洋思想の強引な引用にならないように留意しつつ、科学を基にした自分の見解を叙述するのだ。それは認識論に始まり、次元に触れ、空間に展開し、ついでに時間を否定する。当然、ダブルスリットの実験や多世界解釈にも向き合わなくてはならない。東西思想の止揚、科学と哲学の融合？　しかし、これはあまりにも壮大すぎて、私の能力の範囲を超えていた。そもそも私は数式を扱えなかった。仮にそれを引用するだけの知性に恵まれていたとしても、論文の執筆が終わる頃には人生も終わるだろう。つまり、教員にはなれないということだ。

書きたかったもうひとつのもの、それはまさにこの話、学園についてである。これこそ、私の卒業論文のテーマにふさわしいものであったといえる。しかし、それは現在進行中のものであった。ときおり結論めいたものが出ることもあったが、それらは毎週のように更新されてしまい、とうていまとめられるようなものではなかった。それに……私は学園の人たちを論文の題材にするのがいやだったのだ。子どもたちや職員を取材の対象にしてしまえば、せっかく築いた人間関係が壊れてしまう。かつてメモ魔だった私はようやくそれに気がついたのである。卒論ごときのために大事な人々を手段として扱うわけにはゆかない。私にとって、学園は何かの手段などではなく、目的であったのだ。

私が学園職員そのものを目指さなかった理由もそこにあった。当時、職員に求められていた資格はなきに等しいものであったから、熱烈に希望すれば、案外、採用されたかもしれない。もちろん、私の力量はようやく幼稚部と並んだ程度であり、全く使いものにならなかったことは確実だが。

しかし、それ以上に私が怖れたのは子どもたちに誤解されることだった。彼らは私の打算を見抜き、それを許さない厳しさを持っていた。学園の職員になりたかったから通い続けた？ そう思われたとたん、私が育ててきた彼らとの関係は打算になってしまう。卒業論文も同じ。私の訪問が就職や論文のためのものだったと解釈された時点で、全ての子どもたちは私に背を向けるだろう。私は学園と損得抜きで向き合ってきたし、これからもそうありたかったのだ。

ヒロと別れて図書室を出ると、夕方の風が涼しかった。だいぶ日が伸びたようで、外はまだ明るい。私は堀の葉桜の下を歩いて駅に向かったが、すぐに向こうから来る心配そうな顔に気がついた。

「久しぶりね。」

上品なグレーのスーツを着こなしたジェイはもう、完全に大人の女性だった。肩から提げたバッグは相当な高級品であろう。それが嫌味にならず、実によく似合っている。高価そうなネックレス、抑えた赤のハイヒールも彼女の魅力を際立たせていた。

「本当に会社訪問しないの？ 教職一本で大丈夫？」

ていねいに化粧をし、香水もつけているようだったが、それはごく自然な感じで、こうして近づかなければわからない種類のものだった。洗練されたファッション、かわいらしいしぐさもさることながら、内面から醸し出される品性が私を含めた周囲の学生たちと根本的に違う。グローバルな一流企業に選ばれたのも当然といえる。出身校を考慮しなかったとしても、彼女を落とす面接官は皆無であったに違いない。

私たちは駅前のファストフード店に入った。以前はよく来た店だったのだが、私が駅で働くようになってからそうした機会は減った。その間、ジェイはこの種の店にそぐわない女性になっていた。私もまた別の意味で、こうした店にそぐわない雰囲気を身にまとうようになっていた。

「失礼だけど、試験がうまくいかないこともあるかもしれない。そうしたら、どうするの？　あなたが目指す自立からも遠のくわ。」

そのとおりだ。自立、自立と騒いできた私であったが、いまだに親の保護下で暮らしている。一方、ジェイは相当な収入を得て自立し、社会に大きな貢献をしてゆくことだろう。できないやつほど、できないことを言葉で補う……私は自らの持論を見事に証明しているわけだ。

「今からでも面接してくれる会社はあるわ。私、そういう会社を紹介しようと思って。」

ジェイはまたもや手を差し伸べてくれようとしているのだ。彼女ほどの人物が私のようなつまらぬ男に関心を持つのはなぜだろうか？　それは大きな謎だったのだが、この頃になると、私なりにある程度の説明ができるようになっていた。おそらく、ジェイに言い寄ってくる男はたくさんいたし、今もいるのだろう。しかし、彼女を避けるやつは皆無だったに違いない。唯一の例外が私だ。この人はなぜ私に近づこうとしない？　何か得体の知れない人なのだろうか？　ジェイは首をかしげながらも私に近づき、やがて無視できなくなってしまったのだろう。確かに私は家具の破壊や切符切り、手話やボールやかめのこなど、得体の知れないものに満ちていた。

「ありがとう。でも、いいよ。会社訪問はしない。」

また拒絶だ。学園の人たちや駅員の言うことなら何でも聞くくせに、私は彼女の善意に満ちた提案を常に拒絶してきた。

「そう。じゃあ、試験に落ちたらどうするの？」

ジェイはプラスチックのコップに目を落とし、うつむいてしまった。申し訳ないとしか言いようがない。窓から差し込む西日が彼女を包んで、まるで後光が差しているみたいだ。これほどの人物に心配をかけ、なおかつ悲しませるとは私も相当なものだが、一応言っておくと、私は彼女を尊敬し、好意を抱いていた。深く感謝し、大切に思ってもいた。にもかかわらず、私は彼女と打ち解けようとせず、関係を深めようともしなかった。その最大の証拠として、私は彼女を学園に招かなかった。理解を求めなかったということになる。なぜだろう？

「ぼくは働いて勉強する。学園には通う。」

ジェイは何も言わなかった。私も黙ってしまった。彼女と会うといつもそうだが、私は冷たく、恩知らずだった。彼女を喜ばせることが全くできなかった。では、どうしたらよかったのだろう？　彼女に紹介された会社を訪問して、そこに就職すればよかったのだろうか。過ぎた話だが、共に留学したり、家庭教師をしたりすればよかったのだろうか。

「本当にごめん。ぼくはひどい恩知らずだ。それでも、君には感謝している。でも、ぼくはどうしても学園を切れないいんだ。彼らとつながる生き方がしたい。ぼくはそういうふうにしか生きられないいんだ。」

私がジェイにここまで感情的になったのは初めてだったと思う。切迫したものを感じたのだろう、彼女もまた感情をぶつけてきた。

「私ね、あなたは巻き込まれてしまったのだと思うの。施設に関わるだけじゃ物足りないのはわかる。理解することに進む必要があるのもわかるわ。でも、あなたは障害を持つ孤児たちと同じようになろうとしているのよ。それはもう、理解とは言えないわ。たとえば、教師が生徒に関わるのはいい、理解するのはすばらしい。でも、生徒の人生に巻き込まれてしまって、授業料を立て替えたり、一緒に住むようになってしまったら、その人はもはや教師じゃないわ。」

私の間違いに対する強い憤りをもって、彼女は語り続けた。

「そういう生き方は悲しいわ。だって、どんなに巻き込まれても、けっして同じ立場には立てないんだから。あなたはあなたとして生まれてきた以上、障害を持つ孤児にはなれない。しかも彼らを救う力を失ってゆくのよ。医者が患者を理解しようとして病人を目指したら、もう病気は治せない。医者は医者として、病人とは一線を引いて生きるべきなのよ。」

私は何も言い返せなかった。彼女の言うことは正しい。たとえば、シュヴァイツァーが現地の住民と同じ生活をしていたら、彼は何事も為しえなかっただろう。しかも永遠に現地人にはなりきれず、奇妙な偽ガボン人として孤独な一生を終えたに違いない。ジェイの意見はそうした無限後退から私を救うものなのだ。現実のシュヴァイツァーはガボンに関わり、理解はしたが、巻き込まれる愚は犯さなかった。彼は厳然と一線を引き、医師としてその偉業を成し遂げた。

しかし、私は何か腑に落ちないものを感じて、ジェイに同意することもできなかった。学園職員は誰もが子どもたちに巻き込まれている。同じものを食い、同じ風呂に入って、そのまま宿泊することもしばしばだ。ミトさん夫婦は学園で自分たちの子どもを育てている。エリちゃんやスズちゃんは学園の子どもたちと一緒に食事をし、同じ病気に感染し、学園内では手話を使って生活している。学園のルールを破れば厳しく叱責されるし、全ての行事にも自動的に参加だ。ボールの直撃を受けることもあれば、島にだって行く。学園職員は家族ごと学園に巻き込まれているのだ。

その一方、聾学校の先生たちはしっかりと一線を引いている。もちろん、子どもたちに関わるし、理解しようとはするが、けっして巻き込まれたりはしない。学園にときどき電話はかけてくるけれども、顔を出すのは一年に一度あるかないかだ。先生たちは子どもたちを冷静に観察してわかろうとする。あるいは調査書や聴覚障害児についての文献によって理解しようとする。その結果はどうか。学園の子どもたちは「先生たちはわかってくれない」と言い、その信頼はプリントのように薄い。

もし、シュヴァイツァーがガボン人と生活を共にしていたら？　一生そうしていろというわけじゃない。医療行為をやめる必要もない。ただ、一年間だけでいい、彼が裸足になって狩猟採集生活を営んだ経験を持っていたとしたら、診療所の性格、彼のガボン人に対する想いはどういうものになっていただろう。わずか数ヵ月の工場労働によって、シモーヌ＝ヴェイユの見解は深化した。人と関わるには理解が必要であり、理解には巻き込まれることが必要なのではないか？シュヴァイツァーにその必要はなかったのだろうか。

「ぼくは巻き込まれなければならない。」

私はこう言おうとしたのだが、ジェイの厳しい表情を見て、その言葉を飲み込んでしまった。気まずい沈黙が二人を包みそうになったけれども、ホームに入る電車の轟音が私たちを救ってくれた。

「駅のお仕事、大丈夫？　ごめんなさい。余計な時間を取らせてしまって。」

手首の内側に着けた小さな腕時計を見ながら、ジェイは席を立った。彼女の援助を受け容れず、同意もしなかったわけだから、頭を下げるのも失礼な気がして、私は黙っていた。ジェイは振り返って私を見ると、はっきりした口調でこう言った。

「私はあなたを立派だと思うわ。あなたには理想があるもの。安保闘争の頃にはそういう人がたくさんいたみたいだけど、今はほとんどいない。私も理想なんて持っていない。あなたは立派よ。」

私も席を立った。これだけは言っておかなければならない。

「違うんだ。ぼくは立派じゃない。理想なんてないんだ。」

私は正直であろうとしたのだが、またもや彼女の意見を否定することになってしまった。

「立派よ。」

ジェイは悲しそうにそう言うと、店から出て行ってしまった。

「ぼくは立派じゃない！　自分勝手なだけなんだ！」

私はほとんど叫びながらジェイを追った。しかし、支払いを済ませていないことに気がついて、あわてて店のカウンターに向かった。店は混んでいたし、小銭で膨らんだ私の財布はズボンのポケットにひっかかってしまって、なかなか取り出すことができなかった。ようやく店員の少女に代金を差し出すと、彼女はこの店が先払いであることを告げた。私は走ってドアから出たのだが、西日と雑踏のなかにジェイの姿を見出すことはできなかった。

三年前、私は人のために生きようと決意して、学園を訪れた。そのはずだったし、そう信じてきたものの、今ではそれがまやかしだということを認めるようになっていた。私は優越感を欲し、感謝されたいと願い、賞賛を得たかったのだ。それらによって、私は心の空洞を埋めようとしたのである。その空洞とは？　何のことはない、高校時代の失恋である。私は失恋したから、学園に向かったのである！

私はそれをジェイに語らなかった。語っていれば、彼女がここまで私を買いかぶることはなかったかもしれない。大急ぎで弁解させてもらうと、べつに隠そうとしていたわけじゃない。失恋は自分なりにかたがついていた。それは消去したはずの過去であって、本当に未練はなかった。私は過去と決別し、本気で新しい生活に取り組むつもりだったのである。そこに現れたのがジェイだった。彼女は私の新しい生活を象徴する、すばらしい人物だった。

しかし、私は彼女と生き方を共にすることができなかった。というより、そうしなかったのだ。私は彼女を自分の人生に引き込もうとせず、彼女の生活に自分を合わせることもしなかった。

価値観の違い？　確かにジェイと学園との両立には無理があり、いずれ私はどちらかを選ばなければならなかったのかもしれない。エヌに言われたように、優越感を得られる相手ではなかったということもあるだろう。しかし、私が常に彼女と一線を引き、関係を深めようとしなかった理由はそれだけだったのだろうか。

私は津田沼行きの電車に乗り、夕日に目を細めながら大きな河を渡った。そこから先は私の生まれ故郷だった。オレンジ色に輝くなつかしい街を通過しながら、私はようやく自分の罪を認めた。私は過去を消去できていなかったのだ……それは消去どころか、郷愁と結びついて硬い結晶と化していた。現に成人の日、私は手紙を出したではないか。初心に帰るなどと称して、あの山に登っているではないか。それをジェイに語らなかった以上、私がしてきたことは彼女に対する裏切りである。私は呆然として夕焼けを見つめた。就職をどうこう言う前に……私はジェイと別れなければならない。

その後もジェイと会う機会はあった。しかし、臆病な私は自分の罪を口にすることができず、彼女のほうから別れを切り出されることも同じくらい怖かったので、卑怯な常套手段を使うことにした。私は生き方の違い・自信のなさ・自分の覚悟が決まっていないうえでの関係継続は君に失礼であることなどを書いた。それを投函した後、罪悪感よりも喪失感が恐ろしくて、一睡もできなかった。私は相手の心情を思いやるよりも先に自分の財産勘定をしたのである。全くひどい話だが、私はそういう人間なのだ。私はジェイと交際するどころか、会う資格すらなかった。出会わなければよかったのだ。

そう思いながらも、私は財産勘定を続けた。彼女を失えば、私に残されるのは大学と駅と学園だけ。しかし、学生でいられるのはあと半年、卒業と同時に駅務もやめなければならない。私には学園しか残らない。その学園で私は失脚したのである。

ジェイに手紙を出した翌週、私は沈痛な表情で学園に向かった。映写機のトラブルで映画会が九時前に終わってしまい、そのあとは雑多な諸連絡になった。最後に私が呼ばれた。

「今日はお客さんがひとりです。何か発表をお願いします。」

特に話す内容もなく、全く気乗りがしなかったが、会の運営に何らかの協力はしたい。ひとつだけ話すべきことを思い出したので、私は前に出て、たどたどしい手話で語り始めた。

「卒園式を見て、ぼくはとても感動しました。リンもカズもフミもすごいと思いました。その後、彼らはどうしていますか。」

彼らの動向については先日の部屋長会で発表があって、それは明日の児童会で子どもたち全員に知らされる予定だったらしい。しかし、黒シャツは私に配慮して、発表を前倒しにしてくれた。聞けば、三人ともがんばって働いているらしい。それはよかった。

「三日、三月、三年って言ってな、勤めて三ヵ月目っていうのは一番やめたくなるんだ。おれも初めて仕事したときはそうだった。それを乗り越えちまうと、まあ、三年は続くよ。」

その後、黒シャツは自分の旋盤工時代の話をしてくれた。学園に勤める直前まで、彼は猛禽やパンチと共にフライス盤というものを操作していたのだという。

「あれをやっていなかったら、おれはみんなの気持ちなんてわかんなかった。協力して、体使って、汗を流す。そういうのが仕事だよ。それやって、初めて社会人なんだ。命令するだけ、しゃべるだけっていうのは本当の仕事じゃねえし、そんなのやってるやつは社会人じゃねえよ。」

例によって耳の痛い言葉だったが、子どもたちは非常によく聞いていた。サキさんの「ちびは寝ます」という手話によって小学部以下の移動が始まったので、交流会はこれで終わるかに思われた。が、大きな子たちが何か相談をしている。この春から児童会長になったアイが残ったメンバーを着席させ、第二部が始まった。

「毎週よく通ったと思います。あなたの気持ちを話してください。」

驚いたことに、彼らは私のための時間を設けてくれたのである！　当時は土曜日も学校の授業があったから、子どもたちは一刻も早く布団に入りたかっただろう。時間が空いたとはいえ、これは異例の待遇であった。アイにすすめられて再び前に出ると、皆が拍手をしてくれた。黒シャツをはじめ、職員たちも笑顔で見ている。会社訪問をせず、ジェイとも別れてしまったが、ぼくには学園があるのだ……努力が報われたような気がして、私は胸がいっぱいになった。

私は学園に対する想いを語り、子どもたちからの雑多な質問に答えた。何が好きだと問われたので魚だと答え、どんな魚かと言うから、何でも好きだが、特にアロワナだと答えると、一同は騒然となった。私はオステオグロッスムの仲間について説明したが、これは大うけだった。学園に図鑑の類はなく、子どもたちは図書館に行く暇も習慣もなかったから、こうした話は珍しかったのだろう。これほど生物に関心があるのなら、もっと話してやればよかった。調子に乗った私はクワガタムシの分類について説明し、電車の型式を解説し、続いて最近の駅の様子を語った。

子どもたちは大喜びで聞き、場は大いに盛り上がった。しかし、このあとがよくなかった。

車掌試験について話したあと、ユウが笑顔で質問してきた。

「車掌になったら、ただで電車に乗せてくれますか。」

私が車掌になるつもりはないと答えると、ユウは大卒者だからすぐに乗務員になれるのかと聞いてきた。私がそれを否定すると、子どもたちは驚いた様子だった。

「電車がいやなのですか？」

「駅の仕事をやめるのですか？」

「やはり家具屋になるのですか？」

やがてセツが立ち上がり、皆の意見をまとめた質問をした。

「私たちはあなたが駅員になると思っていました。でも、違うみたい。大学を卒業したあと、あなたは何になるのですか？」

つい今しがた、黒シャツは口先での仕事を否定した。しかし、教員は立派な仕事である。体だって使う。それに私は他の大学生とは違う。授業料は全てバイトと奨学金でまかなってきたし、家具屋や駅でずっと働いてきた。ちゃんと肉体労働の経験があるのだ。学園の職員を目指すわけじゃない、堂々と自分の夢を語ろう。そもそも学園の子どもたちをごまかすことなどできないし、ごまかすこともしたくない。私は勇気を持って語り始めた。

「ぼくは学校の先生になりたいです。勉強をしています。試験は近いです。」

そのときの子どもたちの表情を……私は生涯忘れることができないだろう。親しみに満ちたきらきらした瞳は一瞬のうちに消え去って、よどんだ失望の視線がそれに替わった。食堂の空気全体が一変してしまった。私はあわてて、言い訳をした。

「みんなのことは忘れません。先生になっても、学園には来ます。」

ユウが斜め後方を向いて、「そういう問題じゃねえんだよ」という手話を皆に送るのを私は見た。正面に集中していた子どもたちの向きが崩れて、あちこちで勝手な手話が始まった。

私はどうしていいのかわからず、食堂の後方に立っていた職員たちに視線を送ったが、黒シャツは厳しい表情をして、腕を組んでいる。エフ女史は心配そうに私を見つめ、他の職員はうなだれたままだ。私はしばらく立ち尽くしていたが、状況は変わらない。皆が不愉快なのはわかったけれども、謝罪するのも変だ。私は一礼して、発表を終えようとした。が、子どもたちはそれを許さなかった。

ジンがぱっと立ち上がって、「わかった」という手話を繰り返し始めた。私の進路を理解してくれたのかと思ったが、それは違った。

「わかった、わかった。だから、こいつは通ってきたんだ。」

ジンは続けた。

「おれは聞いたことがある。学校の先生になるには交流の経験が必要なんだよ。おれたちみたいな障害者と交流すると、採用試験に受かるのさ。」

彼の話を見て、子どもたち全員が「なるほど」という手話を繰りかえした。続いてトシが立ち上がった。

「それ、知ってる。ボランティアっていうんだ。」

すると、あちこちで「知っている」という手話が飛び交い始めた。

「知ってる！　知ってる！」

「あたしも聞いたことがある。」

「健聴が障害者を助けるんだって。」

子どもたちはひとしきり「そうか、こいつはボランティアだったのか」という手話をやりとりしたあと、「関係ない」と言い合い、やがて「ずるい」という手話を使い始めた。私は、

「それは違う。ぼくは先生になりたいから学園に来たんじゃない。学園に来たから先生になりたいと思ったんだ。君たちを助けたいんだ。」

などと必死に説明をしようとしたが、心のつながりが切れた手話は上滑りするばかりだった。

子どもたちはあきれた表情で私を見やり、その態度を批判した。

「言い訳だと思う。」

「どうしてぼくたちを助けたい？」

「おれたちが障害者だから、かわいそうと思うのか。」

最後にユウが……私が一番怖れていた発言をした。

「ぼくたちをかわいそうと思う人、来なくていいです。」

突然、後方にいた黒シャツがどしんと床を踏み鳴らした。子どもたちはその振動に驚き、一斉に振り返って彼を見た。会の正面が一転したので、今度は私が一番後方になった。

「こいつはけんかする相手じゃない。おまえたちの相手は他にいる。」

助かった。しかし、黒シャツは私に話しかけてきた。このため、私は子どもたちをはさんで彼と対峙する格好になってしまった。

「何年も通って、まだわかんないのかよ。なんで先生なんかになるんだ？」

私もある程度はわかっていた。学園にとって、教員は支配者であり、敵なのだ。命令される側にいたはずの私が命令する側にまわろうとする。彼らから見れば、それは裏切りなのだろう。

しかし、私にも理屈はあった。そんなふうに階級を意識してその内部にとどまっていたら、いつまでたっても状況は変わらない。命令される側の人間が力をつけ、する側にまわってこそ、世のなかは変わるのではないか？　私はそこまで考えて教員を目指したのである。問題は私にその資格があるかどうかだ。命令される側に立つという資格、学園と心を共にしているのだと言い切れるだけのものがこの私にあるのか……ある！　この点に関して、私はかなりの自負を持つようになっていた。私は誰よりも多く学園に通い、ずっと働いてきた。ぼくは労働者階級に属している！　ぼくは目的のない大衆大学の生徒や親に養われる遊民としてではなく、労働者の代表として教員になり、世のなかを変革する一滴となるのだ！

「それが甘いってんだよ。」

私は何も言っていないのに、持ち前の超能力で心中を察したか、黒シャツが文句をつけてきた。

「あんたは労働者じゃない。このまんま先生なんかになってみろ、たちまち口先野郎のできあがりだ。」

私は訪問四年目にして、初めて黒シャツに反論した。

「ぼくはずっと働いてきました。学園にも巻き込まれたつもりです。障害者や肉体労働者そのものにはなれませんが、ある程度の理解はしているつもりです。」

しかし、黒シャツは私を一蹴した。

「ちょこっとバイトしたぐらいで調子こきやがって。働いたつもりでいるこういうやつが一番だめなんだ。」

彼は周囲を見廻した。

「ときどきいるんだ、こういうのが。いいか、みんなもよく聞いておけ。学生のバイトと本当の仕事、これはまるっきり別なんだ。」

黒シャツは子どもたちに説明を始めた。

「バイトは気楽なもんさ。ちゃんと別の立場があって、いつでもそこに帰れる。家具屋をやろうが、駅員をやろうが、本当は大学生なのさ。会社の状況も人間関係も他人事だ。お客様として見ているだけで、いやになったらやめればいい。バイトは旅行者と同じ。いろんな経験して楽しいだろうよ、腰掛けなんだから！　旅行が楽しいのは帰りの切符と帰る場所があるからなのさ。」

大変説得力がある意見で、私は何も言い返せなかった。黒シャツは続けた。

「仕事はバイトとは違う。帰りの切符を焼いて、帰る場所を捨てて、その土地に住むんだ。みんなは学園に住んでいるよな。お客さんは親と住んで、来たいときだけ来る。立場は同じか？」

子どもたちは興奮し、声に出して「違う！」「別！」と叫び始めた。

「わかったかよ。二、三年バイトして社会人のつもりになられちゃあ、本当の社会人が困るんだよ。学園の子どもたちは誰一人として先生なんかにはならない。全員が社会人になるんだ。あんたも社会人として認められたかったら、いっぱしの社会人になれよ！　労働者の立場に立ちたかったら、一度は労働者になるしかねえだろう。大学生は頭いいんだろ？　なんでこんな簡単なことがわかんねえんだ。」

黒シャツがこう述べたあと、数人の子どもたちが何か言ったが、私には背中しか見えない。見かねたエフ女史が通訳をしてくれた。子どもたちの批判を聞いていると、いきなりセツが振り返って言った。

「なんで先生になる？　本当に残念と思う。」

それにしても、教員はそれほど下劣な仕事なのだろうか。そりゃあ、なかにはだめな教員・ひどい教員もいるだろう。しかし、それはよい教員になれば済むことなのではないか。

「先生はとても大事な仕事です。ぼくはよい先生になって、みんなに社会を教えたいんです。」

私がそう答えると、子どもたちはひどくあきれた様子だった。教員に対する学園の見解を黒シャツがまとめた。

「先生なんてのはな、社会人にも学者にもなれねえくせに、プライドだけが高いばかがなるもんなんだ。先生になったら、自分の意見はたいてい通るし、みんなも言うことを聞くさ。あたりまえじゃねえか、相手は子どもなんだから！　ついでに親も言うことを聞くぜ。なにしろ、子どもを人質にとられてるんだからな。そのあたりまえのことを勘違いして、自分が偉いと思い込んでやがるのが先生なのさ。あいつらに酒飲ませてみろよ、自慢、自慢でどうしようもねえぞ。それでいて、なんにもできない。頭下げることも知らない。大学出て、そのまま先生になっちまうから、学校の外を知らねえんだよ。世間じゃ、先生っていうのはばかっていう意味なんだ。それなのに、あいつらは先生って呼ばれて喜んでんだよ。それどころか、仲間内でも、先生、先生って呼びあってんだぜ！　本当のばかだよ。いいか、学校っていうのは社会人にも学者にもなれねえやつらの逃げ場なのさ。先生っていうのはな、そこで子ども相手に自己主張するばか野郎どものことなんだ。」

最後にセツが発言した。

「社会に出たことない人が社会を教えるのはおかしいと思う。私はあなたに教わりたくない。」

私は軽く礼をして、食堂を出た。皆黙っていたし、誰も止めなかった。玄関を出て、私はしばらく走ったが、だるくなってやめてしまった。夜道は妙に曇っていて、街全体が湿っぽい。電柱の下に飲料の自動販売機が見えたので、私はよたよたとそれに近づき、数個の硬貨を入れてみた。案の定、ジュースは出てこなかった。

まあ、こんなものだろう。全てはこんなものなのさ。ぼくの人生は……これからもこんなものに違いない。

十七章　障害

大学が夏季休暇に入ると、私は昼間の大部分を図書室で過ごすようになった。ほんの二ヵ月前であれば、私はここで教員採用試験のための勉強をし、そしてジェイとの接触があった。私は席を立ち、彼女の貴重な進言を否定して、職場か学園に向かっただろう。そうした生活もすっかり過去のものになってしまった。

ジェイはどうしているだろうか。私としてはその幸福を願うしかない。自分勝手な言い訳かもしれないが、不誠実な私といるよりはよかったはずだ。私はそう思い込もうとしていたし、実際そのとおりだったと思う。

それでも、私は学園に通い続けた。よほど厚かましいのか強いのか……というより、他に行くあてがなかったのである。黒シャツをはじめ職員たちは以前とほぼ同様に接してくれたし、テレビ室のドアを開ければ、ちびたちも飛びついてきた。青年たちとは疎遠になってしまったけれども、もともと信頼されていたわけでもないし、学園における私の状況は以前とたいして変わらなかった。

私は静かに映画を鑑賞し、ときどきボールをぶつけられたり、踏みつけられたりした。訪問を始めた頃と同じだ。ただし、メモは取らなかった。そして共に通っていた仲間たち……アキ先輩、ワダ先輩、クボ先輩、セタ先輩、そして同期のエスまでもが学園を去り、各種手話サークルによる訪問も途絶えて久しくなっていた。

しかし、この失脚にはよい面もあった。私は学園全体を俯瞰し、そのうえで子どもたち全員を公平に把握しようと……要するに、自分の所在がないので、私は目立たない子たちにも注目するようになったのである。

二百回近くも学園を訪問しながら、私が接していたのは利発な子、親しみやすい子に限られていた。子どもたちと交流したといっても、ユミやミサと接することはごくまれで、アヤとは一度も話したことがなかった。ちなみに彼女たちには重い知的障害があり、ユミは激しいチックと自傷、ミサは嘔吐を繰り返していた。最も重度のアヤはよだれを止めることができず、車椅子での移動すら困難だった。おまけに職員にしがみついたら最後、眠るまで離れない。三人とも手話ができず、読み取れず、私の目からはほとんどの状況を理解していないように見えた。

ところが、それは大間違いだったのである。ユミは学園の人間関係はおろか来客の立場や性格までをも正確に把握しており、相手と状況に応じて巧みにチックの種類を変えていたのだった。ミサは適切なときに適切な相手に吐くことによって、親愛の情を示したり、その行為をたしなめたりしていた。アヤは孤立した私を心配して、いつも遊んでくれようとした。三人とも豊かな内面を持ち、積極的に生きており、非常にプライドが高かった。この時期、私は彼女たちに救われた。私は自分の無知を心から恥じた。

三人に相手をしてもらいながら、私は子どもたちの親についても考えるようになった。学園に親の影はない。亡くなった親もいるが、存命の場合でも、まず会いには来ない。母親が子どもを家に招いたケースが一件だけあったが、テツはすぐに学園に戻ってきてしまった。こうした話に私は憤り、親たちを軽蔑したものだが、子どもたちはけっして親を悪く言わなかった。本能的な愛？　共通遺伝子ゆえ？　かくある状況にありながら、常に親をかばう彼らの姿勢を私は不思議に思っていた。

重度の子たちと触れ合うと、自分が親だった場合を想像するものだ。私はようやく親のおかれた状況を考えるようになった。子どもたちはわかっていたのだ。自分たちと同じように親もまた傷つき、苦しんでいるのだということを。

たとえば、大学生の私に聴覚・肢体・知的障害・進行性筋萎縮症を持つアヤという子がいたとしよう。もちろん、妻はいない。収入は駅で働いて得る十万円ほどしかない。実家に連れていくわけにもゆかず、まずは住む場所がない。私は大学をやめて住居を探すわけだが、奇声を発する重度障害児とバイト暮らしの片親を受け容れてくれる物件は多くはないだろう。運よくアパートに住めたとしても、二人が生きるためにはもっと働かなければならない。しかし、多く働けば、介護ができない。私はアヤの食事を作り、排泄させ、よだれを拭いて着替えさせ、洗濯をする。風呂にも入れなければならないし、しがみつく彼女を寝かさなければならない。その間に働けるような、都合のよい職場はこの国にはない。こま切れの仕事や内職が仮にあったとしても、その賃金はきわめて低いだろう。

私は働きつつ、福祉を受ける道を選ぶ。それでどうにか生きてはゆけるかもしれない。しかし、先には閉ざされた未来が待っているだけだ。アヤに少しでも生きる力をつけさせ、友人は無理でも知り合いのひとりでも得させてやりたいと思えば、彼女を通学させるしかない。が、聾学校・養護学校は遠い。手間もカネもかかる。私は早起きして朝食を作り、駅務に行く？　いいや、アヤは自力では食べられない。私は彼女を起こし、食べさせ、排泄させ、着替えさせ、車椅子を押して学校のバスに乗せてから仕事に行くのだ。したがって、六時からの仕事はできない。結局、私は駅では働けないのである。私は転職するしかないが、それはアヤの学校から戻れる九時以降、あるいはさらに遅い時間からの仕事だ。

学校は十五時半に終わってしまう。バスは十六時には学校を出る。どんな仕事をするにせよ、私は夕方にはバス停にいなければならない。残業はできない。正社員にはなれないし、昇進などは夢のまた夢である。私は同僚に気兼ねしながら早々に仕事を切りあげ、走ってアヤを受け取りに行く。できるだけ学校の近くに住みたいところだが、そうであっても、車椅子を押してアパートに戻るのは暗くなってからだろう。

私はすぐに洗濯物を取り込み、夕食の準備その他の家事をする。その間のアヤの着替えは？　よだれのケアは？　排泄は？　そんなことは言っていられない。彼女はどろどろになって寝転んでいるしかない。どうにか家事を一段落させた私は彼女を入浴させ、その後、ようやく夕餉となるが、それはかなり遅い時間になるだろう。かぶれにむずかるアヤを寝かせてから、私は深夜にやっと……洗い物と洗濯をするのだ。

こんな生活のなかで、急な仕事が入ったら？　雨だったら、雪だったら？　アヤが体調を崩したら？　交通機関の遅れはもちろんだが、こうした状況下では地域の自治活動、運動会や授業参観などの学校行事も敵だ。

私はあやまり続けるだろう。障害者の親はとにかくあやまる。そうしないと、この国では生きてゆけないから。まず、近所の人たちにあやまる。

「すみません、うるさくて……」

職場でもあやまる。

「遅れてすみません、子どもが……」

電車に乗ってもあやまる。

「申し訳ありません、立てなくて……」

改札口でもあやまる。

「すみません、遅くて……」

家にいても、働いていても、歩いていてもあやまる。

「すみません、すみません、すみません、すみません。」

学校の先生にも、同級生にもあやまる。医者にも、バス会社にも、配達員にもあやまる。

「ごめんなさい、ごめんなさい、ごめんなさい、ごめんなさい。」

最後には涙を流し、子どもにもあやまるのだ。

「ごめんね……」

追い込まれた私は怒りっぽくなり、アヤに火を押し付けるなどの虐待に走るかもしれない。しかし、それは終点ではない。多分、私は酒に溺れる。さもなければ、状況の一発逆転をねらって、途方もないギャンブルに手を出すだろう。しかし、それらも最悪のケースとはいえない。最も悲惨であり、かつ現実的なこと、それは私が病気になることである。そうなってしまうと、いかに福祉を受けていようが、我々はもう、どうしようもない。私が床に伏せた時点で、アヤの人生もそのほとんどが終わってしまう。疲れきった私は思いつめて……彼女をどうにかしてしまうかもしれない。

この話のすごいところは「誰も少しも悪くない」という点である。アヤは望んで障害を持ったわけではない。落ち度があったわけでもない。私だって、何も悪くないのだ。アヤに障害がなかったら？ 私は今までどおり大学に通うだろう。アヤも奨学金を得ながら高校に通い、バイトもするだろうから、我々の経済的な不安は皆無だったはずだ。二人の不自由はほとんどない。それでも、私は悩むだろう。彼女の成績が伸びないとか、選手になれないとか、彼氏がいるとか。なんと贅沢な悩みだろう！ 我々はそうなることもできたのだ。障害さえなければ！

ただし、この想定は現実の悲惨の一割すら示していない。愛情という最も重要な要素が欠落しているのだ。私はここまで彼女を処理すべき物件のように扱ってきたけれども、実際の親子の関係はそんなものじゃない。苦しむ我が子を見る苦しみ、日々進行する障害への底なしの不安、将来に対する絶望。痛みを訴える娘を見なければならないとき、親はどんなにつらいだろう。同年代の元気な子どもたちを見るとき、親は何を思うだろう。

「ああ、いあいおう、いあいおう。」

「うおああいおう。」

「おあえお、ういえおう。」

私には子どもの訴えることの一部しかわからない。自分の声は子どもに全く届かない。この悲惨を親は受け容れるしかない。そしてこの悲惨は毎日？　否、生涯にわたって続くのだ。やがて年老いた私はアヤの頭に白髪を見るだろう。

私とアヤがこの悪夢から逃れるすべは？　ひとつだけある。彼女を施設に入れるのだ。某学園に入れば……そこでなら、彼女は育ってゆけるかもしれない。


学園の職員はアヤのよだれを放置したりはしない。下唇から顎、首にまで広がっていた彼女のかぶれはたちまち治ってしまうだろう。ミト夫人は彼女のために刻んだ食事を作ってくれるし、栄養豊かなそれはサキさんが確実に食べさせてくれる。オダさんに加えてセツたちもいるわけだから、着替えも風呂も心配なしだ。学園には夜中でも複数の職員がいる。最も頼りになる黒シャツやエフ女史はほぼ常駐している。学校にはバスで通う。学園の仲間たちと一緒に！

そう、何よりすばらしいのは大勢の「似た境遇の仲間たち」がいることである。先輩たちは荒っぽいが、仲間の不幸には敏感であり、ちびたちはかわいい。そして彼らは絶対に仲間を見捨てない。学園では障害を持っているのが普通であり、共通語は手話だ。毎週の児童会・交流会でアヤが疎外されることは一切ない。本人が実行するかどうかは別として、彼女にも発言の機会はあるし、ボールだって飛んでくるのだ。

いかに障害が重くても、できることは必ずある。学園ではそれをやらせる。干した洗濯物を取り込めないまでも、それらを畳むことはできる。障害が進行して畳むことができなくなっても、それらを集めることはできる。さらに状況が悪化して一切の身動きができなくなったとしても、そこにいることはできるだろう。彼女が手を抜こうものなら、たちまち先輩、場合によっては黒シャツの手厳しい指導が展開されるというわけだ。アヤは仲間と共に大いに泣き、反省し、そして大いに笑いあう。学園では努力するかぎり一目置かれるから、彼女を慕うちびは多い。アヤは尊敬されているのだ！　念のために言っておくが、これは夢でも想像でもない。アヤは学園でまさにそのように生きている。最近では彼女を頼る大学生までいるという。

学園ではアヤはアヤその人であって、障害者ではない。障害者はいるのではなく、周囲によってつくられるのだ。環境さえ整えば、障害は消えてしまう。人間を勝手な基準で選別し、障害者として扱ってしまうその社会こそが障害を持っているといえるのではないか。

親に対して憤る？　軽蔑する？　今や私は鈍感な自分自身に憤り、その浅慮を軽蔑するようになった。望んでわが子を手放す親はいない。それは深い愛情と熟慮の末の結論なのである。そんな親がなぜ会いに来ない？　それもまた、愛と熟慮の末の結論なのだ。学園で日々奮闘しているわが子に親の影をちらつかせ、あらぬ期待や可能性を抱かせて何になる？　それこそ、まさに親のエゴであり、自己満足ではないか。他の子どもたちへの影響もある。わが子と学園全体の幸福を願えばこそ、親は嗚咽をかみ殺して学園から遠ざかったに違いない。

やがて私は「自分がアヤのようだったら」ということについても考えるようになった。まさに今さらとしか言いようがないが、ようやくにせよ、そこにまで考えが及んだこと自体はよかったと思う。

私がアヤのようだったら……周囲のことはかなりわかりにくいだろう。たとえて言えば、超音波や紫外線を認識する世界で生きてゆくようなものだ。イルカたちが何をどう伝え合っているのか、私にはわからない。鳥たちが何を怖れ、何に喜んでいるのかもわからない。ただし、雰囲気はわかる。職員たちが私を心配してくれているのはわかる。イロウ、キカンセッカイ、イントウテキシュツが何なのかはわからないが、それらが愉快なものでないことはわかる。エフ女史がやさしいのはわかる。黒シャツはとても怖いけれども、敵ではないことはわかる。大学生が頼りにならないこと、最後に残ったやつが孤立していることもわかるだろう。

自分がほとんど動けないことをアヤはよく知っている。さらに動けなくなってきていること、息が苦しくなってきたこともよーくわかっている。その不安、くやしさは？　当然、アヤは感じている。その大きさはいかばかりのものだろう！　私だったら、どうする？　どうすると言ったって、遺伝子にそう刻まれている以上、どうしようもないのだ。できることは何もない。せめて私は誰かにしがみついて、底なしの不安やくやしさをやり過ごすしかない。

だから、アヤはしがみつくのだ！　ここにまで考えが及んだとき、私は泣いた。その涙の何割かは自分の情けなさに対するものだったが。

この時期に私が気づいたことをもうひとつだけあげておこう。この三年半、私は常に「なんとかして彼らの障害を治せないのか」ということを考えていた。当時は再生医療も遺伝子治療もなかったから、聴覚障害の治療はきわめて困難だった。しかし、比較的単純な要因によるもの、たとえば、鼓膜や骨の形成不全などであれば、手術による対処はけっして不可能ではなかった。

が、障害は必ず治さなければならないものなのだろうか。アヤたちと接するうち、私はその必要は絶対とは言い切れないと思うようになった。たとえば、私が周囲から常に治せと言われたら、どんな気持ちになるだろうか。背を伸ばせ、鼻を高くしろ、顎を削れ、肩幅を増やせ……どこまで治す必要があるのだろうか。きりがないではないか。たとえば、車にはいろいろなものがあるけれども、チンクは非力で狭いから愛されるのであり、ポルシェは後輪が暴れるから魅力的なのではないか。フェラーリはその派手さゆえ、ボルボは無骨であるがゆえに尊敬されているのではないか。

私の新しい見解はこうである。障害の治療は必要ではある。しかし、治せ、治せ、の連呼はその人の否定と同じだ。障害には個性として許される部分があるのではないだろうか。もちろん、人は聞こえたほうがよく、動けたほうがよいだろう。しかし、聞こえなくてもよい場合、動けなくてもよい場合があるのかもしれない……テレビ室の壁に寄りかかりながら、私はそう思ったのである。

十八章　夏空

やがて教員採用試験の日が来た。それはごく普通の夏の一日として、あきれるほどあっけなく過ぎていった。私は勉強を続けようとしたけれども、なにしろ受験しなかったのだから、意欲は湧かない。科学や哲学の勉強に集中できる機会だったともいえるのだが、就職活動の最前線で自分だけそういうことをするのもなんだかひどく悲しい気がして、私はむなしく時を過ごした。

本や画集も心に響かなくなってしまった。なぜなら、作者たちの多くは健康だったから。ホーキングやケラー女史などの例外もいるにはいるが、ほとんどの思想家や芸術家たちは健康で、障害児施設で育ったなどという人は見当たらなかった。貧困や戦乱などの逆境に生きた人はいても、知恵遅れの人はいなかった。進行性難病の人もいない。寝たきりの人もいない。そして彼らは皆、輝くような知性に恵まれた人たちだった。私が偉大な人々を評価する立場にないことはもちろんだが、以前とは違って、何か割り切れないもの、彼らの思想が甘いなどとはとうてい言えないけれども、それらが世界の全てではないことを私は感じてしまうのだった。

私はふらふらと迷っていたが、進むべき道は見えていた。最低でも一年間、生産現場に正規就職して働くべきなのだ。その経験は間違いなく私を成長させ、子どもたちを喜ばせるだろう。私に必要な真の資格、それは採用試験の合格ではなく、経験なのだ。ただ、そんな現場に就職してしまったら、私は社会の底辺に沈んでしまい、二度と浮上できなくなるかもしれない。それは怖い。そんなのはいやだ。

しかし、何をもって浮上というのか。それはきわめて問題が多い言葉だ。私は覚悟を決めて、一介の肉体労働者として生きればよいのである。そして弱者解放のために働く。労働組合に加入して、学園を支えるのだ。学園職員にならないまでも、パンチや猛禽、ユイさんのような支援者になればよい。おそらく、正解はそれだ。

しかし、適性というものがあるだろう……どう考えても、軟弱なこの私にそんな生き方は無理だ。一介の肉体労働者として生きる？　このぼくが？　そいつはしゃれにならない！　ということは今まではしゃれだったのかもしれない。そう、私はこちら側の人間だったのである。権力側、体制側、資本側。豊かで、強くて、健康な人たちの側だ。労働者の代表？　世のなかを変革する一滴？　そいつは笑い話だ。そんなことはわかっていた。私はずっと以前から自分の正体を知っていたのだ。


待てよ……そういうことなら、まだ間に合うじゃないか。今なら、浮上の機会は残されている。私立、いや、塾でもよい。どこかに教員の募集はないものだろうか？

ああ、安定した職業に就きたい、プライドを保ちたい。汚れない仕事をして、優越感を感じる生活がしたい。それが体制側だろうが、権力側だろうが、かまうもんか。安全な立場と距離を確保したうえで、自分の都合がよいときにだけ、できる範囲で学園に関わればいいじゃないか。ということは……私の学園訪問はただの観光だったのか？

私はもともと自分の性格があまり好きではなかった。が、事ここに至って、自分を心底嫌いになってしまった。これだけ学園に通いつめたにもかかわらず、何の貢献もしていない。全員を不愉快にしたばかりでなく、自分自身も成長していない。常に逃げ道と言い訳を用意して、立場を決めようともしない。親切にしてもらった人には心を閉ざし、あらゆる援助を拒絶したあげく、何の恩返しもせずに別れた。旧友たちとも仲たがいして別れた。先輩たちや同輩とも淡々と別れ、後輩を育てることもしなかった。職場の人たちと親しむこともできず、卒業論文も書かず、勉強も中途半端、家具屋も中途半端、駅務も中途半端……何より、二十一歳という年齢になっていながら、私は自立できていなかった。会社訪問どころか就職活動をせず、教員採用試験も受けなかったのだから、今後も自立はできないだろう。

やがて私は疲れ果て、何もかもが面倒になり、ついには生きること自体も面倒になってしまった。積極的に死にたいというのではない。そこまでの鋭い気持ちはない。ただ、生きてゆくことに言いようのないほどのむなしさを感じたのである。私の存在には何の意味もない。それどころか、関わる人たちは誰もが不愉快になる。この自分でさえも。だから、私は何もしないほうがよい。すべきではないのだ。

高校時代にも似たような時期はあった。そのときの私は目標もなく、努力をせず、何も持っていなかった。今回は違う。私は自分なりの目標、人間関係、積み上げてきたつもりの努力とその成果、ようやく芽を出した小さな自信などを持っており、それらを同時に喪失したのだった。

私は駅で働き、その後は大学の図書室で何もせずに過ごした。節約のために朝食は省き、昼は最も安い菓子パンを食べて飢えをしのいだ。夕方になると、また駅に向かった。七夕飾り、花火大会、浴衣姿の女性たち……夏は大好きな季節なのだが、全てが遠いもののような気がした。暑かった。私は黙々と切符を切り、集札し、タバコの火を消して廻った。もはや誇りも生きがいもなく、無為な日々が過ぎていった。

一九八四年の夏、七月二十五日だったと思う。朝の駅務を終えた私は国鉄の電車に乗って、久しぶりに津田沼駅で降りてみた。何かあてがあるわけではなかったが、気晴らしに駅前でもふらついてみようと思ったのである。

冷房の効いた車内から出ると、たちまち汗が吹き出てきた。私は階段を昇る気になれず、エスカレーターを使って駅の南口に出た。街は真夏の太陽の直下にあった。日に焼けたコンコースを歩き始めたものの、路面の反射がまぶしくて、まともに目を開けていることすらできない。街を徘徊しようなどという気持ちはたちまち萎えて、私はあっさり引き返すことにした。

津田沼駅の改札口は高い位置にあるため、コンコースも地上からかなりの高さにある。直射日光を浴びながら駅に戻るのはいやだったので、私は階段を降り、少しでも涼しいであろう地上を歩くことにした。ようやく日陰に入ったものの、地面に近いせいか、今度は空気が熱い。ケヤキの木も、ドウダンツツジの植え込みも、枯れかかってぐったりしている。私もぐったりして、階段の下、やや駅寄りにある自転車置場で足を止めた。ちょっと気になる自転車があったからだ。

乗り物にはかなりうるさい私だが、自転車への関心は薄かった。しかし、この一台だけは何か特別な感じがした。水色のフレームに白いサドル。ごく普通の量産品で、しかもかなり古い。見過ごして当然のしろものなのだが、なぜか私はその場から離れられなくなってしまった。

以前、母か妹が乗っていたものかとも思ったが、そうではない。ひどくなつかしい気がするのだが、どうにも思い出せない。しばらく考えてみたものの、結論は出ず、私はそれに見切りをつけて改札口に向かった。

日陰を求めて地上に降りたのだから、駅に戻るには再び階段を昇らなければならない。猛暑のせいか、そんなこともわからなくなってしまって、なんだか迷路のなかにいるような気がした。私はぼんやりしたまま自転車置場に戻り、さっき降りた階段を目指した。が、例の自転車のことが気になってまた戻り、あいさつがわりにそのハンドルに触れた。私がこの奇妙な行動をとらなかったら、数秒違いで奇跡は起こらなかったことになる。だから、私は自転車に感謝している。

私は階段を一歩ずつ上がった。段差が無駄に小さくて、とても疲れた。やっとのことで昇り終えたものの、頭がくらくらする。あまりにも日差しがまぶしいので、私は周囲から目をそらして遠くを見た。東の空は意外なほど青く澄んで、小さな入道雲が浮かんでいる。一瞬、暑さが遠のき、爽快な気がした。この街に来たのは無意味だったが、まあ、悪くはなかったかなと思った。

一息ついたのち、私は視線を駅のほうに向け、人混みを逆流して改札口に戻りかけた。そのとき、私は自分の右斜め前、東側の手すり近くに何かとてつもなく大切なものがいることに気がついた。

　数メートルを隔てて、涼しげな少女がこちらを見ていた。私やジェイと同い歳だから、彼女は二十一歳のはずなのだが、そんなふうには見えなかった。化粧もせず、パーマもかけていない。アクセサリーも身につけていない。細い籐のような素材で編んだ簡素なバッグを持ち、素足にサンダルを履いている。着ているオフホワイトのシャツも全くの無地だ。カラフルな夏のファッションに身を包んだ女性たちのなかにあって、彼女は明らかに異質だった。

　しかし、これほどシンプルな装いでありながら、彼女は誰よりも美しかった。ひらひらした金魚の群れのなかに一匹だけ泳ぐ、誇り高き若鮎のようだ。私の記憶のなかでは彼女はもっと弱々しい、繊細な少女だった。今、目の前にいるのは一切の無駄を省いたアスリートのような人である。半袖から出た腕はなめらかで、不思議なほど日焼けしていない。水色のキュロット・スカートからすらりと伸びた脚も同じだ。

「お化粧、しないのかい？」

　三年半ぶりの第一声は私の間抜けな質問だった。

「しないわ。あなたは結婚したの？」

　双方の初弾は目標をはずれ、はるか遠方に没した。私たちは同じ市に住んでいて、しかも彼女の家は津田沼にあるのだから、こうして出会うことがあってもおかしくはない。むしろ今まで見かけなかったことのほうが不自然なのだろうが、この日の二人はそうは思わなかった。私たちはこの奇跡に驚き、感動していた。

彼女の名誉のために言っておくと、私たちはつきあっていたわけではない。私の片想いの相手というのが正確なところなのだが、この日の彼女はとてもうれしそうだった。

「大事な用事があるんじゃない？」

「世界中探しても、」

私は胸がいっぱいだったのだが、なぜか普通に話すことができた。

「これ以上大事な用事なんてないよ。君こそ、ぼくとこんなふうにしていていいのかい？　ぼくは君にふられた男だぜ。しかも二度。」

「私も一度。」

「ああ、あれは本当に悪かった。君がカウントする必要は全くない。ぼくがばかだっただけなんだ。」

自分としては一勝二敗が好ましかったのだが、彼女には誠実でありたかった。私は名誉よりも公正さを選び、二人の関係は私の三連敗ということに決まった。


不思議なことに、このあとのことを私はよく憶えていない。私はわずかなメモの断片と自らの記憶によって、ここまでの話を紡いできた。日時・場所はもちろん、会話の細部に至るまで、できるだけ正確な再現をこころがけて、余計な創作はしていないつもりだ。何かの間違いがあったとしても、それらは本質的なものではないと確信している。要するに、当時の記憶にはかなりの自信があるのだが、この肝心なところで場面はいきなり帰り道に飛んでしまう。ついでに言うと、彼女と別れたあとのこともよく憶えていない。

多分、私たちはそのまま駅の南口を進み、サンペデックというショッピングモールに入ったのだ。当時、その二階にはカフェがあった。そういえば、大きな銅製のマグカップでアイスコーヒーを飲んだような気もする。その間、私たちは何を話したのだろう？　無意識に抑圧しなければならないような、何か重大な告白でもあったのだろうか。

そうだと話がおもしろくなるのだが、おそらく、私たちはたいした会話はしていない。せいぜい成人の日の手紙のこと、あとは結婚していないとか、日に焼けていないとか、その種のたわいのない言葉を交わしただけだったと思う。それなのに、記憶が飛んでいるのはなぜだろう？

後年、私は何度かこの場所を訪れた。同じような暑い日に駅前を歩いてみたこともある。真夏の太陽にさらされながら往復するうち、ようやくその理由がわかってきた。夏空、入道雲、安田靫彦の掛け軸みたいな彼女の姿……それらは私の心の容量をはるかに超えていたのだろう。

十八章　夏空

私たちは私鉄の駅に向かうため、階段を下った。

「ちょっと待っていて。私、自転車で帰るから。」

「つきあうよ。」

私たちが駐輪場に着くと、彼女はそこからさっきの自転車を引っぱり出してきた。私が驚いてそれを見ていると、彼女は恥ずかしそうに説明をした。

「古いでしょ。高校に入学したときから使っているの。」

私が自転車のハンドルをつかむと、彼女はバッグを持ったまま横を向き、あたりまえのように荷台に座った。

自転車は工業大学の壁沿いに進んだ。私たちが二人乗りをしてこの道を下ることがあろうとは！　ちなみにゴルバチョフとブッシュが握手したとき、私が真っ先に思い出したのはこのときの私たちであった。私は力いっぱい自転車を漕ぎながら、大声で話しかけた。

「ぼくはさ、この自転車は今日のために造られたと思うんだ！」

「風があって、よく聞こえないわ！」

私は腰を上げて、加速した。それはちょうど、映画『E・T』のワンシーンのようだった。後日、私は学園でこの映画を見たのだが、自転車が宙を飛び始めると、子どもたちは一斉に笑い出した。

「自転車、飛ぶはうそ！」

普段もの静かな私はいきなり立ち上がって、子どもたちを唖然とさせた。

「ははは、うそ、うそ！」

「うそじゃない！　本当に幸せなとき、人はああいう気持ちになります！」

住宅街の入口で私たちは自転車を降りた。右手に工業大学の研究棟があって、左側には桜並木があった。ここを通過すると、あとは狭い砂利道が続く。壁と並木で日差しがさえぎられ、かすかな風もあって、それほどの暑さは感じない。砂利を踏みしめる音とセミの声だけが響いている。私たちがこの道を通るのはこれで四度目だった。

「いつも雨で、寒かったわ。」

そのとおりだ。私が黙っていると、彼女は遠慮がちに聞いてきた。

「あれから、どうしてた？」

この声、このしぐさ、控えめにして単刀直入なもの言い……今や彼女は完全に現在のものになった。

「いろんなバイトをしながら、大学に通っている。今は駅の仕事をしていて、今日もこれから働くんだ。」

余計なことは語らなかったが、うそもつかなかった。私は努力してきたこと、教員になろうと思ったこと、それらがうまくいかないことなどを淡々と語った。

「先生か……私はなりたくないな。教えるなんて、できないわ。」

教職への希望を語ると、たいていの人はその仕事を賛美してくれた。否定的な意見を言ったのは彼女と学園の人たちだけだった。

「ぼくもできない。その資格がないんだ。」

私たちはゆっくりと進んだ。彼女は私のすぐ右で自転車を押している。目を伏せて、かすかに微笑んでいるみたいだ。さらりとした黒髪が光っている。

「君は？」

私が問いかけると、彼女はうつむきながら小さな声で答えた。

「いろいろうまくいかないわ。」

私たちは砂利道を左に曲がり、すぐに右に曲がった。左手は低層の団地になって、道幅は少し広がったけれども、人通りは全くない。紅色のキョウチクトウが咲いている。相変わらずセミの声が響く。

「私のこと、憶えてた？」

今さらの質問だが、私は率直に答えた。

「思い出さないようにしてきた。ただ、初心は忘れたくないんだ。だから、山には登る。」

彼女は自転車を押すのをやめて、私を見つめて言った。

「まさか、あの山？」

「そうだよ。毎年四月四日、ぼくはあの山に登っている。」

「ほんとに？」

「ああ。今年もね。」

私はただ事実を語ったのだが、彼女は大いに喜んで、自転車のブレーキを握ったり離したりした。

「あの長い道を歩くの？」

「いや、さすがにそれはない。毎年、ロープウェイを使って登る。で、帰りは歩いて保田駅まで行く。うそじゃないぜ。」

「信じるわ。あなたはうそを言わないもの。」

彼女が真顔でそう言うので、私はうれしかった。

私たちは再び歩き出した。いつの間にか路地から車道に出て、私鉄にかかる陸橋の前まで来てしまった。その先は下り坂である。途中に支線の小さな踏み切りが見えるが、そこを越えると、もう私鉄の駅だ。彼女は急に立ち止まって、心配そうに言った。

「私、だめなオトナになってない？」

私は彼女をまじまじと見た。夏空を背景にした彼女はまるでパリッシュのイラストレーションのようで、私はこういう明るい絵も描いてみたいものだと思った。ただ、どうしたわけか、彼女には影がなかった。

「君は変わらなかった。すごいよ。」

私がこう言うと、彼女は小さく首を振り、高校時代に抱いていた夢とは違う道を歩み始めたこと、その道に不安を抱いていること、相変わらず人間関係がうまくいかないことなどを語った。

「あなたを前にすると、自分が恥ずかしくなるわ。」

彼女の言葉に私は苦笑いして答えた。

「何を根拠に？」

私は何ひとつ成し遂げていなかった。絵も生物の研究もやめてしまった。哲学の勉強も中途半端で、量子論の学習も入口で停止した。自立もできず、人間関係にしても相手を悲しませることしかしていない。私が確かにやったこと、それは学園訪問のみである。そしてそれは全員からの否定という結果に終わった。

「ぼくはこのままじゃだめなんだ。」

「私も。」

自信に満ちあふれた私の周囲の人々とは違い、彼女はきわめて謙虚というか、自分の現状を肯定していなかった。そのおかげで、私たちは自らの弱みを素直に話すことができた。

二人は互いの話を聞きながら、坂を下った。支線の踏み切りを越えると、駅の入口はすぐそこである。

「次はいつ会えるかしら。」

彼女は自転車を止めて、私の答えを待った。どういうつもりで言ったのだろう？　それはもう、わからない。ただ、ここで何らかの約束をしておけば、私たちの運命はかなり違ったものになったと思われる。しかし、このときの私は奇妙な自信に満ちていた。

「必要なときが来たら、ぼくたちはまた会えるだろう。」

私たちは確かにそう思ったのだ。しかし、彼女はわずかに口を開いて、何か言いたげに見えた。私はますます高揚して彼女に近づいた。が、その両手は自転車のハンドルを握っている。

「お互い、がんばろうぜ。」

私がそう言うと、彼女は一瞬、とまどったようだった。しかし、すぐに私を正視した。きれいな、子猫のような目だ。

彼女は微笑みながら、

「わかった。」

と言った。私はその瞳に小さな青空が映っている……のを見たような気がする。

気がついたとき、私は冷房のきいた車内にいた。いつの間にか夕方になっており、電車はちょうど職場の駅に着いたところだった。一番混む時間帯のはずなのだが、私以外の乗客はおらず、車掌の姿すら見えなかった。

ドアが開くと、私は勢いよく座席から立ち上がった。そして真正面を向いたまま、いつものホームに降りた。振り返る必要はなかった。それでよかったのだと思う。それでよかったのだと、私は今でもそう思っている。

十八章　夏空

終章　明日

敷地全体を揺るがす地響きと共に巨大なトレーラーが入ってくると、マルさんの乗ったリフトがこれに接近し、二本のフォークをパレットに突っ込む。数センチでも上にずれれば、高価な原板を砕いてしまうし、ちょっとでも下なら、トレーラーの車体を突き刺すことになる。もちろん、彼がそんなへまをするはずもなく、リフトは百二十枚の原板を載せたパレットを次々に引き上げてゆく。何度見ても、ため息が出るほどの鮮やかさだ。荷台は見る見るうちにからになり、身軽になったトレーラーはものすごい排気音と共に去る。運転手は聞いちゃあいないし、何の役にも立たないのだが、工場側の礼儀として、私は大声をあげて見送りをしなくてはならない。

「ラーイ、ラーイ、ラーイ、ラーイ！　っしたあー！」

原板を満載したトレーラーは何台も入ってくる。工場にはマルさんの大型リフトに加えて小型も二台あるので、それらが走り廻るなかを横断するのはかなり危険だ。私があわててラインに戻ると、ノリさんが叫んでいる。

「おら！　もう流すぞっ！」

原板は一枚ずつバキューム装置に吸い取られ、線路のようなベルトコンベアに乗せられて、まずはプレヒーターに送られる。ときどき激しい音がするが、それは水分を含むなどした不良品が破裂するためだ。

プレヒーター（ここではなぜかプレヒートと呼ばれている）の横を見ると、サブさんがコロイドミルに水ガラスをぶち込んでいる。その隣のノリさんはニードルの調整中だが、すでに一枚目はラインを流れているはずだ。

「今日のアイボはビンクスだって、あんだけ言ったじゃねえか！　なんでバンブーに使っちゃったんだよ！」

いらだったノリさんがアベ課長を怒鳴りつけるのだが、課長は叱責はおろか反論もしない。事態をありのままに説明するだけだ。

「バンブーは初めてだからだねえ、そうすっきゃなかったんだわあ。」

ノリさんは早朝からスプレーガンの調整をしているのである。その調子が悪く、塗料の吹きが悪いことにいらだっているのだ。新規に入荷したビンクス製のガンを使うつもりでいたのだが、それは昨夜、課長が吹いてしまったらしい。消耗品ではないのだから、また使えばいいように思える。しかし、そう簡単にはいかない。昨夜課長が吹いたのは試作品のバンブーグレー、竹のごとき緑灰色であったから、そのガンを今日のアイボリーホワイトで使うには無理があるのだ。

もちろん、アベ課長は徹底的に洗浄したはずである。しかし、それでもわずかに塗料が残っているかもしれない。別色を吹いたら洗浄し、しばらく不用品を吹いてからラインを流すのが塗装の常識である。

「まあ、しょうがんねえわ。かんにん。今日はそいで流してや。」

課長が部下に頭を下げている。入社以来、彼の謙虚さには驚かされるばかりだ。

「ああ言われてもだねえ、明日からバンブーやらなあかんからだねえ、限られた時間のなかじゃあ、あそこで吹いとくしかないんだわあ。」

万事を腹に納めるかと思いきや、私ごときにぼそぼそと愚痴るところがまたすばらしい。私が感心していると、ノリさんにこっぴどく怒鳴られた。

「ぼんやりしてんじゃねえよっ！　もうそっち行ったって！」

私があわててシャワーブースの出口をのぞくと、轟音と共に今日最初の板が流れてきた。ヨントウ、すなわち四尺十尺サイズのアイボリーホワイトだ。一二一二×三〇三〇ミリの耳なしだから、ちょうど学校にある黒板ぐらいの大きさである。私の配置は「ひんかん」だから、品質管理をしなければならない。

塗装直後の白い板を検査するのは難しい。それはシャワーで濡らされ、蛍光灯で照らされ、しかも人が歩く以上の速さでベルトコンベアの上を通過してゆく。私は板と一緒に移動しながら、視線を何度も上下させて塗面を観察する。やけど覚悟で素手での確認もするし、ペンライトも使う。初板だけあって、どうも粒子が粗い。残念ながら、こいつは「わき」だ。よく見れば、塗面全体に強弱もある。「パターン」である。数ヵ所に微小な「ハゼわれ」もある。私はそれらの箇所に極太のシャープペンシルで〇をつけ、ＮＧボタンを押し、湿度と高温とですっかり変質した記録用紙に「×・わ・Ｐ・ハ」と記入した。

次の瞬間、私はシャワーブースの出口にすっ飛んで行ったのだが、湯気に包まれた二枚目がもう半分近く顔を出している。初板に較べて粒子は多少安定したように見えるが、これもどうやらパターンである。私としてはNGボタンを押すしかない。

「どうなんだよっ！　まさか連続NGにしてんじゃねえだろうな！」

ノリさんは怒鳴るけれども、アベ課長は手馴れた様子で検査後の板をラインから引き抜き、続いて二枚目も抜いてしまった。

「あんたは品管だからだねえ、NGはNG、良品は良品。それだけだわあ。」

その公正さもすばらしいが、大きな板を次々に引き抜く技術もすばらしい。これだけの長さがある薄い石板を持てば、普通はたわんで割れてしまう。破片がレールに挟まれば、ラインは停止するだろう。工場においてライン停止は最悪の事態だから、そのリスクを考えると、今の私にはできない。といって、練習する機会もない。なぜなら、私は労働者で、ここは職場だからだ。

あれこれ考えている暇はない。次から次へと板が攻め寄せてきて、私はじりじりと遅れ始めた。ありがたいことに、NG板は課長がどんどん引き抜いてくれる。彼の援助がなかったら、とっくにラインは破綻していただろう。私は防塵マスク越しに叫ぶしかない。

「すみません！　ほんとすみません！」

この騒音のなかにあって、なぜか課長の声はよく通る。

「今日はNG多いってふんでたからだねえ、ええんだわあ。」

彼が抜いた板はすでに二十枚ほどになるだろう。言えた立場ではないのだが、なんとも非効率なラインだ。こんな歩留まりで、はたして利益は出るのだろうか？　しかし、それを心配している余裕はない。第四課のメンバー、特にアベ課長にこれ以上の迷惑をかけるわけにはいかない。

私は奮起して板に近づき、点検作業を加速した。視線を下げ、ペンライトで照らし、舐めまわさんばかりに板をさする。自分で言うのもなんだけれども、まるで早送りの映像のようだ。五十枚、百枚……こんな調子で四時間が経過した。映画二本分とは思えない、まさにあっという間だ。その間、一息どころか、トイレに行く暇もない。有機溶剤をたっぷり吸っているからなのか、空腹もあまり感じない。


「いんやー、疲れた！」

「外はまださみいなあ！」

「めしだあ、めしだぞう！」

そう叫びながら、各ラインから男たちが湧き出てくる。ようやく昼休みだ。みんな大変な重装備だから、誰が誰だかさっぱりわからない。自分も含めて、まるで青黒い異星人のようだ。分厚い手袋を脱ぎ、うっとうしい防塵マスクを取り、防護メガネをはずして、それからヘルメットを脱ぐと、ようやく人間に戻った気がする。ほっとして深呼吸したいところだが、高濃度で浮遊しているであろうアスベストが怖い。外部の人が吸ったら倒れてしまうようなシンナーの匂いも気になるが、これにはだいぶ慣れた。

一桁台の気温にもかかわらず、食堂にはストーブがなかった。また、当時の肉体労働者はみんなタバコを吸ったものだが、ここでは誰一人として喫煙しようとしなかった。以前、私がそれを質問すると、ノリさんが笑いながら答えてくれた。

「やれば、たちまちドーン！　だよ。ラインの半分は有機なんだからさ。そんなん、中卒でもわかんだろ？」

私はその経歴で就職したのだが、疑う人はいなかった。アベ課長は自分もそうだと言って、私をかわいがってくれた。他のメンバーは私をからかい、マルさんは学習院、サブさんは早稲田、ノリさんは東大を卒業したと自称していた。食堂のミタムラおばさんは無力な私を哀れに思ってくれているようで、毎回ごはんを山盛りにしてくれる。

「さ、しっかり食べんさい。」

いつものことだが、サブさんがそびえたつ私の白米に自家製七味唐辛子を大量にふりかけてくれた。自分のものにも同量をかけているので、これは純粋な親切によるものである。大量の糖質によって血糖値が急激に上がり、カプサイシン、それに各種の有機溶剤によって体中がぽかぽかしてきた。

「涼んできます。」

私が食堂を出ようとすると、マルさんが声をかけてくれた。

「おう、早く戻れよ。戻ったら、またリフトの練習しようぜ。今日は愛車を貸してやらあ！」

みんないいやつなのだ。私は第四課のウラに行き、そこに積んであるパレットによじ登った。当時の日本経済は大変な上り調子だったから、パレットは絶え間なく更新されて、いつも数メートルの高さに山積みされていた。私たちが塗装した板はさまざまな国に運ばれ、やがて世界中のトンネルの内壁を覆うだろう。そうだ、次の金曜日には子どもたちにこの話をしてやろう。

しかし、私はせっかく登ったパレットから降りてしまった。なんだか地面に直接触れてみたくなったのだ。乾いた土や枯れ草の間から、ヨモギやタンポポの小さな若葉が見える。私がその場で大の字になると、地面は意外に暖かく、雲ひとつない早春の青空が私を迎えてくれた。こんなことが以前にもあったような気がしたが、あれはいつのことだったのだろう。土の匂いとかすかな南風を感じながら、私は自分が幸福だと思った。

〈著者紹介〉

小田切信

1963年、東京生まれ　日本人

地面の感触

2023年7月29日初版第1刷発行

著　者　小田切信

発行者　百瀬精一

発行所　鳥影社 (choeisha.com)

〒160-0023 東京都新宿区西新宿3-5-12トーカン新宿7F

電話 03-5948-6470, FAX 0120-586-771

〒392-0012 長野県諏訪市四賀229-1（本社・編集室）

電話 0266-53-2903, FAX 0266-58-6771

印刷・製本　モリモト印刷

ISBN978-4-86782-020-9　C0093